DUMONT

Familienurlaub auf einer griechischen Insel. Auf der Rückreise wird der Neurologe Gabor Lorenz am Hafen von Patras Zeuge, wie ein junger Mann auf einen Lastwagen springt, um unbemerkt auf die Fähre zu gelangen, mit der auch Lorenz und seine Familie nach Italien übersetzen. Das Bild lässt Lorenz nicht mehr los. Während der Überfahrt sucht er den Mann und wirft eine Tüte mit Lebensmitteln in den Laster, in dem der Fremde sich versteckt. Zu spät fällt ihm ein, dass sich darin auch Postkarten mit seiner Berliner Anschrift befinden.
Es dauert eine Woche, bis die erste dieser Karten bei Familie Lorenz ankommt, abgestempelt in Modena. Kurze Zeit später die zweite – mit Münchner Poststempel. Da weiß Lorenz, dass der Flüchtling näher kommt, dass er auf dem Weg ist zu ihm. Ein diffuses Gefühl von Bedrohung schleicht sich in Lorenz' Alltag, das sich als Misstrauen in alle Lebensbereiche frisst.
›Gesichter‹ ist ein großer Roman, ein spannendes Seelendrama, das davon erzählt, wie jemand alles aufs Spiel setzt, weil er nicht in der Lage ist, sich selbst zu erkennen.

*Andreas Schäfer*, 1969 in Hamburg geboren, wuchs in Frankfurt/Main auf und lebt heute als Schriftsteller und Journalist mit seiner Familie in Berlin. Bisher veröffentlichte er den Roman ›Auf dem Weg nach Messara‹, für den er u. a. den Bremer Literaturförderpreis erhielt, und den Roman ›Wir vier‹ (DuMont 2010), der für den Deutschen Buchpreis nominiert war und mit dem Anna-Seghers-Preis ausgezeichnet wurde.

Andreas Schäfer

# Gesichter

Roman

DUMONT

Von Andreas Schäfer ist im DuMont Buchverlag außerdem erschienen:
Wir vier

FSC
www.fsc.org
MIX
Papier aus verantwortungsvollen Quellen
FSC® C083411

Februar 2015

Umschlag: Lübbeke Naumann Thoben, Köln
Covermotiv: © plainpicture/Thorsten Marquardt
Satz: Fagott, Ffm
Gesetzt aus der Jenson
Druck und Verarbeitung: CPI books GmbH, Leck
Gedruckt auf säurefreiem und chlorfrei gebleichtem Papier
Printed in Germany
ISBN 978-3-8321-6301-3

www.dumont-buchverlag.de

*Für Mirella und Michalis*

# 1

Das Meer war schiefergrau, aufgebrochen vom Wind. Männer von der Besatzung winkten Autos zur Rampe. Ein Grenzsoldat verriegelte die Hecktüren eines Lastwagens. Die Luft roch nach Abgasen und verbranntem Gummi.

Gabor Lorenz stand auf der Pier, beruhigt vom Blick auf die andere Seite des Golfs. Die Berge hinter den Küstenhügeln wirkten im Dunst wie eine Fata Morgana, und auf der Uferlinie flackerten schon winzige Lichter: Das zerfurchte Wasser, die Silhouetten des Gebirgsmassivs und, von einer Nadel ins Bild gestochen, die Reihe leuchtender Punkte – er sog die Ansicht auf, als könne er sie mitnehmen wie einen Talisman. Er hatte keine Ahnung, was nach ihrer Rückkehr, was in den Wochen bis zu seinem Vortrag geschehen würde, doch in diesem Augenblick fühlte er sich vorbereitet, sicher. Obwohl das Schiff in Kürze auslaufen würde, war er noch einmal an Land gegangen. Aber es gab nichts zu tun. Er hatte nur diesen Moment für sich allein gebraucht, den letzten Blick aus der Sorglosigkeit des Sommers.

Er schlenderte die Auslagen der Touristengeschäfte entlang, kaufte an einem Stand Bananen und dachte an die Insel. An das Rascheln der Gräser und die rauen Trittsteine auf dem Weg durch die Macchia hinunter zum Strand. Gestern Morgen hatten Ziegen inmitten ihres Kräuterbeets gestanden und mit klingenden Halsglöckchen Thymian und Salbei gezupft, während er mit seiner Frau und den Kindern wenige Schritte entfernt auf der Terrasse gefrühstückt hatte, leise, um ihren Besuch nicht zu vertreiben.

Der dröhnende Motor eines anfahrenden Lastzugs schreckte ihn auf. »Ψάρια-Pesci-Fische« prangte in eisblauen Lettern auf der Seitenwand, darunter schnappten Comicfische mit gebleckten Zähnen nach ihrem eigenen Schwanz. Als der Fahrer den Gang wechselte, setzte der Lärm kurz aus und kam als tiefes, auf der Betonfläche hallendes Brummen wieder. Da bemerkte Gabor eine Gestalt, die am Anhänger des Lastwagens herlief, geduckt, als wollte sie nicht gesehen werden. Im nächsten Moment sprang der Mann in die Nische zwischen Zugmaschine und Hänger und stemmte sich mit einer geschickten Bewegung in die Höhe. Der Saum der Jeans, der Turnschuh wie schwebend in der Luft – schon war von ihm nichts mehr zu erkennen. Gabor starrte ungläubig auf die Stelle, wo er gerade noch eine Hand und den Ärmel eines blauen Sweatshirts gesehen hatte und sich jetzt die Kante eines Stahlprofils langsam entfernte. Er blickte sich um, als hätte er etwas Verbotenes getan. Der Einweiser ging weiter neben der Fahrerkabine. In der Nähe der Müllcontainer unterhielten sich zwei Polizisten, die Maschinenpistolen locker über der Schulter. Ein junges, mit Rucksäcken beladenes Paar eilte vorbei. Niemand schien etwas bemerkt zu haben. Mit seufzenden Federn stießen die Vorderräder auf das Eisen der Rampe, dann schepperte der Laster die Auffahrt hinauf und verschwand im Bauch der Fähre.

Der Himmel war niedrig, wolkenverhangen. Auf der Straße hinter dem Stacheldrahtzaun rauschte der Feierabendverkehr. Die Obsttüte schlug gegen seinen Oberschenkel, während Gabor der Gangway zustrebte, mit einem erhebenden Gefühl des Auserwähltseins und einem darüber vor Schreck geschrumpftem Herzen, das, hart wie eine Holzkugel, gegen die Innenseite seines Brustkorbs hämmerte.

Er fand seine Familie im »Children's Paradise«, einem fensterlosen Raum unter dem Hauptdeck, und der Anblick seines Sohnes auf der Plattform eines Klettergerüsts rührte ihn, als hätte er ihn lange nicht gesehen. Mit spitzem Schrei fiel Malte in die offenen Arme seiner Schwester, um gleich darauf, begleitet von Eroberungsgeheul, die Rutsche hinaufzustürmen. Eine junge Mutter führte an ihren Zeigefingern ein kleines Kind auf ein Becken mit bunten Bällen zu, sonst war nur Berit anwesend. Einen Kugelschreiber zwischen den Lippen, saß sie auf einer Bank hinter Miniaturhäusern aus pinkfarbenem Plastik und studierte etwas in ihrem zerfledderten Italien-Führer.

»Sag mal, irre ich mich oder befand sich diese Spielhölle vor vier Wochen noch an Deck? Riechst du das? Ammoniak. Die Klimaanlage ist kaputt«, sagte er.

Berit blickte auf, schenkte aber nicht ihm, sondern den Kindern ein Lächeln.

»Vielleicht nicht das gleiche Schiff?«, murmelte sie und las dort weiter, wo die Spitze ihres Zeigefingers lag.

Malte schrie: »Ungerecht«, als Nele ihn dort oben stehen ließ und zu ihnen kam. Ledersandalen, Pumphosen aus türkisem Leinen, weißes Herrenunterhemd, aus dem ihre Schultern und Oberarme fast schwarz hervorsehen – sie hatte diesen Sommer nicht nur ihre pastellfarbenen Shirts gegen die zeitlose Kluft der Hippies getauscht, ihr Gang hatte auch etwas irritierend Frauliches bekommen.

»Gab nur Bananen«, sagte er.

»Keine Pfirsiche?«

»Nur Bananen, leider.« Die Enttäuschung machte aus seiner vierzehnjährigen Tochter wieder ein hilfloses Mädchen. »Kein Wunder, dass du k.o. bist. Ich hab's genau gehört. Es war nach eins.« Wortlos wandte sie sich ab. »Warum hast du ihn uns nicht mal vorgestellt?«, rief er ihr hinterher.

»Lass sie«, nuschelte Berit und klappte den Reiseführer zu. »Du wirst begeistert sein, aber ich verrate nichts.«

Natürlich nicht. Er fuhr meistens, und sie kümmerte sich um die Gestaltung der Pausen und die Wahl der Überraschungsunterkünfte. Auf der Hinreise hatte sie ihn erst in ein verwunschenes Bergdorf gelotst und darauf in eine von Touristen vergessene Ausgrabungsstätte, die sich – wie von ihr hingezaubert – in der Nähe der Autobahn bei Fano aufgetan hatte.

»Was mit Heizung wäre schön«, sagte er, denn in der Pension hatten wegen der ewigen Schattenlagen spätherbstliche Temperaturen geherrscht. Für den Bruchteil einer Sekunde verengten sich Berits Augen zu Schlitzen.

»Malte, das Schiff legt ab«, sagte sie. »Wir wollen nach oben.« Erst jetzt fiel Gabor auf, dass der Kunstrasen unter seinen Füßen vibrierte. Statt zu kommen, verkroch Malte sich in eines der Häuschen, reichte Nele etwas Unsichtbares durch eine Fensterluke und lachte, als sie die Speise zum Mund führte. Nele klammerte sich dabei am Dach des Zwergenhauses fest, als würde sie sonst vor Müdigkeit umkippen. An den letzten Abenden war sie nach dem Essen noch ins Dorf gegangen, hatte die folgenden Vormittage verschlafen und es vorgezogen, den Rest des Tages mit ihrer neuen Bekanntschaft zu verbringen. Die Überfahrt von der Insel nach Piräus hatte sie, die Stöpsel ihres iPods in den Ohren, auf einer Bank verschlafen und während der drei Autostunden nach Patras schweigend auf die tanzenden Wellen des peloponnesischen Golfs geblickt.

»Völlig übernächtigt«, sagte Berit, nachdem sie eine Weile schweigend das Spiel ihrer Kinder beobachtet hatten.

Als hätte Nele gemerkt, dass über sie gesprochen wurde, zog sie ein komisches Gesicht.

»Geht schon«, rief sie. »Ich komme mit ihm nach.«

An Deck herrschte das übliche Gedränge bei Auslaufen der Fähre. Passagiere drückten sich an die Reling, Rucksacktouristen hatten zwischen den überdachten Bänken mit Isomatten und ausgerollten Schlafsäcken Reviere für die Nacht markiert. Sie ergatterten eine Lücke am Geländer und blickten auf den Hafen und die Uferstraße, Berits Oberkörper ruhte an seiner Brust. Die von Reifenspuren überzogene Pier war leer, Polizisten und Grenzer verschwunden, Auffahrrampe und Treppe längst eingezogen. Ein Junge wuchtete die letzte Tauschlaufe über einen Poller, die wie eine Schlange ins aufgeschäumte Wasser glitt. Der erste Moment zu zweit, seit sie im Morgengrauen durch ihr Haus geschlichen waren, um Mäusefallen in der Vorratskammer und vor der Küchentür zu deponieren. Er drückte seine Nase in Berits Haar, suchte nach einer Stimmung, einer Besonderheit, nach einem sprechenden Detail aus den vergangenen Wochen, um es zu einem weiteren Bild des Sommers zu küren, aber unablässig dachte er daran, was er dort unten beobachtet hatte und was ihm nun wie eine Einbildung vorkam.

»Ich hoffe, das mit der Grube ist bald vorbei«, sagte Berit.

»Welche Grube?«

»Maureen und Timothy. Das Leck in der Abwassergrube. Das verunreinigte Trinkwasser.«

Maureen. Gabor sah ihren silbernen Haarschopf vor sich, der sogleich hinter der metallic grünen Hecktür des Range Rovers verschwand. Fluchend versuchte die ältere Dame einen vollen Wasserkanister von der Ladefläche zu heben, und um ihre Qualen zu beenden, sprang Gabor ihr bei, wuchtete das Monstrum aus dem Wagen, trug es durch den Garten zur Haustür und weiter bis zur offenen Küche. Noch als er ihn längst abgesetzt hatte und mit dem Daumen die schmerzende Kerbe in seiner Handfläche rieb, schimpfte sie über die verkommenen Insel-Handwerker, die erst beim Bau der Grube gepfuscht hätten und jetzt mit fadenscheinigen Argumenten die Reparatur verzögerten. »Keinen Euro kriegen die. Keinen einzigen.« Maureen und Timothy, das früh pensionierte Ärztepaar aus London Hampstead, das seit fünf Jahren das aufwendig instand gesetzte Haus auf dem benachbarten Grundstück bewohnte, von denen vor allem Timothy die ersten drei ihrem Anwesen an der Dordogne nachgejammert und die letzten zwei damit gedroht hatte, den ganzen *rubbish* wieder zu verkaufen und nach Kroatien umzusiedeln, wo die Preise noch realistisch und die Menschen bescheidener wären. Stramme Walker, die im Morgengrauen die Hänge des Profitis Ilias hinaufstürmten, Schachspieler, Winterschwimmer mit fester, immerbrauner Haut. Berit ließ sich hin und wieder zu einem Aperitif auf ihre Terrasse locken, aber Gabor hielt sich meistens fern und vermied, wenn es ihm denn gelang, auch das fachbezogene Geplänkel, das Maureen, die lange auf einer Notfallstation gearbeitet hatte, über das Feldsteinmäuerchen hinweg führen wollte, indem er so tat, als begriffe sein Fachidiotenhirn ihre Anspielungen nicht. Berit glaubte, dass die beiden ihren britischen Dünkel nur hervorkehrten, weil sie vor fast einem Jahrzehnt ihre Insel verlassen hatten und seitdem heimatlos durch den Süden des Kontinents tingelten, als Schutz, als eine Art Sicherheit gewährende Maßnahme. Aber ihn interessierte nur das, was er sah und hörte, und das waren süffisant gelüpfte Augenbrauen und abfällige, zustimmendes Lachen erpressende Bemerkungen über Land und Leute. Immerhin vergötterten sie Malte, der sie Mo und Timmy nannte und bei ihnen ein- und ausspazierte, als wäre er dort zu Hause. Ein Zuhause, in dem trotz Klimaanlage und Satellitenschüssel für Empfang der BBC neuerdings unkomfortable Zustände herrschten, denn durch ein Loch in der Abwassergrube gelangte auf geheimnisvolle Weise verunreinigtes Wasser in ihre Leitungen und schoss als bräunliche, intensiv riechende Brühe aus den Hähnen.

»Ein paar Wasserkanister schleppen schadet gar nicht«, sagte er.

Berit löste seine Hände von ihrem Bauch und beugte sich vor. Eine Möwe schnappte im Flug nach Brotstückchen, die jemand so geschickt in die Luft warf, dass der Vogel nur den Schnabel aufzureißen brauchte.

»Eben habe ich etwas beobachtet«, sagte er. »Ein blinder Passagier. Ist neben einem Laster hergelaufen und dann aufgesprungen. Ein Junge, ein Mann, ich konnte sein Gesicht nicht erkennen.«

»Wahrscheinlich einer von den Männern hinter dem Zaun«, sagte Berit und stützte sich auf die Reling.

»Du hast Männer am Zaun gesehen?«

Sie sah ihn an, erstaunt, dann belustigt. Eine Nadel, die tief in ihm einen Punkt der Empörung traf. Sein Rücken verhärtete sich, während er die Hände in den Hosentaschen vergrub und zur kleiner werdenden Stadt blickte. Die Kuppeln der Kirchen in der Altstadt waren von einem kreidigen Rot, und die Betonbauten am kahlen Hang weiter oben verloren mit jedem Meter an Hässlichkeit. Die Gipfellinie des Bergmassivs hinter Patras erinnerte ihn an einen gestauchten Wurm.

»Und, hat er's geschafft?«, fragte sie.

In diesem Moment erscholl vertrautes Begeisterungsgeschrei. Ihr Sohn stürmte ihnen entgegen, die Arme wie Flügel ausgebreitet, und warf sich gegen Berits Beine, während Nele mit hängenden Schultern weiter hinten stehen blieb. Sie sah aus, als bräche sie gleich in Tränen aus.

»Was ist los?«, fragte er, nachdem er zu ihr gegangen war.

Nele schwieg. Er berührte sie am Arm.

»Komm. Wir gehen ein bisschen.«

In der ersten Woche waren Nele und er das einzige Mal diesen Sommer zusammen gewandert: vom letzten Perlendorf zu den verfallenen Kapellen von Paleochora und dann über die steinige Ostflanke bis zum Höhenweg, der sie durch flechtenüberzogenes Geröll zum nördlichsten Gipfel der Insel geführt hatte. Wie eine Gallionsfigur thront hoch über der zerklüfteten Steilküste eine

Kapelle mit knatternder Flagge im Wind. Stunden später waren sie müde in die Korbsessel von Ilias' Café gefallen und Nele hatte, albern vor Erschöpfung, Schulgeschichten erzählt, denen er kaum folgen konnte. Zwei Wochen später wäre solch eine Vertrauensseligkeit unvorstellbar gewesen, Nele war nur noch gelangweilt mit einer Schnute herumgelaufen und hatte für alles, was er sagte, ein genervtes Stöhnen übrig. Dennoch versuchte er jetzt an die schweigsame Wanderverbundenheit anzuknüpfen, indem er sie auf den offenen Seitengang führte und mit ihr zum Bug spazierte. Es ging ein schwacher Wind, der Himmel hatte sich zugezogen, erst weit über den Festlandbergen franste die Wolkendecke zu Schlieren aus und offenbarte einen rötlichen Abendhimmel. Die Küste, die ihm vom Hafen so verlockend erschienen war, hatte aus der Nähe keinerlei Reiz. Nichts als eintöniges Gesträuch. Sie setzten sich in einen Aufenthaltsraum, in dem einige Rucksackjungen auf dem Boden schliefen, und Nele zog sofort einen Fuß auf das Polster des Sitzes, stützte ihr Kinn aufs Knie und verharrte in abwartender Eidechsenstarre.

»Schön, dass du noch einmal mitgekommen bist«, sagte er, als für sein Empfinden genug Zeit vergangen war.

Seine Tochter rührte sich nicht.

»Sehr müde?«

Statt einer Antwort die Andeutung einer Grimasse, zu der sie mit den Augen rollte. Er sah sie lächelnd an, bis ihr hin und her schlingernder Blick widerwillig in seinen rastete.

»Vermisst du ihn schon?«

Sie zog sich eine Strähne vors Gesicht, kastanienbraunes Haar, das als zentimeterbreiter Vorhang straff bis zum Kinn lief.

Vor drei Jahren, als ihr Körper begonnen hatte sich zu verändern, hatten sich kleine Ausbuchtungen auf ihrer Nase bemerkbar gemacht, charmante Ansätze winziger Flügelchen, die ihre bis dahin makellose Spitze verbreiterten, und sie hatte im Badezimmer regelrechte Verzweiflungstänze aufgeführt und war, um den erschreckenden Plan ihres Wachstums zu durchkreuzen, vergeblich wochenlang mit einer aufgesteckten Wäscheklammer herumgelaufen. Jetzt schnellten ihre Augenbrauen zusammen, als kämpfte sie gegen die Wucht einer Erinnerung.

»Ach, ich will ihn sowieso nicht wiedersehen. Er lästert so viel.«

»Über dich auch?«

»Woher soll ich das wissen?«

»Vielleicht ist er nur nervös, wenn er mit dir zusammen ist.«

»Papa!«

Die Abscheu auf ihrem Gesicht über seine Ahnungslosigkeit, als hätte er das Schlimmste, das Dümmste gesagt, das überhaupt möglich war. Gabor musste an den Mann auf dem Laster drei oder vier Decks unter ihnen denken, dessen Angst, entdeckt zu werden, er sich konkreter vorstellen konnte als das Empfindungsgemisch, das seine Tochter zu quälen schien.

»An welchem Strand wart ihr denn?«

»Mal hier, mal dort. Er hatte ein Boot.«

»Ein Ruderboot?«

»Ein Motorboot. Wir warten bei den Nordbuchten .«

Um seine Bestürzung nicht zu zeigen, starrte Gabor durch die Glastür ins Treppenhaus, wo alles messingfarben glänzte, der Handlauf, die Rahmen der Bilder und die Einfassung des Übersichtsplans, während er für einen schmerzhaften Moment seine Tochter auf der weißen Lederbank eines Sportbootes neben einem der Russen sah, die neuerdings in den Perlendörfern residierten, denn die Buchten der Nordhälfte waren nur mit Schnellbooten zu erreichen.

»Was für ein Motorboot?«

»Ein Boot halt. Zum Wasserskifahren.«

Ihr Gesicht war unter dem braunen Vorhang nicht mehr zu sehen. Sie pulte am Nagel ihres kleinen Zehs. Er wartete, jetzt Nele fest im Blick, aber sie schaute nicht auf.

»So, meine Liebe, jetzt reicht's aber. Ich kann verstehen, dass du deinen Eltern nicht erzählst, wen du wann triffst, aber du bist vierzehn Jahre alt und gestern Nacht um halb zwei nach Hause gekommen! Wie alt ist der Kerl?«

Sie spreizte ihren kleinen Zeh ab, auf dessen Nagel der graue Lack wie eine Ascheflocke saß.

»Ist doch egal. Ich seh ihn sowieso nicht wieder.«

»Das ist nicht egal.« Sie schwieg. »Ich höre.«

»Achtunddreißig. Aber was spielt das –«

Er war so perplex, dass ihm die Worte fehlten. Er stammelte: »Nele, weißt du, dass ...« Doch sie schob ihr Haar zur Seite und zeigte ihr Grinsen, triumphierend und enttäuscht darüber, dass er sich so leicht hinters Licht führen ließ.

»Mensch Papa! Er ist achtzehn. Es war das Boot seines Vaters. Wir waren am Steinstrand um die Ecke, wo früher die Taverne mit dem Strohdach stand.« Sie kicherte, wollte etwas sagen, doch im nächsten Moment starrte sie abwesend durch die Scheibe. »Ich bin müde«, sagte sie.

Er begleitete sie zur Kabine, und Nele wälzte sich so, wie sie war, auf die obere Koje und zog wortlos das Laken bis unters Kinn.

Als er leise die Tür hinter sich zuzog, kam ein Mann mit gerötetem Gesicht schwankend den Gang entlang. Gabor nickte, blieb aber unbewegt stehen, die Hand noch am Knauf, selbst als der Mann schon in seiner Kabine verschwunden war. Das Dröhnen der Maschinen klang fern. Er schloss die Augen, um das leichte Schwanken des Schiffes wahrzunehmen, aber da war nur die gleichmäßige Erschütterung der Auslegeware unter seinen Schuhen. Sein Magen hob sich, als er an die Kraft dachte, mit der die gewaltigen Schrauben den Rumpf durchs Wasser schoben. Wahrscheinlich dunkelte es bereits, war die Küste nur noch eine entfernte Ahnung. Gabor sah den menschenleeren Gang hinunter, die Dutzenden geschlossenen Türen aus furniertem Kirschholz.

*Wir sind im Restaurant direkt hinter den lärmenden Spielautomaten. Und ihr? Bringst du für Malte eine Banane?*, hatte Berit geschrieben. Er starrte aufs Display, während er an den Moment auf der Pier dachte: die gebückte Haltung des Mannes, ein kurzer Anlaufschritt, dann ein Sprung und der schnelle Griff, mit dem er sich in die Lücke gezogen hatte, eine fließende Bewegungsabfolge wie tausendmal geübt. Er tippte: *Sie ist müde. Ich bringe sie zur Kabine.* Er schickte die Nachricht ab und schaltete das Telefon aus.

Es gab weder Kontrolleure noch sonst jemanden. Auf der Treppe drückte sich nur ein Zimmermädchen mit einem Wäschesack verschämt an ihm vorüber. Er hatte erwartet, dass die Tür zu den Parkdecks abgeschlossen sein würde, aber als er die Klinke drückte und die Schulter gegen das schwere Eisen stemmte, wich sie zurück. Der Lärm war ohrenbetäubend, ein Klopfen oder Stampfen, das den Boden zittern ließ. Die Decke war so niedrig, dass er sie mit ausgestrecktem Arm hätte berühren können. Im bläulichen Licht der Leuchtstoffröhren standen die Reihen der Wagen so eng, dass sich die Türen kaum öffnen ließen. Gabor zögerte. Es war kein Mensch zu sehen. Er stieg über Tauberge, zwängte sich an einem Motorrad vorbei, das mit Gurten gesichert wurde, und gelangte über eine Treppe auf das tiefer liegende Deck. Hier unten war die Luft noch drückender, es roch nach Diesel und dem gummierten Plastik der Planen, und es kam ihm vor, als hätte das Schiff Schräglage, der Boden neigte sich, aber das musste eine Täuschung sein. Die Lastwagen bildeten gewaltige Mauern, und in den Nischen und Zwischenräumen war niemand zu sehen.

Er bewegte sich planlos, ohne Vorsatz. Eingeklappte Spiegel, Straßenkarten, Thermoskannen auf den Ablagen hinter den Windschutzscheiben. Die meisten Wagen hatten griechische Kennzeichen, einige Züge kamen aus Deutschland oder Österreich. Türkei, Rumänien, er bemerkte einen aus Italien, doch die Scheibe war nicht getönt wie die des Fischtransporters. Er blieb stehen und lauschte. Nur der Lärm der Maschinen. Er ging auf die Knie und schaute zwischen riesigen Rädern unter den Fahrgestellen hindurch. Nichts. In der Nähe des Bugs entdeckte er endlich die Comicfische auf der Seitenwand. Gabor musste sich erst bis zur Schiffswand vorarbeiten, näherte sich dem Transporter von hinten. Er balancierte über Gerüststangen und Eisenträger, die sich festgezurrt an der Wand türmten, drückte, als er nah genug gekommen war, seinen Rücken nach hinten, um den Schriftzug zu lesen – »Ψάρια-Pesci-Fische« –, doch in diesem Moment musste sich die Sicherung gelöst haben, denn die Stangen unter ihm begannen zu schlingern, sein Fuß trat ins Leere, er verlor das Gleichgewicht und konnte gerade noch die Hände hochreißen, um nicht mit dem Gesicht auf den Boden zu fallen.

Verschwommen sah er die Rundung eines Reifens, weiter hinten die weiße Bananentüte, die bis eben an seinem Handgelenk gehangen hatte. Erst jetzt spürte er das Kratzen der staubigen Luft in der Nase. Er konnte seinen rechten Fuß nicht bewegen. Zwei Stangen hatten ihn unter sich begraben. Er schloss die Augen, hielt die Luft an und zog vorsichtig, aber der Druck auf dem Knöchel war zu stark. Er legte seine Wange auf den geriffelten Eisenboden, wartete einen Moment und versuchte es erneut, aber es ging nicht. Plötzlich war da ein Scharren, direkt neben ihm. Als er die Augen öffnete, sah er Jeansbeine und das Gummi von Turnschuhsohlen. Gabor hob den Kopf und blickte erstaunt in das Gesicht eines Mannes. Er hatte dunkle Locken mit einer kalkweißen Staubschicht, die Wangen waren eingesogen, die Augen aufgerissen, als wäre auch er verwundert, Gabor zu sehen, doch bevor er etwas sagen konnte, verschwand der Mann aus seinem Blickfeld. Kurz darauf verringerte sich das Gewicht, und Gabor zog den Fuß vorsichtig hervor. Im nächsten Moment wurde er unter den Achseln gepackt und nach oben gerissen. Der stechende Geruch nach Schweiß und lange getragener Kleidung nahm ihm fast den Atem. Während Gabor den Fuß belastete, explodierten Sterne vor seinen Augen, doch der Schmerz ließ schnell wieder nach. Der Mann stand neben ihm, unruhig, obwohl er sich nicht bewegte. Er war einen halben Kopf kleiner als er, seine Schultern waren unter dem blauen Sweatshirt angezogen, und jetzt fielen Gabor die dichten Brauen auf, sichelförmig geschwungen, die fordernde Ungeduld in seinem Blick. Gabor lehnte die Schulter gegen den Laster, um seinen Fuß zu entlasten, und als wäre dies eine Aufforderung, lief der andere an der Seitenwand entlang, einen Rucksack über der Schulter, den Gabor vorher übersehen hatte, wandte sich noch einmal um, bevor er hinter den Wagen huschte. Mit zwei Schritten war Gabor bei der Tüte mit den Bananen, hob sie auf, ohne auf das Stechen im Knöchel zu achten. Er humpelte dem Mann hinterher bis zur Rückseite, wo die Klappe offen stand. Kälte strömte ihm entgegen, als er die Tür weiter öffnete. Er spürte den Blick aus dem Innenraum, schleuderte die Tüte hinein und schloss den schweren Türflügel.

Wenig später saß er auf dem Klodeckel einer Herrentoilette und betastete die aufgeschürfte Haut an seinem Spann und die Schwellung oberhalb seines Knöchels. Er spürte bei jedem Schritt noch ein leichtes Ziehen, humpelte aber nicht mehr. Beruhigt zog er Socke und Schuh wieder an, klopfte den Staub von den Kleidern und verließ die Kabine. Im Vorraum inspizierte er im Spiegel seine Wange, aber die Rötung war so schwach, dass sie bei der Bräunung seines Gesichts kaum auffallen dürfte. Seine Augen waren geweitet, als hätte er eine Prüfung bestanden.

»Da ist er ja!«, sagte Berit, als Gabor sich zu ihnen setzte. Sie hatten schon gegessen und spielten an einem Fenstertisch Uno.

Sein Sohn sagte stolz: »Ich gewinne!«

»Ich habe sie ins Bett gebracht. Sie war müde.« Er warf Berit einen schnellen Blick zu und hoffte, dass sie nicht nach der Banane für Malte fragte, aber sie nickte nur, während sie die Karten verteilte, und als sie lächelnd aufschaute, flutete Wärme seinen Bauch. Ihr Haar war mit einer Spange im Nacken zusammengefasst und die Sommersprossen auf ihrer Stirn hatten sich unter der Sonne zu einem Fleck mit dem gezackten Umriss eines unbekannten Landes zusammengeschlossen. Die ausgeprägten Wangenknochen, ihre gerade Nase und der vorspringende Mund, nach sechzehn Jahren staunte er noch immer über die Klarheit ihrer Konturen. Ihr Gesicht schien den Raum zu teilen, vorwärtszustreben, geradewegs auf ihn zu.

»Hast du Hunger?«

Er schüttelte den Kopf. Sie spielten drei Partien und ließen ihren Sohn die letzten beiden gewinnen. Danach kletterte Malte auf Berits Schoß und zog ein Buch mit Vogelzeichnungen aus der Tasche. Übermütig tippte er auf die Bilder und krähte: »Blaumeise. Rabenkrähe. Purpurreiher. Zebrafink.«

Gabor bewegte unter dem Tisch seinen Fuß hin und her. Selbst das Pochen hatte inzwischen nachgelassen, stellte er erleichtert fest, und während Berit mit Malte das Buch durchsah, fielen ihm die Karten ein. Wie im letzten Jahr hatte er auch diesen Sommer fünf oder sechs Postkarten an Berit geschrieben, hingeworfene Aufzeichnungen von dem, was er hörte oder roch, Dialogfetzen vom Nachbartisch, Einkaufslisten, Aufzählungen unscheinbarer Dinge, die ihm ins Auge fielen, kurze Momentaufnahmen, die er in den nächsten Wochen in unregelmäßigen Abständen in den Briefkasten werfen würde, um sie als romantische Kassiber in den wieder einsetzenden Alltag zu schmuggeln und die Leichtigkeit des Sommers bis in den Herbst zu erhalten. Nach dem Urlaub im vergangenen Jahr hatte er die erste schon von einer italienischen Raststätte abgeschickt und die restlichen in Berlin immer dann eingeworfen, wenn die Ferienstimmung drohte in Vergessenheit zu geraten. Als die erste Karte eintraf, hatte Berit einige Sekunden verständnislos auf den kryptischen Text gesehen, bis sie das G. am Ende schließlich mit ihm in Verbindung brachte. Ihre Überraschung, ihre erst gerührte, dann impulsive Reaktion hatten ihn selbst verwundert. Bis in den klammen Oktober hinein hatten die Karten an der Lampe ihres Nachttischs gelehnt, und jedes Mal, wenn er beim Betreten des Schlafzimmers einen Strandausschnitt oder den wolkenumkränzten Kegel des Profitis Ilias sah, war alles wieder da, auf den zwanzig Quadratmetern eines Reihenhauszimmers mit Blick auf Ahornhecke und Berliner Mischwald: der erhabene Wind, die Hitze, die schwadenweise aufsteigenden Düfte nach Lorbeer, Thymian und Melisse.

Unwillkürlich rutschte seine Hand unter das Revers seines Jacketts, in dessen Futter der Umschlag mit den Karten steckte, doch als seine Finger den Stoff der Tasche ertasteten, war sie leer. Er klopfte auch die anderen Taschen ab. Nichts. Bis ihm einfiel, dass er den Umschlag beim Bezahlen des Obstes mit dem Portemonnaie aus dem Sakko gezogen und danach zu den Früchten in die Tüte gesteckt hatte. Er hatte die Karten, auf denen groß und deutlich ihre Adresse stand, dem Mann in den Laster hinterher geworfen.

»Warum guckst du so?«, fragte Berit. »Du denkst wieder an deinen Vortrag, oder? Mach dir keine Sorgen.«

In ihrer Stimme war ein nicht zu überhörender Unterton. Sie ging davon aus, dass er die Stelle ohnehin bekäme, und hielt seine Zweifel für Eitelkeit.

Als Arzt war Gabor daran gewöhnt, Dinge genau zu betrachten, sein Möglichstes zu tun, und wenn das nicht ausreichend war, die Schicksale seiner Patienten schnell hinter sich zu lassen, sonst hätten sie ihn inzwischen um den Verstand gebracht. Er bedauerte den Verlust der Karten, aber sie beschäftigten ihn nicht weiter. Nachts in der Enge der Kabine – Berits Hand ruhte auf seiner Brust und er hörte den Atem seiner schlafenden Kinder – hatte er eine Weile wach gelegen und an den Mann in seinem Versteck gedacht, und auch während des Frühstücks blieb das Wissen um ihn als unangenehmes Kratzen am Rand seines Bewusstseins präsent, doch spätestens, als er mit Malte im Pool auf dem Sonnendeck herumtollte, schüttelte er die letzten Reste dieses Unbehagens von sich. Dennoch war Gabor froh, als am nächsten Nachmittag die Küste Apuliens mit ihren unansehnlichen Hochhaussiedlungen sichtbar wurde und er die Fähre und das, was sich auf ihr abgespielt hatte, bald würde vergessen können.

# 2

Der Blick ging von der Kirche am Stern über den Gasometer bis zu den Hochhäusern an ihrer Autobahnabfahrt, aber trotz der spektakulären Aussicht war der Raum meist leer. Die Schalensitze aus Plastik erinnerten an den Wartesaal eines Einwohnermeldeamts, der Fernseher war winzig und aus irgendeinem Grund roch es unangenehm nach Bohnerwachs. Wenn sich doch einmal ein Patient hierher verirrte und im Bademantel vor dem Morgenprogramm hockte oder ein Buch las, weil er das Gejammer seines Zimmernachbarn nicht ertrug, verließ er kurz nach ihrem Erscheinen den Raum. Zwei Ärzte auf Patiententerritorium wirkten offenbar bedrohlich.

Auch jetzt war niemand da, und Gabor drehte dem gut gelaunten Moderator die Stimme ab, bevor er im Stehen ungeduldig durch eine Autozeitschrift blätterte, während Kaffee aus dem Automaten in einen Becher lief. Es war wie immer, und es ärgerte ihn: Selbst wenn Gabor zu spät kam – Yann erschien noch später. Als Gabor gerade gehen wollte, stand der alte Freund, die Arme ausgebreitet, in der Tür.

»Man kann es sehen: Du warst auf einer Insel!«

»Wie du aussiehst, brauch ich dir nicht zu sagen.«

Sie umarmten sich, kurz und fest.

Yann wippte zufrieden auf den Fußballen. Er war schon seit zwei Wochen wieder zurück, aber sein langes helles Haar war noch strohig von der andalusischen Sonne und seine Gesichtshaut von einer tiefen Bräune, die nur Seglern oder Surfern oder, wie in Yanns Fall, Kiteboardern vorbehalten war, also den Verrückten, die von morgens bis abends über aufgewühltes Wasser bretterten.

»Kaffee?«

Yann schüttelte den Kopf, und sie stellten sich ans Fenster. Die Glaskuppel des Reichstages gleißte im Morgenlicht, trotz der frühen Stunde wand sich schon der Ameisenzug der Besucher die Spirale hinauf. Aus dem Tiergarten schob sich der lang gezogene Quader des Kanzleramtes, weiter hinten ragten Dachbögen einer Konzerthalle aus den Bäumen. Aus einer Art Besitzerstolz heraus hatte Gabor bei der Stationsbesichtigung vor drei Jahren Yann diesen Raum als Letztes gezeigt, und seitdem eröffneten sie ihre Zusammenkünfte immer gleich: mit andächtigem Schweigen. Gabor hob den Becher an die Lippen, sog vorsichtig die bittere Flüssigkeit in den Mund. Die Freude darüber, wieder hier zu stehen, war größer als erwartet.

Sie hatten in Freiburg zusammen studiert und sich danach über zehn Jahre aus den Augen verloren. Während Gabor in Köln und Zürich die Stufen bis zur Facharztprüfung erklomm, war Yann in Freiburg geblieben, um nach einem Erfolg versprechenden Anfang in der Phantomschmerzforschung plötzlich zu kündigen und erst auf Lanzarote, später in einem Krankenhaus auf Fuerteventura und schließlich in einer Klinik in Mexico City das Nützliche mit dem Angenehmen zu verbinden. Schon während des Studiums hatte Gabor über die Leichtigkeit gestaunt, mit der Yann der Stoff zuflog, und sich über die Gleichgültigkeit gewundert, die er seiner Begabung entgegenbrachte. An einem frühsommerlichen Sonntagabend vor drei Jahren, Berit und er saßen gerade mit dem im Kinderwagen schlafenden Malte beim Essen auf der Terrasse, hatte er aus dem Nichts heraus bei ihm angerufen und Gabor unumwunden um einen Job gebeten. Zu seiner eigenen Verwunderung hatte es Gabor keinerlei Mühe gekostet, Yann die Stelle eines Stationsarztes zu beschaffen, außerdem nahm er ihn in seine Forschungsgruppe zur Gesichtsblindheit auf, in der Yann sich zum Chefautor entwickelte, was angesichts seiner Erfahrung nicht verwunderte, obwohl ihn die Fragen der Prosopagnosie nicht sonderlich interessierten.

»Herrlicher Wind«, sagte Yann. »Und bei euch?«

»Heiß. Kaum Wanderungen, wenige Ausflüge. Aber Malte behauptet jetzt, er könne schwimmen, was nicht stimmt.« Gabor kniff die Augen zusammen, um die Farben der Flagge zu erkennen, die vor dem Kanzleramt an einem Mast hing. »Und Nele ist unglücklich verliebt. Ein absolutes Geheimnis. Wir wissen nicht einmal, wie er heißt.«

»Sind doch schön, solche väterlichen Sorgen.«

Statt etwas zu erwidern, nickte Gabor Richtung Tiergarten.

»Wer ist da zu Besuch?«

Yann hob den Sucher seines Mobiltelefons vors Auge, zoomte den marmorhellen Kasten heran. Ein paar Sekunden herrschte Stille.

»Slowenien. Und wie geht es Berit?«

»Der neue Job gefällt ihr. Das Wort ›Schweigepflicht‹ hat in unserer Familie neuerdings eine ganz andere Bedeutung.«

»Das musst du verstehen. Endlich hat sie Arbeit, die sie mag. Ausgleichende Gerechtigkeit nennt man so etwas.«

Etwas störte ihn an Yanns Parteinahme für Berit, wahrscheinlich nur die Tatsache, dass Gabor keinen ähnlich vertraulichen Satz über Yanns Frau sagen konnte, denn Yann war nicht verheiratet. Einmal hatte er eine gewitzte Anwältin in knallengen Jeans mit zu ihnen gebracht, ihren Namen danach aber nie wieder erwähnt, und Gabor ging davon aus, dass Yann ihr unstetes Studentenleben von damals bis heute fortsetzte. Er brachte Yann deshalb noch immer mit einem unerhört gut aussehenden Mädchen mit Locken und heller Porzellanhaut in Verbindung, mit dem er zusammen gewesen war, bevor Gabor nach Köln gezogen war. Aus den Augenwinkeln sah Gabor auf dem Bildschirm den hellen Fleck einer Wetterkarte, Europa farblich aufgeteilt nach den Temperaturzonen, der Zipfel unten rechts leuchtete Dunkelrot.

»Kommst du Freitag zum Essen?«, fragte er.

»Gern«, sagte Yann. Und dann, bevor Gabor danach fragen konnte: »Übrigens: Keine Neuzugänge, die für uns interessant sein könnten.«

Der knappe Bericht der Stationsschwester, den er im Glasverschlag der Anmeldung zur Kenntnis nahm, durchs Fenster eine nach Tegel einschwebende Maschine im Blick, deren Unterseite wie schmorend im Licht gleißte. Die konzentrierte Stille während der Röntgenbesprechung, die Gerüche und bekannten Wege. Gabor glitt in die Abläufe hinein wie Finger in einen Handschuh, der sich so bequem der Haut anschmiegt, dass er sich fragte, wie er dieses vertraute Gefühl jemals hatte vergessen können. Ein spätsommerlicher Tag, die Schule hatte begonnen, und auf der Station lag selbst am Mittag noch eine verschlafene Stille. Aber er vergaß sein Mobiltelefon lautlos zu stellen. Während der Oberarztvorstellung drangen zweimal die rauchigen Klagelaute von Miles Davis' »Kind of Blue« aus seiner Hosentasche, was seine jungen Kollegen mit versteinerten Mienen überhörten. Wieder in seinem Zimmer, sah er eine Weile auf das Display, bis er die Nummer endlich Timothy und Maureen auf der Insel zuordnete. In Sorge, dass etwas mit dem Haus nicht in Ordnung sein könnte, wollte er gleich zurückrufen, wurde aber unterbrochen.

»Entschuldigung. Ich habe geklopft, ich dachte ... Ich komme später wieder.« Das Gesicht bleich, als hätte sie in den letzten Wochen auch die Nächte auf der Station verbracht, stand eine seiner Mitarbeiterinnen in der Tür.

»Was gibt's denn?«

»Ich wollte, wahrscheinlich wissen Sie es schon«, sagte Lavinia Seidler. »Wir haben einen Patienten mit kongenitaler Prosopagnosie. Höchstwahrscheinlich.«

Überrascht drückte er den Rücken in die Lehne.

»Nein. Das weiß ich noch nicht.«

Sie stemmte die Hände in die Taschen ihres Kittels, während ein kleines Lächeln über ihr Gesicht huschte. Lavinia. Was immer ihre Eltern sich bei der Wahl dieses Namens von ihrer Tochter erträumt hatten – sie dürften zufrieden sein. Keine Opernsängerin, aber seit einem Jahr in seiner Gruppe und so ehrgeizig, dass sie das Team bald wieder verlassen würde. Wie er war auch sie über die Demenzforschung zur Gesichtsblindheit gelangt, doch die immer gleiche spitzfindige Frage – warum können manche

Menschen keine Gesichter wiedererkennen? – und die bescheidenen Behandlungsmöglichkeiten der Betroffenen hatten schon begonnen, sie zu langweilen. Ihr Forschungshunger würde sie vermutlich erst zu einem der spektakulären bildgebenden Verfahren treiben, um sie darauf, diesen Dreischritt hatte Gabor bei der nachwachsenden Generation mehrfach beobachtet, zu den Geheimnissen der tiefen Hirnstimulation zu führen.

»Männlich oder weiblich?«, fragte er.

»Männlich. Sechsundfünfzig. Wurde nach einem Verkehrsunfall mit leichtem Schädelhirntrauma zur Beobachtung aufgenommen und klagte über Photopsien. Nur ein leichtes Flimmern, das innerhalb weniger Stunden nachließ. Ich habe den Prominententest durchgeführt.« Sie versuchte ernst zu bleiben, aber ihr Mundwinkel zuckte, als sie sagte: »Zwanzig Prozent. Hat nicht einmal Michael Jackson erkannt. Station zwei. Karsten Sieverth.«

Feierliche Stille. Sie wussten beide, was das bedeutete. Zwanzig Prozent. Dann hatte er vielleicht Elvis identifiziert und das henkelohrige Affengesicht von Bush Junior und ein, zwei andere, aber der Rest: optisches Rauschen.

»Karsten Sieverth«, wiederholte er, um sich den Namen einzuprägen. Falls Karsten Sieverths Gesichtsblindheit tatsächlich angeboren war und sich nicht doch als Begleiterscheinung des Traumas herausstellte, könnten sie ihr Blicktraining noch einmal testen und hätten das halbe Dutzend Probanden zusammen, um ihre Studie vorläufig abzuschließen. Ist Gesichtsblindheit heilbar? Nein! Lassen sich Beschwerden lindern? Selbstverständlich! Durch Unterstützung der Kompensationsleistungen – Identifizierung durch Stimme, Gang oder Gesten – und durch eine Veränderung des Blickverhaltens. Prosopagnostiker meiden die inneren Gesichtsbereiche und seine Gruppe analysierte Blickpfade und trainierte Betroffene, die Augen wieder aufs Zentrum zu richten, mitten hinein in das wimmelnde Chaos, das sie so verwirrte. Und siehe da!

»Sehr gut. Worauf warten Sie?«

Er wandte sich dem Telefon zu, aber sie rührte sich nicht, sondern reckte den Kopf, als wollte sie sehen, was auf seinem Schreibtisch lag. Die Linie ihres Ponys schloss akkurat mit dem Rand der Brille ab, deren Gläser große Teile ihrer Wangen bedeckten, sodass die Hälfte ihres Gesichts wie hinter einem Schild lag.

»Wir alle drücken Ihnen die Daumen«, sagte sie. »Nicht nur wegen Ihrer fachlichen Kompetenz, sondern auch wegen Ihrer Art zu unterrichten.« Ihr Mund klappte auf, wobei ihre Lider für einen Moment flatterten. Beflissen lobte sie seine didaktischen Vorzüge und verstummte erst, als sie seine hochgezogene Augenbraue bemerkte. Er machte eine Geste zum Stuhl auf der anderen Seite des Schreibtischs. Sie setzte sich und heftete ihren Blick auf eine Schale mit Büroklammern.

»Ich«, sagte sie nach einer Weile. »Ich möchte bei der nächsten Auswertung schreiben.«

»Sie schreiben doch.«

»Als verantwortliche Autorin.«

Gabor spürte die angespannten Bauchmuskeln unter den gefalteten Händen in seinem Schoß. Er wartete auf eine Erklärung, aber es folgte keine.

»Wie kommen Sie auf diesen Gedanken?«

Das Glas ihrer Brille schrumpfte ihre braunen Augen zu willensstarken Knöpfen. Ihr Oberkörper war gerade, aber die Schulter schob sich vor, als drückte sie gegen einen unsichtbaren Widerstand.

»Weil ich gut schreibe.«

»Das tun die anderen auch.«

Sie blickte auf. Keine Unsicherheit, keine Zeichen von Zweifel, nur Entschlossenheit und der beneidenswerte Glaube, im Recht zu sein.

»Außerdem würden wir Zeit sparen.«

»Entschuldigung. Aber worüber sprechen wir?«

Sie blickte zur Seite, zu einer alten Apothekerwaage, die er auf einem Flohmarkt in Freiburg erstanden hatte.

»Ich weiß: Das ist nicht ideal. Aber ich bin nicht die Einzige, die so denkt. Drei Mal. Wir mussten den letzten Bericht drei Mal überarbeiten. Das ist reine Energieverschwendung.«

Wenn Gabor sie richtig verstand, sprach sie über einen Nebenbericht, der das Fehlen eines Hirnareals mit dem Auftreten einer Erscheinungsform der Prosopagnosie in Verbindung bringt. Die Korrelationen, die ihre Tests ergaben, waren so dürftig ausgefallen, dass sich daraus nur Vermutungen und der übliche Verweis auf nötige Folgeuntersuchungen ergaben. Gabor hatte Yann gebeten, die Ergebnisse in Form zu bringen, damit die Forschungssackgasse wenigstens unter der Rubrik »Dokumentation unserer Arbeitsgruppen« in der hauseigenen Postille erschien und so zumindest die Publikationsliste des Teams aufhübschte.

»Ich weiß nicht, was Sie vorhaben, aber was immer es ist: Versuchen Sie es anders.«

»Ich habe gar nichts vor. Ich möchte nur meine Arbeit tun, und zwar so gut und effizient wie möglich. Ich denke, das entspricht den Zielen und Werten dieses Hauses.«

»Seit wann gehört das Anschwärzen von Kollegen zu diesen Gepflogenheiten? Falscher Ansatz, wie gesagt.« Er nahm das Telefon wieder auf, wandte sich zum Fenster. Am Rand seines Gesichtsfeldes sah er sie verschwommen wie ein Gespenst den Arm heben und auf seinen Bildschirm zeigen.

»Sie können selbst vergleichen. Ich habe Ihnen eine zweite Version geschickt. Damit Sie sehen, wie ich an die Sache rangegangen wäre.«

Er drückte die Taste zur Wahlwiederholung, und als er sich umdrehte, war sie gegangen.

Timothys Stimme hob augenblicklich seine Laune. Die Sehnsucht nach der Insel warf ihn einen Lidschlag später auf die Geröllpiste vor ihrem Grundstück. Das Schneiden der Luft in den Nasenlöchern, das Lehmrot der harten Erde, die Sträucher mit den zitternden Silberästen – er badete in gleißender Erinnerung.

»Gabor«, sagte er. »Aus Berlin.«

»Oh«, machte Timothy verdutzt, als hätte er seinen Anruf schon vergessen. »Ach ja. Gabor. Wie geht's? Gut angekommen?«

»Klar. Und selbst?«

»Sicher«, sagte er nur. Und dann: »Wollte sagen, dass Christos die Mauer ausgebessert hat. Alles in Ordnung. Keine Ziegen mehr. Keine Ziegen auf privatem Grund.«

»Oh. Schön. Gute Nachrichten.« Wie immer, wenn er mit Timothy sprach, gab Gabor seiner Stimme ungewollt eine näselnd distanzierte Note. »Und sonst? Wie geht's der Grube? Fortschritte in Sicht?«

»Wir lernen, uns zu gedulden.« Timothy lachte bitter. »Wir wollten ein Abenteuer? Jetzt haben wir ein Abenteuer!« Er lachte wieder, dieses Mal über seinen Spruch, und Gabor tat ihm den Gefallen und lachte mit. Plötzlich stockte Timothy: »Sag mal: Bist du in der Klinik?«

»Ja.«

Gabor hörte ein seltsames Pfeifen, vor Freude oder Überraschung, und Timothy flüsterte, als wenn Maureen in der Nähe wäre.

»Wir haben diese Sprachregelung, weißt du. Sie lautet: Uns geht's gut, wir vermissen nichts. Schon gar nicht unsere Arbeit an einem Londoner Krankenhaus. Falls wir unsere Arbeit aber doch vermissen sollten, gehen wir ins Gesundheitszentrum und bieten der Inselgemeinschaft unseren ehrenamtlichen Dienst an. Verstehst du? Aber es stimmt nicht. Ich vermisse es. Ich denke jeden Tag ans Krankenhaus. An die Müdigkeit nach einer Nachtschicht. Mein Gott, an die Gänge mit den Kinderzeichnungen. Und diese Gerüche!« Er schnaufte. »Was liegt bei dir in der Luft?«

»Was? Keine Ahnung.« Gabor tat trotzdem, als würde er schnüffeln, doch Timothy hatte das Interesse schon wieder verloren. »Wir sollten hier verschwinden«, sagte er. »Traum verwirklicht, Illusion verbrannt. Soll ich dir sagen, was hier in der Luft liegt? Das Fallen der Grundstückspreise.«

Jetzt lachte Gabor.

»Das wäre mir neu.«

»Was glaubst du denn? Seit der Leiche gibt es nur noch ein Thema.«

»Was für eine Leiche?«

»Habt ihr das nicht mehr mitbekommen? Eine Leiche lag am Strand, in der Nähe der Südspitze. Wahrscheinlich ein Flüchtling, der von der türkischen Seite kam. Und jetzt haben alle Angst vor Zuständen wie auf Lesbos. Überfüllte Lager und herumlungernde Waisen, die, falls sie nicht Touristen beklauen, den Immobilienmarkt ruinieren. Keiner wird mehr Häuser kaufen wollen.«

Gabor konnte sich die hysterische Kettenreaktion, die eine angespülte Leiche in den schnell entflammbaren Dorfgemeinschaften auslöste, lebhaft vorstellen. Jeder Anlass zur Bildung von Untergangsszenarien war hoch willkommen. *Chásame*, wir haben verloren, hatte es vor einigen Jahren geheißen, als eine der Reedereien die Insel von ihrer Route nahm. Eine goldene Saison später wollte sich kaum jemand an die Jammerei erinnern – die Konkurrenzgesellschaft schickte inzwischen Highspeedfähren, und weil ein russisches Hochglanzmagazin einen Jubelartikel über ihr lange übersehenes Eiland gebracht hatte, ankerten im Sommer riesige Jachten vor den Buchten und aus den lieblosen Souvenirläden waren schicke Juweliere geworden. »Gottes Wege sind unergründlich«, sagten jetzt zufrieden die, die im letzten Jahr noch den Teufel an die Wand gemalt hatten. Trotzdem glaubte Gabor, dass Timothy übertrieb. Steigende oder fallende Grundstückspreise, das war vor allem Timothys Thema. Er und Maureen lebten nur aus diesem Grund nicht längst wieder in London. Sie hatten für ihr viktorianisches Häuschen in Belsize

Park zwar so viel bekommen, dass sie bis zum Ende ihrer Tage gut in Griechenland, Südfrankreich oder Kroatien leben konnten, inzwischen waren die Preise in ihrer Heimatstadt aber so gestiegen, dass ihr übrig gebliebenes Vermögen nur noch für ein handtuchschmales Reihenhaus in den Außenbezirken reichte, und das kam für sie nicht infrage. Sie hatten den Aufstieg ihrer Insel und die damit einhergehende Bewegung auf dem ägäischen Immobilienmarkt deshalb mit großem Interesse verfolgt und gehofft, ihr kleines Örtchen würde, einmal von den Russen entdeckt, in die Topliga des internationalen Tourismus aufsteigen und dies würde die Quadratmeterpreise in jene schwindelerregenden Höhen treiben, die in Fiscardo auf Kefalonia, Thyra auf Santorini oder auf der heiligen Erde von Patmos verlangt und bezahlt wurden. Aber das war nicht geschehen. Dafür war das Wasser an ihren Buchten nicht türkis, die Steine an den familienfreundlichen Stränden nicht kugelrund und die Landschaft nicht mystisch genug. Ihre Insel war malerisch, wie es in den Reiseführern nichtssagend hieß, aber den meisten Fünf-Sterne-Gästen schlicht nicht dramatisch genug. Deswegen hatten Berit und er auch genau dort ihr Haus gekauft.

»So schlimm wird's schon nicht. Aber wenn ihr wirklich verkaufen wollt, höre ich mich gern um.«

»Nicht nötig«, sagte Timothy wie erwartet.

Endlich listete sein Postfach die neu eingegangenen Mails auf. Lavinia Seidler 8:50, in der Betreffzeile der Titel des Gemeinschaftsaufsatzes, dahinter, in fetten Buchstaben: »Zweite Version«. Drei Ausrufezeichen. Die Kollegin hatte Humor. *Wollen Sie diese Nachricht wirklich löschen?* Yes, formten lautlos seine

Lippen, während er Return drückte. Er beendete das Telefonat so gut gelaunt, dass er Timothy nicht nur mehrmals dankte, sondern unvorsichtigerweise noch einen Anruf in Sachen Trinkwasser ankündigte.

»Oh«, machte Timothy. »Always a pleasure.«

# 3

Gabors Beine schmerzten nach dem ersten Arbeitstag wie nach einer langen Wanderung. Er fischte das letzte Stück Pizza vom Teller, nahm einen Schluck Rotwein und versuchte herauszuhören, ob das Kindergeschrei aus der Nachbarschaft Ausdruck von Begeisterung oder Angst war. Plastikeimer und Schaufeln lagen zwischen den letzten verfaulten Aprikosen auf dem verbrannten Rasen, den sie nicht mehr sprengen würden, weil er sowieso nicht mehr zu retten war. Die Äste des Baums waren gewachsen, drückten auf der einen Seite gegen die Holzlatten der Trennwand zum angrenzenden Garten und reichten auf der anderen schon durch die angerosteten Verstrebungen der Schaukel. Wenn die umtriebige Maureen, Herrin über zwei Morgen griechischer, mit Oliven, Feigen- und Nussbäumen veredelter Erde ihre klägliche Parzelle sähe, würde sie wahrscheinlich kurz mitleidig seufzen und dann mit perfidem Pragmatismus ausrufen: »Genau das Richtige – solange man berufstätig ist.« Auch Yann, dachte Gabor, konnte seine Verwunderung beim ersten Besuch in der Siedlung kaum verhehlen. Von der Parkbucht war er Gabor in den Kopfsteinanger, durch den Vorgarten mit der Birke und danach die Stufen hinauf in die niedrige Diele gefolgt, stand im nächsten Moment schon breitschultrig in der Terrassentür und nahm verdutzt den winzigen Garten und die Trennwand in Augenschein, unbeweglich wie ein Riese, der fürchtet, mit einer unbedachten Bewegung einen der filigranen Klappstühle umzuwerfen. Geradezu verlegen erzählte er von den Ländern, in denen er gearbeitet hatte, gab, als Berit nachfragte, nur ausweichende Antworten, als wollte er die abgezirkelte Idylle ihrer Welt nicht stören oder als könnten sie das, was er erlebt hatte, ohnehin nicht verstehen. Gabor hatte natürlich gesehen, was Yann dachte, während er mit Berit höflich über die Herkunft im Wind raschelnder Gräser sprach oder den Apfelkuchen lobte: »So lebt ihr also!«

Durch die offene Küchentür hörte er jetzt Berits gedämpfte Stimme Malte etwas vorlesen, ein angenehmes Murmeln, das vom Schlag einer Tür und grellem Lachen von einem der Nachbargrundstücke unterbrochen wurde, um sich in der Stille danach umso beruhigender fortzusetzen. Am Morgen hatte er vor Yann so getan, als störte ihn Berits neue Diskretion, in Wirklichkeit gefiel sie ihm. Sie war Teil einer rätselhaften Veränderung, die mit ihr vorging, seit sie im Dienste eines Erbenermittlers nach verschollenen Verwandten suchte, um ihnen die frohe Nachricht einer Erbschaft zu überbringen. Die latente Unzufriedenheit, der jammernde Unterton in ihrer Stimme waren schlagartig verschwunden. Berit besaß das, was sie selbst die »Gabe der Schnellrauskriegerei« nannte. Ihr Orientierungs- und Abkürzungssinn war untrüglich. Sie spürte auf, fand schöne Orte, wusste, wie und wo man suchen musste, hatte aus ihrem Instinkt bisher aber kaum berufliches Kapital schlagen können. Nachdem sie ihre Doktorarbeit über romanische Kirchen in Südfrankreich nach vier nervenaufreibenden Jahren abgebrochen hatte, saß sie für einen Stundenlohn, der ihm die Tränen in die Augen trieb, hinter dem Schreibtisch einer Galerie im verwaisten Grenzgebiet zwischen Kreuzberg und Mitte, aber das dekorative Herumsitzen und Leutebeobachten waren ihr zuwider, und so begrub sie ihren Traum von der Kunst und begann für einen Schulbuchverlag die Rechteinhaber der Bilder zu ermitteln, mit denen in den Lehrbüchern die Aufgaben veranschaulicht werden sollten. Manchmal waren die Rechteinhaber nicht zu ermitteln, Berit fand sie trotzdem. Mehrere Male wurde ihr eine Redakteursstelle angeboten, sie lehnte jedes Mal ab, weil sie sich dann vor allem mit den Forderungen und Beschwerden der Autoren hätte herumschlagen müssen, vorwiegend pensionierte Oberstudienräte mit der Neigung zum besserwisserischen Monolog. Sie verabscheute diese Gespräche, konnte sich ihnen aber nur schwer entziehen, und die letzte Zeit vor ihrer Kündigung bestand Berits Beitrag zur ehelichen Abendunterhaltung vor allem in den selbstquälerisch detaillierten Nacherzählungen dieser Telefonate. Doch aus seinem Vorschlag, den Job sausen zu lassen, hörten ihre empfindlichen Ohren nur ein »Ich verdiene doch genug« heraus, und in dem Rat, sich nach etwas Neuem umzusehen, den Vorwurf, sich nicht genügend um Alternativen zu kümmern. Als Berit ihm eines Abends den Ausdruck einer Stellenanzeige auf die Zeitung schob, war seine Freude viel zu überschwänglich, um sie nicht misstrauisch zu machen.

»Erbenermittler. Das klingt doch wie Kopfgeldjäger!?«

»Ach was«, hatte er gesagt, obwohl seine Assoziationen in eine ähnliche Richtung getrieben waren. Er sah halbseidene Anwälte und fetthaarige Glücksritter aus amerikanischen Filmen, die Opfern von Verkehrs- oder Chemieunfällen millionenschwere Entschädigungszahlungen versprechen und von Gerechtigkeit und Wiedergutmachung reden, während sie schon den Beteiligungsvertrag zur Unterzeichnung über den Tisch schieben.

Berit nahm an einem Schulungswochenende in einem Tagungshotel teil, von dem sie nicht nur Berge von Unterlagen – Einführungen ins Erbrecht, Grafiken zur Erbordnung, Lotsen durch den labyrinthischen Prozess der Erbscheinbeantragung –, sondern auch Geschichten mitbrachte, die sich nach drittklassigen Vorabendserien anhörten. »Ein Schweizer Trapezkünstler, urplötzlich an einer seltenen Form des Knochenschwundes erkrankt, stürzt sich verzweifelt von einem Felsen in den Vierwaldstädtersee; der ermittelte Erbe, ein in Luxemburg lebender Banker, schlägt das Erbe aus Angst aus, die zerbrechlichen Knochen des Verstorbenen gleich mit zu erben«, sagte sie kopfschüttelnd. Sie machte sich über die Rechercheure lustig, verkrachte Historiker, Vertreter für Rasierapparate oder »Allesundnichtskönner wie ich«, die seriös taten wie Geschichtsforscher und an den geselligen Abenden mit ihren Fällen angeberisch auftrumpften. Sie lachte Tränen, als sie den Geschäftsführer imitierte, der bei ihrer ersten Begegnung clownesk gegrinst und »Wir leben vom Tod« gesagt hatte, um nach bedeutungsvoller Pause hinzuzufügen: »Gar nicht mal schlecht, wie Sie sehen werden.«

Die Tätigkeit war eintönig: Berit schickte formalisierte Briefe an Einwohnermeldeämter und Friedhofsverwaltungen, um Einblick in Geburts- oder Sterbeurkunden zu erhalten, und als sie nach Monaten zäher Bemühungen schließlich ihren ersten Erben in Hamburg ausfindig machte, hätte seine Reaktion nicht enttäuschender ausfallen können. Das voreheliche Kind eines ehemaligen S-Bahnfahrers schien sich für die bescheidene Erbschaft nur zu interessieren, um mit seinen verhassten Halbgeschwistern einen sinnlosen gerichtlichen Streit vom Zaun zu brechen, der die Überweisung ihrer Provision in unbestimmte Zukunft verschob. Das Blatt wendete sich erst, als sie einem Potsdamer Mathematikprofessor mitteilte, dass er von einer Tante in Kanada geerbt habe. Der überraschte Mann rechnete ihr noch am Telefon die Unwahrscheinlichkeit eines solchen Falles vor, lud Berit in sein Haus ein und studierte fasziniert den von ihr ausgerollten Stammbaum seiner Sippe. Berit kam von diesem Abend, Gabor fand kein treffenderes Wort, würdevoll gefasst zurück, als wäre sie Teil von etwas Großem geworden und hätte einen der raren Momente erlebt, in denen die unterirdischen Ströme des Lebens an die Oberfläche sprudeln, sichtbar, aber unbegreiflich. Sie sprach nicht viel über ihre Fälle, obwohl sie den Erfolg genoss. Ihr Lachen war hell und klar, ihre Bewegungen von selbstgewisser Ruhe.

Berits Stimme war verstummt. Ein Summen lag in der Luft, knisternd und entfernt, als wäre die Atmosphäre elektrisch geladen. Wie unaufdringlich die mitteleuropäische Wärme im Gegensatz zur aggressiv die Sinne angreifenden Hitze des Südens doch war, dachte Gabor. Im Nachhinein blieb von den Wochen auf der Insel vor allem ein Eindruck von Unwirklichkeit, von fiebriger Aufgewühltheit, und er war auch in diesem Jahr froh, sie hinter sich gebracht zu haben.

»Ach Sie sind das!«, hatte Karsten Sieverth am Nachmittag ausgerufen und mit ausgestrecktem Finger auf Gabors Namensschild gezeigt, als er ihm einen Besuch abgestattet hatte. »Ihre reizende Kollegin hat mir schon gesagt, dass ich eine angeborene Störung habe, die mir bisher nicht aufgefallen ist. Aber eine Störung, die nicht stört, ist ja wohl keine.«

Der breitschädlige Mann sah ihm nicht in die Augen, sondern auf den Kragen. Dann irrte sein Blick eine Weile in Gabors Gesicht herum, bevor er sich wieder auf das ungefährliche Terrain unterhalb seines Kinns zurückzog. Ob aus Ärger oder Erkennungsschwäche: Sieverths Blickflucht war phänomenal.

»Im Prinzip haben Sie natürlich recht«, sagte Gabor, und während er Sieverth ihr Vorgehen erklärte und die Tests und Übungen beschrieb, geschah, was meistens passiert, wenn Gabor mit Gesichtsblinden sprach: Etwas von Sieverths Unsicherheit ging auf ihn über, sein Blick glitt über Sieverths Züge wie über eine gleichförmige Landschaft auf der Suche nach dem einen, dem hervorstechenden Merkmal und blieb an der Haarsträhne hängen, die mit verwegenem Schwung in seine massige Stirn fiel wie ein störrisches Überbleibsel aus lange vergangener Jugend.

»Sie behaupten also«, unterbrach ihn Sieverth, »ich bilde mir Ihre Nase, Ihren Mund und das alles nur ein. Was sehe ich stattdessen? Ein Loch?«

Sieverth starrte Gabor an, als wollte er sein Gesicht aufspießen, um es sich mit Gewalt einzuprägen, und Gabor spürte, wie er dabei an Lebendigkeit verlor und zu einer Ansammlung bedeutungsloser Einzelheiten zerfiel, wie er, für einen schwindelerregenden Moment, geradezu unsichtbar wurde.

»Natürlich sehen Sie«, hatte er geantwortet. »Sie sehen eher zu viel als zu wenig.«

Das Weinglas war leer. Eine Weile schaute er in das verdorrte

Gestrüpp der Hecke, in dem schon seit dem Winter eines von Maltes Plastikförmchen steckte, bevor er nach seinem Mobiltelefon griff. Yann meldete sich nach dem zweiten Klingeln, und obwohl er es nicht vorgehabt hatte, sagte Gabor ohne Begrüßung: »Was ist passiert, als ich im Urlaub war?«

»Wie bitte?«

Gabor versuchte seine Direktheit durch einen ironischen Unterton zu mildern.

»Na, was ist passiert, als ich auf der Insel war?«

Yann lachte verdutzt.

»Gabor? Alles in Ordnung?«

»Ich weiß es nicht.« Gabor war von seiner eigenen Schroffheit erschrocken. »Heute kam Lavinia zu mir. Sie will als verantwortliche Autorin schreiben.« Er machte eine Pause. »Aber eigentlich hat sie sich beschwert. Über dich.«

Schweigen. Dann fragte Yann: »Und?«

»Das frage ich dich.« Keiner von ihnen sagte etwas. Yanns lauerndes Warten vergrößerte seinen Ärger nur.

»Was?«, sagte er. »Du glaubst, ich hätte was mit ihr angefangen?«

»Was weiß denn ich? Wieso führt sie sich so auf? Sie ist ehrgeizig, aber nicht dumm. Der Auftritt hätte sie den Kopf kosten können.«

»Woher soll ich das wissen?«

Im Hintergrund ein Rauschen, das immer wieder abriss, als führe Yann beim Telefonieren Rad oder stünde auf einem windigen Berg. Für einen Moment tat Gabor seine Heftigkeit leid, doch dann stieg der Ärger über Yanns Schlampigkeit wieder auf.

»Und das nächste Mal informierst du mich bitte, wenn wir einen Neuzugang mit Prosopagnosie haben. Karsten Sieverth. Auf der Nachbarstation. Symptome wie vom Himmel gefallen.« Auf der anderen Seite herrschte Stille. »Schönen Abend noch.«

Er saß in der kühler werdenden Abendluft. Das Brett der Schaukel schwankte leicht, und mit der Dämmerung schien der Wald, der gleich hinter der Hecke begann, näher zu rücken. Gabor lauschte nach Vögeln oder anderen Waldgeräuschen, hörte aber nur entfernte Juchzer und Schreie aus der Nachbarschaft. Er dachte an Berit, die wahrscheinlich wieder arbeitete. Er trug das restliche Geschirr in die Küche. Malte war lange eingeschlafen, aus Neles Zimmer drang durch die geschlossene Tür Musik. Während er die letzten Stufen zu Berits Zimmer im Dachgeschoss hochstieg, sah er durch die offene Tür einen Ausschnitt des Sofas, das sie sich von ihrer ersten Provision geleistet hatte. Sie saß am Schreibtisch, drehte langsam den Kopf, blickte ihm mit leicht gespitzten Lippen neugierig entgegen.

# 4

Einige Tage später erhielt Gabor Besuch vom Leiter der Berufungskommission. Am späten Vormittag steckte Professor Overkamp, der fünfzehn Jahre lang der neurologischen Klinik als Direktor vorgestanden hatte und dem treuen Haus inzwischen als Berater verbunden war, seinen Kopf zur Tür seines Zimmers hinein und klopfte gegen den Türrahmen.

»Darf ich?«

Gabor legte einen Bericht zur Seite und stand auf. Mit energischen Schritten steuerte Overkamp auf ihn zu, schüttelte dabei den Kopf:

»Sehen Sie: falsche Erinnerung. Ich bin felsenfest davon ausgegangen, dass man auch von Ihrem Büro das Allerheiligste sehen kann. Aber es ist nur der Tiergarten.« Während sie sich die Hand gaben, kam ihm Overkamp so nah, dass Gabor die langgestreckten Porenschlitze in seinen hageren Wangen sehen und den Pfefferminzatem riechen konnte, den sein breiter Mund mit den abschätzig nach unten zeigenden Winkeln verströmte. Gabor schwieg, denn alles, was ihm als Erwiderung auf der Zunge lag, hätte ihn weiter in die Defensive geraten lassen. Schweigend führte er seinen Gast zur Fensterfront, von der man, vorausgesetzt man blickte im spitzen Winkel nach links, einen Seitenflügel des Amtes entdecken konnte.

»Tatsächlich!« Den Kopf zwischen die knochigen Schultern

gezogen, spähte Overkamp nach draußen. Gabor nutzte die Gelegenheit und ging zum Schreibtisch zurück. »Da sitzen sie. Nehmen sich noch wichtiger als wir. Mich hat das immer erleichtert: im Schatten der Politik. Sie machen ihre Arbeit, damit wir in Ruhe unserer nachgehen können.« Overkamp richtete sich auf, den Kopf zur Seite gelegt, und sah für einen Moment wie ein blinder Habicht aus. »Störe ich Sie?«

»Nicht im Geringsten.«

»Was studieren Sie da?«

»Ein Betroffener hat Leidensgenossen befragt und stellt seine Erkenntnisse mit freundlichen Grüßen der Forschung zur Verfügung. Die einen haben nur Gesichtsfeldlücken, die anderen können zwar Gesichter erkennen, vergessen sie aber kurze Zeit später wieder.«

»Natürlich«, sagte Overkamp abwesend, während er, die Hände im Rücken verschränkt, Gabors Regal abschritt. Er nahm den Stein, den Nele als Vierjährige von einem Inselstrand mitgebracht hatte, betrachtete das Urwaldwesen darauf. Die khakifarbene Hose, das Poloshirt mit dem Emblem auf der Brust, das eingestanzte Muster im Leder der Schuhkappe, dazu die überrumpelnden Bemerkungen und das ewig joviale Grinsen – bis eben hatte Overkamp wie das Klischee eines golfspielenden Chefarztes gewirkt, aber das war nur Maskerade, eine Verkleidung, die er sich zugelegt hatte, seitdem er keinen Kittel mehr trug. Er hatte weder ein Büro noch eine klar umrissene Funktion, trieb sich aber noch immer gern auf den Stationen herum und einem närrischen Alten, der wie ein General in die Zimmer stürmte, öffneten sich die Türen gezwungenermaßen von allein. Doch jetzt, da Overkamp schwieg, war seine natürliche Autorität wieder spürbar. Er maß fast zwei Meter, hielt sich trotz seines Alters aufrecht und hatte, sobald er seine Augen nicht herumwandern ließ, einen stechenden Blick, der die Dinge hungrig an sich riss.

»Ich war in Ihrer Vorlesung. Einführung in die Psychoneurologie. Vor den Semesterferien. Haben Sie mich nicht bemerkt?«

»Doch«, sagte Gabor abwartend. Overkamp hatte in einer der oberen Reihen gesessen und zu seinem Freizeitoutfit eine Sonnenbrille mit kreisrunden Gläsern getragen. Gabor hatte nach der Vorlesung zu ihm hochgehen wollen, war aber von einer Studentin aufgehalten worden.

»Sie haben eine interessante Art, Zusammenhänge zu erklären. Sehr ungewöhnlich. Ihr Witz geht auf niemandes Kosten. Geradezu verteufelt human.«

Overkamp hielt den zerlesenen Pschyrembel in der Hand, den Gabor auf seinem Nachttisch gefunden hatte, nachdem er seinem Vater die Wahl seines Studienfaches eröffnet hatte. Darauf eine Karte mit nur sechs Worten: *Gute Wahl. Viel Erfolg. Dein Vater.*

»Und?«, sagte Overkamp. »Sind Sie nervös?«

»Sollte ich?«

Statt zu antworten, schaute Overkamp wieder in den Medizinatlas. Es kostete Gabor Mühe, nicht mit den Fingern auf den Tisch zu trommeln.

»Es war sehr aufschlussreich, mal wieder im Auditorium zu sitzen, zwischen all den blutjungen Menschen, die fleißig mitschreiben und Ihnen an den Lippen hängen. Neunzehn, zwanzig Jahre jung und ohne Schimmer von dem, was auf sie zukommt.«

Als Overkamp nichts weiter sagte, tat Gabor ihm den Gefallen und fragte: »Was kommt denn auf sie zu?«

»Überstunden. Keine Zeit für die Familie. Undankbare Patienten und die Erfahrung, kaum etwas ausrichten zu können. Winzige Brötchen backen und nicht über den Tellerrand schauen, sonst endet man noch wie diese Weltverbesserer, getrieben von schlechtem Gewissen darüber, nicht den Planeten retten zu können. Ach du lieber Gott!«

Als Gabor die übertrieben weißen Zähne sah, fiel ihm das Gerücht ein, nach dem Overkamp alle paar Wochen bei den Kollegen der Zahnchirurgie hereinschneie, um seinen Vorrat an Bleichgel aufzufüllen. Entweder wollte Overkamp, dass Gabor als Gegenleistung für seine Unterstützung nur seine Haltung abnickte, oder er wartete tatsächlich auf eine Geste der Dankbarkeit und Wertschätzung, darauf, dass Gabor etwas von sich gab, das Overkamps Rang unterstrich und seine Lebensleistung würdigte.

»Herr Overkamp«, sagte Gabor. »Wie kann ich Ihnen helfen?«

»Wir haben uns noch nie persönlich unterhalten«, sagte dieser und ließ sich auf dem Besucherstuhl vor Gabors Schreibtisch nieder. »Auch Medizinerin?«, fragte er, nachdem er das Porträt von Berit auf dem Schreibtisch entdeckt hatte.

»Meine Frau ist Kunsthistorikerin.«

Overkamp betrachtete erst Berit, dann ihn. Die in alle Richtungen abstehenden weißen Augenbrauen, die Kraterhaut, die spannenden Lippen in der Farbe von gekochtem Schinken. Als ihm das Schweigen zu unbehaglich wurde, stand Gabor auf und trat ans Fenster. Der Anblick des Tiergartens beruhigte ihn, und für einen Moment war er versunken, als wäre er allein im Zimmer. Als er sich umwandte, fixierte ihn der Professor.

»Wissen Sie, wie Sie wirkten, als Sie vor den Studenten gelesen haben? Wie jemand, der nichts mehr erreichen will, weil er schon alles hat. Aber was viel schwerer wiegt: Sie reden über unser Fach, als würde man sich nicht die Hände schmutzig machen. Als käme man unbeschadet aus der Sache raus. Sie geben so ein verflixt sympathisches Vorbild ab. Gut für Sie, denn die Studenten lieben Sie, schlecht für die Studenten, denn das Erwachen wird schmerzhaft sein.«

»Ich sollte also lieber so tun, als machte mir der Job keinen Spaß? Ich sollte ständig Witze über den Anteil arbeitsloser Alkoholiker unter den Schlaganfallpatienten machen, bei denen Hopfen und Malz ohnehin verloren ist?«

»Tun Sie nicht so, als verstünden Sie mich nicht«, sagte Overkamp, bevor er aufstand. »Sie zeichnen ein falsches Bild. Sie idealisieren. Dabei wissen Sie genau, worum es geht: Verantwortung. Schuld. Wem man diese Erfahrung nicht anmerkt, taugt nicht für die Lehre.«

Minuten später saß Gabor noch immer wie versteinert an seinem Schreibtisch. Er griff nach dem Telefon, legte den Hörer aber gleich wieder in die Mulde. Er nahm die Fernbedienung und ließ die Jalousie herunterfahren, deren Lamellen Schatten verbogener Finger an die Wand warfen und den Raum in gedämpftes Licht tauchten. Draußen vom Flur hörte er die Schritte vorbeieilender Pfleger oder Ärzte, und bei dem Gedanken an die vor ihm liegenden Untersuchungen, an die Patientengespräche und die Personalsitzung, die er in zwei Stunden leiten musste, flatterte Panik in ihm auf, ein vielstimmiges Rauschen wie von einem Schwarm abhebender Tauben.

Er schwamm vom Sandstrand der Krummen Lanke bis zur Boje und wieder zurück. Er versuchte, an nichts zu denken, schlug rhythmisch seine Arme ins Wasser. Haubentaucher schaukelten zwischen dem Schilf auf der vom Wind gekräuselten Oberfläche. Das mächtige Rauschen der Bäume schloss sich über ihm wie eine Glocke. Als das Geschrei der am Ufer tollenden Kinder in sein Bewusstsein drang, hatte er beschlossen, Overkamps Auftritt zu ignorieren. Es war weder eine Prüfung noch ernst gemeinter Rat gewesen, sondern ein harmloses Muskelspiel. Overkamp hatte keine Bühne mehr und verlor, sobald sich eine Gelegenheit bot, jedes Maß. Gabor stieß die Stirn ins seidige Wasser, wühlte sich mit geschlossenen Augen die letzten Meter bis zum Strand und saß, Handtuch über den Schultern, erschöpft inmitten des Trubels, als ihm mit einem Mal das Gesicht des Mannes auf der Fähre vor Augen stand. Der hasserfüllte Blick, mit dem er Gabor durchbohrte.

Er hatte ihn schon vergessen und die letzten Stunden, während das Schiff sich unter wolkenverhangenem Himmel an der Küste Apuliens entlangschob, kein einziges Mal an ihn gedacht. Doch dann sah er ihn wieder. Kurz bevor die Fähre im Hafen von Ancona einlief, wollte Gabor an der Rezeption den Kabinenschlüssel gegen seinen Ausweis tauschen, als er ihn dort stehen sah, am Ende des Tresens, nur wenige Meter von Gabor entfernt, flankiert und an den Armen festgehalten von zwei Offizieren. Die angezogenen Schultern, die Locken mit dem Grauschleier. Er war es. Und er hatte auch Gabor erkannt und starrte ihn voller Hass an, als wäre Gabor für seine Ergreifung verantwortlich, als hätte Gabor ihn verraten.

»Mister Lorenz?« Der Steward hatte ihn an der Schulter berührt. »Mister Lorenz. Your passport.«

Gabor hatte seinen Ausweis entgegengenommen, seine Tasche aufgehoben und war zur Treppe gegangen, die hinunter zu den Parkdecks führte, den wütenden Blick des Mannes im Rücken.

Als Gabor den Wagen in die Parkbucht lenkte, konnte er Yanns Bus nirgends entdecken, aber das musste nichts heißen, denn die Hälfte der Zeit stand der ohnehin in einer Werkstatt und dann kam Yann mit der S-Bahn oder mit dem Taxi. Seit ihrem unangenehmen Telefonat hatten sie nicht miteinander gesprochen, und aus irgendeinem Grund hatte Gabor erwartet, dass Yann sich melden würde, um zu fragen, worüber Lavinia sich eigentlich beschwert hatte, oder um, beleidigt von Gabors Unterstellung, den Besuch abzusagen, aber der Anruf war ausgeblieben. Gabor schaute zur weinroten Fassade ihres Hauses, sah die bunten Vogelbilder auf der Scheibe von Maltes Fenster, den Ausschnitt seines Bücherregals im Zimmer daneben, die Deckenlampe hinter dem Fenster des Wohnzimmers. Er blieb sitzen, bis das Ziehen in der Magengegend nachgelassen hatte.

Im weißen Leinenhemd, das Haar zum Pferdeschwanz gebunden, saß Yann im Wohnzimmer und balancierte ein leeres Weinglas auf zwei Fingern. Berit ihm gegenüber, ein Bein über das andere geschlagen, wippte mit dem gebräunten Fuß, der in einer Riemchensandale steckte. Yann hob das Glas und nickte ihm zu. Gabor beugte sich über seine Frau.

»Wir amüsieren uns schon eine Weile«, sagte sie, wies wie zum Beweis auf die fast leere Flasche. Sie zog seinen Kopf zu sich. Sie hatte einen frischen Chardonnay-Atem und roch nach einer Creme, die er nicht kannte. Er drückte seinen Mund auf ihre Lippen und richtete sich wieder auf.

»Yann erzählt gerade von Mexiko. Er wollte mal ein Auto verkaufen und macht mit einem Interessenten gerade eine Probefahrt, als der sich als Psychopath entpuppt, der sich umbringen will. Er rast durch die Stadt, rammt andere Autos und in einer Kurve überschlagen sie sich.«

»Was? Und was ist dann passiert?«, fragte Gabor.

»Ich hab gedacht: Ich sterbe. Aber ich hatte ein gutes Leben.«

Gabor sah Yann überrascht an.

»Seltsame Geschichte«, sagte er. »Wo sind die Kinder?«

»Oben.« Berit gluckste und steckte schon wieder die Nase ins Glas.

Malte spielte allein in seinem Zimmer und Nele lag auf ihrem Bett, während der Hit aus ihrer Anlage säuselte, den die Inselcafés diesen Sommer rauf und runter gespielt hatten. Es zerriss Gabor das Herz. Die ausgestreckten dünnen Arme ragten über den Rand des Bettes, ihr Mund stand offen, ihr Blick war wie erloschen. Sie antwortete nicht, als er fragte, ob er reinkommen dürfe. Er blieb im Türrahmen, lauschte der Musik.

»Wovon singt sie gerade? Liebe? Schmerz? *Triantáfyllo*? Was heißt *Triantáfyllo*?«, fragte er. Endlich kam das genervte Tochterstöhnen. Angewidert verzog sie das Gesicht. »Was singt sie?«, setzte er nach. »Du bist meine Rose? Du riechst wie eine Rose?«

»Hör auf!«, rief sie, doch ihre Miene klarte auf. »Sie singt: Ich trage dich bei mir. Wie eine Rose im Mund.«

»Wie eine Rose im Mund«, wiederholte er. Ihr Lachanfall war schon wieder vorbei. Sie hatte sich zur Wand gedreht. Zwischen T-Shirt und dem Bund ihrer Jeans sah ein Stück ihres Rückens hervor, noch immer tief gebräunt, als hätte sie Monate am Strand verbracht.

»Ich weiß, dass du es dir jetzt nicht vorstellen kannst, aber ich verspreche dir: Es geht vorüber.«

»Sprecht Ihr euch eigentlich ab?«

»Wie bitte?«

»Mama und du.«

Gabor schwieg.

»Kommst du? Es gibt Essen.«

Sie aßen unter einem hohen dunkelnden Himmel auf der Terrasse, während eine Meise auf dem Holzbrett der Schaukel Körner pickte, die Malte oder Berit dort ausgelegt hatten.

Malte staunte mit offenem Mund und wollte plötzlich von Yann wissen, ob es wehtue, wenn man beim Kiteboarden oder Fallschirmsurfen, wie Malte sagte, nach den Sprüngen aufs Wasser fällt.

»Nicht so dolle.« Yann pickte, die Unterarme auf den Tisch gestützt, das nächste Fischstück aus dem Risotto und versprach, ihn das nächste Mal mitzunehmen, und entlockte mit seinen Campingbusgeschichten sogar der lustlos in ihrem Essen stochernden Nele einige Lacher. Als die Kinder gegangen waren, lehnte Yann sich zurück und kramte gemütlich nach seinem Tabak, als hätte es ihren Konflikt vor einigen Tagen nie gegeben. Während er eine Zigarette drehte, schabte sein Pferdeschwanz mit leisem Kratzen über seinen Hemdkragen. Bronzene Haut und die Zufriedenheit des Sonntagskindes. Er sah noch fast genauso aus wie zu Studentenzeiten, nur dass seine Züge kantiger geworden waren und sich zwei tiefe Falten von den Nasenflügeln zu seinen Mundwinkeln gruben. Das unangenehme Ziehen in der Magengegend machte sich wieder bemerkbar. Gabor füllte sein Glas und trank den Wein in kleinen Schlucken wie Medizin, schaute so lange in die Buchen hinter der Hecke, bis der Ärger auf Yann sich in Dankbarkeit für Berit verwandelte, die das Gespräch gut gelaunt am Laufen hielt.

»Glücksfee, Therapeutin, Anwalt«, sagte sie gerade. »Was mich erstaunt: Die meisten werden misstrauisch, haben Angst, dass mit dem Geld eine Verpflichtung verbunden ist oder etwas zum Vorschein kommt, das ihre Welt ins Wanken bringen könnte.«

»Was denn?«, fragte Yann.

»Was weiß ich? Dass der Vater noch eine zweite Familie hatte. Oder der Großvater sich als Kriegsverbrecher entpuppt. Oder dass sie selbst adoptiert sind. Dabei sind die Verstorbenen *entfernte* Verwandte.«

Yann blickte Berit an, ruhig, mit vor Überraschung leicht geweiteten Augen, wie er es bei Patienten tat, um ihr Vertrauen zu gewinnen.

»Und wieso Anwalt?«, fragte er.

»Sobald ich ihre Bedenken zerstreut habe, wollen sie alles so schnell wie möglich hinter sich bringen, als könnten sie sonst ihre Erbschaft wieder verlieren.«

»Woher willst du das wissen?«, fragte Gabor. Seine Stimme klang forscher als beabsichtigt. »Woher weißt du das alles? Sagen sie dir das? Sprecht ihr darüber oder behauptest du das nur, weil du so selbst reagieren würdest?«

Berit zuckte resigniert mit den Schultern. »Siehst du?«, sagte sie zu Yann. »Er mag meine Arbeit nicht. Wie das Wühlen in dreckiger Wäsche. Er findet das Ganze unanständig.«

»Das habe ich nie behauptet.«

»Das wäre auch noch schöner«, rief Berit lachend und rückte dabei näher an ihn heran. Er spürte ihre warme Brust an seiner Seite, während sich ihre Hand fest wie ein Ring um seinen Oberarm schloss. »Ach«, machte sie, ließ plötzlich von ihm ab und angelte den letzten Klacks Mousse au Chocolat aus der Glasschale, gleichgültig oder gekränkt.

Ihre Eltern waren beide tot, aber auch als sie noch lebten, hatte sie nur selten über ihre Familie gesprochen, nicht weil ihre Kindheit unglücklich gewesen wäre, sondern weil sie in unspektakulärer Harmonie verlaufen war, über die es nichts zu erzählen gab. Sie war in einem Dorf nahe der dänischen Grenze aufgewachsen, als einzige Tochter eines Immobilienmaklers, der mit seiner Familie nach Düsseldorf zog, als Berit vierzehn war. »Die einzige Herausforderung meiner behüteten Kindheit bestand darin, mich gegen den Spott meiner neuen Schulkameradinnen zur Wehr zu setzen und die schnell wechselnden Regeln des Modediktats zu durchschauen«, hatte sie bei einem ihrer ersten Treffen ihre Jugend knapp zusammengefasst.

Mit plötzlich aufwallender Zärtlichkeit dachte Gabor an den Abend in einem Kölner Biergarten: Berit hatte von dem raffinierten Farbkonzept der Meisterhäuser in Dessau geschwärmt. Sie war genau in ihren Ausführungen, stockte immer wieder, als wollte sie keine Fehler machen, sah auf der Suche nach der passenden Bezeichnung mit durchdringendem Blick an ihm vorbei. Sie trug das Haar noch kinnkurz, den unauffälligen Pagenschnitt der höheren Töchter, der nicht zu ihrer mitreißenden Lebendigkeit passte. Sie hatte einen breiten Mund, der sich ständig zu bewegen schien, und er hatte sie angestaunt und sich irgendwann über den Tisch gebeugt und sie geküsst, und sie hatte gelacht, bevor sie seinen Kopf so fest an ihren gepresst hatte, dass seine Nase schmerzte.

Malte sprang im Schlafanzug auf Berits Schoß und hielt ihr ein Blatt so nah vors Gesicht, dass sie nichts erkennen konnte.

»Was ist das?«

»Ein Auto, ein Haus, ein Hund?«, sagte sie.

»Ein Hubschrauber, der auf einer Wiese landet.« Er zeigte Yann die Zeichnung, der anerkennend nickte, dann hielt er sie Gabor kurz hin und raste ins Haus zurück, wo Nele schon auf ihn wartete, um ihn ins Bett zu bringen.

Es war dunkler geworden, aus der Erde stieg herbstliche Kühle, und in der Ruhe, die Maltes aufgekratzte Raserei hinterlassen hatte, schienen sie auf unangenehme Weise zusammenzurücken. Yann blickte gedankenverloren in den Garten, während Berit die Flamme des Feuerzeugs an den Docht einer Kerze hielt.

»Du hast meine Frage noch nicht beantwortet«, sagte Berit zu Yann. Gabor glaubte, er hätte etwas nicht mitbekommen, als ihm klar wurde, dass sich Berit auf etwas bezog, worüber die beiden vor seinem Eintreffen gesprochen haben mussten.

»Wieso ich in Freiburg mit der Phantomschmerzforschung aufgehört habe?« Yann lachte. »Schon so lange her. Ich glaube, ich konnte die Verstümmelten nicht mehr sehen. Beinstümpfe und Armstummel. Irgendwann hängt dir das zum Hals raus.« Er genoss den Moment der Verwirrung, bis Berit merkte, dass er einen Witz gemacht hatte. Er rieb die Hand über seine Augen, als wäre er plötzlich müde. »Phantomschmerz bedeutet Spiegeltherapie! Und Spiegeltherapie heißt: Zauberei. Eine simple Kiste, ein eingebauter Spiegel, und den Augen kommt es vor, als wäre die fehlende Hand wieder da. Aber die Frage ist doch: Warum soll ein fehlendes Organ eigentlich nicht schmerzen? Diese Leute haben sich aufgeführt wie Magier. Das war mir zuwider.«

»Aber man mildert doch Schmerzen. Ist das kein ausreichender Grund?«, fragte Berit.

»Auch die Schönheitschirurgie mildert die Schmerzen einer Illusion. Es ist doch so: Jede Illusion bereitet früher oder später Schmerzen.«

»Ich weiß nicht, ob ich deiner Meinung bin«, sagte Berit zögernd.

Gabor trank sein Glas in einem Zug leer, stand auf und ging in die Küche. Er stellte das Geschirr auf die Arbeitsplatte, als Berit von hinten ihre Arme um seinen Bauch schlang und ihre Wange an seinen Rücken drückte.

»Alles in Ordnung?«

Er wandte sich zu ihr.

»Ich kann das einfach nicht mehr hören: Jede Illusion bereitet Schmerzen! Und die Herablassung. Warum arbeitet er dann wieder an einer Universitätsklinik, wenn ihm das alles nicht passt?«

»Du kennst ihn doch«, sagte sie einlenkend und gab ihm einen schnellen Kuss. Sie nahm eine Wasserflasche aus dem Kühlschrank, während er die Teller in den Geschirrspüler räumte, doch bevor sie wieder nach draußen ging, sagte sie: »Vergiss die Kalamari nicht.«

»Was?«

»Und die Sonnencreme.«

Berit warf ihm einen Blick zu, den er nicht verstand, und dann hörte er sie Yann gut gelaunt fragen: »Was hat dich eigentlich zu solch einem Zyniker gemacht?«

Er stand gebeugt neben dem Geschirrspüler, einen dreckigen Teller in der Hand, während sich seine Kopfhaut zusammenzog, als hätte sich eine Eishand auf seinen Schädel gelegt. Kalamari. Sonnencreme. Wie in Zeitlupe drang die Erkenntnis durch den Nebel seiner Begriffsstutzigkeit. Er selbst hatte die Worte auf eine der Karten an Berit geschrieben. Eine der Karten, die er dem Mann in den Laster hinterhergeworfen hatte, musste angekommen sein.

Einen Lidschlag später saß Gabor im Schlafzimmer auf ihrem Bett und starrte auf die Urlaubsansicht, die an Berits Nachttischlampe lehnte. Vorn der berühmte Felsen und ein Ausschnitt des beliebtesten Sandstrandes. Er drehte die Karte um und las, was er mit schwarzem Rollerball eines Morgens bei Prekas am Hafen geschrieben hatte.

*Der Sturm hat über Nacht Stühle von der Eisdiele ins Meer gerissen. Zettel aus der Hosentasche: Kalamari oder, falls nicht vorhanden, Barbe. Zitronen. Und so weiter und so fort. Sonnencreme mit Lichtschutzfaktor dreißig. Das Wort »Bravo« hallt herüber, ohne dass jemand zu sehen ist. Ich sehne mich nach Dir. G.*

Er blickte wieder auf die Vorderseite. Keine Zeichen, nirgends eine Spur. Seine Augen wanderten über den fotografierten Strandabschnitt: Sonnenschirme als winzige Punkte, vereinzelte Menschen, die im Sand liegen, klein und unscharf. Eine Reihe Tamarisken, daneben der Campingwagen, an dem Sandwiches und Getränke verkauft werden. Zum dritten Mal hielt er die Karte etwas näher, bis er zum dritten Mal die Schrift des Poststempels auf der italienischen Briefmarke las. Modena. Sein Herz schlug wie verrückt. Sie waren auf der Fahrt nach Berlin auch an der Stadt vorbeigekommen, hatten sogar ganz in der Nähe in einer Raststätte zu Abend gegessen. Er verstand es nicht. Er hatte doch gesehen, wie der Mann festgesetzt worden war, die beiden Offiziere, die ihn festgehalten hatten. Seine Gedanken nahmen Anlauf, stießen aber immer wieder gegen eine Wand, hinter der er das von Wut verzerrte Gesicht des Mannes sah. *Mister Lorenz. Your passport.* Er hatte die Karten mit ihrer Adresse und er kannte seinen Namen.

Durchs offene Fenster hörte er die Stimmen von Berit und Yann. Seine Frau lachte, Yanns Stimme klang dunkel, amüsiert. Gabor hörte genau hin, bis sich etwas in ihm verhärtete und ihm war, als könnte er Yanns Stimme sehen, eine ansteigende und immer wieder abbrechende weiße Linie vor schwarzem Hintergrund. Er legte die Postkarte auf den Nachttisch zurück und ging hinunter.

Als Yann sich verabschiedete, schlug Gabor vor, ihn nach Hause zu fahren. Berit und er standen Arm in Arm in der offenen Tür, und er sagte: »Komm, ich fahr dich schnell.«

Sie hatten während des Abends kaum ein Wort miteinander gewechselt, und im Auto breitete sich Verlegenheit aus wie ein unangenehmer Geruch. Auf der Stadtautobahn öffnete Gabor das Fenster, die Luft war wärmer als in ihrer Siedlung am Rande des Waldes, angereichert mit etwas, das Aufregung versprach. Offene Fenster, Musik, Schweigen. In Freiburger Zeiten waren sie manchmal so zu einem der Bergseen gefahren, spontan im Morgengrauen durch klare, beißende Luft. Gabor wechselte von der Autobahn auf eine Allee mit breiten Bürgersteigen. Die Tische vor den Restaurants waren noch alle besetzt, und er hatte den Impuls einzuscheren, um sich in einer Seitenstraße mit Yann in eines der Cafés zu setzen, aber er beschleunigte und überquerte eine Kreuzung bei Gelb, erleichtert, als hätte er einer Versuchung widerstanden. Während sie in gleichbleibender Geschwindigkeit an der Hochbahn entlangfuhren, sah ihn Yann von der Seite an.

»Was soll ich sagen? Tut mir leid, dass ich den Patienten mit Prosopagnosie übersehen habe.«

»Ist mir auch schon passiert«, antwortete Gabor, ohne den Blick von der Straße zu nehmen. Danach sagte keiner mehr etwas.

Yann bewohnte in Friedrichshain eine Zweizimmerwohnung im Seitenflügel eines Altbaus, die vom Makler als Loft angepriesen worden war, weil der Eigentümer die Wand zwischen Küche und Wohnzimmer eingerissen und im Hof einen Satz Balkone hatte an die Wand schrauben lassen. Die Miete war horrend, aber das störte Yann nicht. Ein Rennrad hing im Flur, im Wohnzimmer lehnten Surfbretter. Ein Schreibtisch, Plattensammlung, im Schlafzimmer eine Matratze auf den Dielen, statt eines Schranks die gleiche Kleiderstange auf Rollen, an der schon in Yanns Studentenzimmer die Hemden eingestaubt waren. Das einzige Mal, als Gabor mit hinaufgegangen war, hatte Yann ihm ein Bier in die Hand gedrückt und ihn auf den Balkon geführt. In der Enge des Hofes senkte man unwillkürlich die Stimme, die Wohnungen gegenüber waren einsichtig wie Bühnenbilder. Er erinnerte sich: eine Frau, die auf hohen Schuhen durch einen großen, nur mit einem Ledersofa ausgestatteten Raum schritt, langsam, als memorierte sie einen Text. Der Schirm einer Pendellampe wölbte sich tief über einem Holztisch, und in einem mit Regalen zugestellten Arbeitszimmerschlauch saß ein Mann am Computer, Kopfhörer über den Ohren. Danach hatten sie in einer Kneipe um die Ecke Billard gespielt. Yann hatte natürlich gewonnen.

Gabor fuhr langsam, vorgebeugt. Die Bürgersteige waren zu schmal, immer lief jemand auf der Straße, sorglos, überzeugt davon, im Recht zu sein. Menschentrauben vor den Bars, Autos in der zweiten Reihe zwangen ihn, anzuhalten. Im Schritttempo kroch er hinter einem Fahrradfahrer her, der in der Straßenmitte seelenruhig vor sich hin gondelte. Als Gabor abbog, klopfte ein Mann in weißem Unterhemd auf die Motorhaube, machte das Victoryzeichen. Die Ausgelassenheit, die Gewissheit, unverwundbar zu sein. Kaum einer von ihnen war älter als Mitte zwanzig.

Sie trugen die Versprechen der Zukunft wie Kleidungsstücke. Es war ihm schleierhaft, wie Yann hier leben konnte, als berauschte er sich an einer ewigen Aufbruchsstimmung, als tauchte er im Gewimmel unter. Seit Gabor selbst Vater war, gehörten für ihn alle, die ein Jahrzehnt jünger waren, schon zur Generation seiner Tochter, lebten wie durch eine unsichtbare Scheibe getrennt in ihrer eigenen Welt. Er hielt in der Einfahrt vor Yanns Haus, stellte den Motor aus. Yann hatte die Hand schon am Türgriff.

»Danke für's Fahren«, sagte er.

»Warte.«

Yann sank in die Lehne zurück, sah ihn abwartend an. Gabor starrte auf das Rund des Tachometers. Zum ersten Mal fiel ihm auf, wie schmal die Nadel der Geschwindigkeitsanzeige war, wie elegant ihre Spitze auf dem Plastikstift auflag. Wie lange kannten sie sich? Zwanzig Jahre. Ein lapidares Nicken, nachdem sie sich nach einer Vorlesung auf der Straße begegnet waren, ein schweigsames Essen an benachbarten Tischen in der Mensa – wenige Tage später saßen sie schon nebeneinander in der Vorlesung.

Er warf Yann einen Blick zu. Er schien auf nichts vorbereitet, und Panik stieg in Gabor auf, doch der Gedanke an das, was er gleich sagen würde, beruhigte ihn. Es war von Anbeginn eine Zwischenlösung gewesen, ein Unterschlupf, etwas, das unter der Hand eingefädelt worden war, um irgendwann komplikationslos zu enden.

»Yann, hör zu: Ich werde deinen Vertrag nicht verlängern. Es geht nicht mehr.«

Für einen Moment herrschte Stille, dann hörte er Yanns entsetzte Stimme.

»Wie bitte?«

»Du hast verstanden. Es tut mir leid.« Gabor blickte wieder auf die Nadel des Tachometers.

»Das kann doch nicht wahr sein. Weil Lavinia sich über mich beschwert hat?«

Gabor schüttelte den Kopf.

»Oder bist du eifersüchtig?«

»Ich habe nie verstanden, warum du bei uns arbeitest. Mir kommt es vor, als vertreibst du dir die Zeit. Es ist wie damals. Du nimmst weder uns noch die Arbeit wirklich ernst.« Gabor sah Yanns Fassungslosigkeit und konnte selbst nicht fassen, was er tat, obwohl er gleichzeitig glaubte, diesen Moment schon erlebt zu haben, wie manchmal, wenn man etwas, das man insgeheim mit sich herumträgt, endlich in die Tat umsetzt. Gabor holte tief Luft. »Deine Ambitionslosigkeit ist für uns alle eine Provokation«, sagte er. »Du bist nicht lässig, sondern nachlässig.«

Das Knacken des Motorblocks, das leise säuselnde Radio, das die Stille umso intensiver machte. Als er wieder zu Yann blickte, lächelte der schon wieder überlegen.

»Du bist mit meiner Arbeit als Arzt also nicht zufrieden?«

»Das habe ich nicht gesagt«, antwortete Gabor und sah durch die Scheibe auf die erst kürzlich gestrichene ockerfarbene Fassade des Hauses und die Tür mit dem massiven Messingknauf. Er dachte an die Karte auf Berits Nachttisch, doch sie löste nichts mehr in ihm aus. Sie hatte ihren Schrecken verloren.

»Gut«, sagte Yann irgendwann. »Gut«, sagte er noch einmal und stieg aus.

Die Wucht der Erleichterung traf Gabor verspätet, erst als er wieder über die nachtleere Autobahn gen Süden fuhr, aber dann so stark, dass er nicht mehr wusste, wie er diesen Schritt so lange hatte vor sich herschieben können. Im Haus war es still. Er machte kein Licht, schlich hinein wie auf fremdes, unbekanntes Gebiet, das Schritt für Schritt zu seinem wurde. Die Luft war körnig wie ein Gegenstand. Fenster standen offen, es gab kühle Strömungen und warme Zonen in den Nischen und Ecken. Er stieg die Treppe hinauf, mit anwachsendem, unkontrollierbarem Stolz auf sein, auf ihr Leben, auf das, was sie geschaffen hatten, was sich zwischen Berit und ihm gebildet und mit den Jahren um sie angereichert hatte. Er war stolz auf die Kinder, auf seine, auf Berits Arbeit. Das Haus mit den Zimmern voller Kram und Erinnerungen, die Wege des Tages, die Handgriffe, die vertrauten Gesten und Berührungen, die Gewissheit, mit Berit an einem Strang zu ziehen, obwohl er das, was sie trieb und zusammenhielt, niemals hätte in Worte fassen können. Alles, was er sich wünschte, schien greifbar zu sein. Er stand barfuß auf den warmen Dielen des Flurs, von dem die Schlafzimmer abgingen, überwältigt von dem Moment. Maltes Tür war angelehnt, die Straßenlaterne warf mattes Licht durch die Vorhänge auf das Spielzeugchaos. Memorykärtchen auf dem Teppich, Bücher, die Spielmatratze wölbte sich über einem Legohaufen. Sein Sohn schlief, die Decke ans Fußende gestrampelt. Neles Tür war geschlossen wie immer. Etwas knarrte im Gebälk, als er die Tür zum Schlafzimmer öffnete, hineinschlich und sie wieder schloss. Es war der größte Raum auf der Etage, nur mit wenigen Möbeln bestückt. Die Schrankwand, ein einzelner Stuhl, sonst nichts als das Bett an der Stirnseite, von dem jetzt ein Rascheln kam und das Atmen seiner Frau. Im Halbdunkel sah er ihre Hand, die sich ihm entgegenstreckte.

# 5

Es begannen Tage anstrengungsloser Selbstverständlichkeit. Ihm war, als hätte er etwas Altes, Verbrauchtes aus seinem Leben geschoben, etwas beendet, das jahrelang auf falschen Voraussetzungen beruht hatte. Schon lange hatte sie nicht mehr verbunden als die Erinnerung an durchfeierte Nächte und die erschöpfenden Tunnelphasen der Paukerei, an die Wanderungen und Radtouren durch den Hochschwarzwald. Die Umstände hatten sie zusammengeführt und sie nach dem Studium wieder auseinandergeweht. Er hatte sich vor allem geschmeichelt gefühlt, als Yann ihn um Arbeit gebeten hatte, es hatte ihm gefallen, helfen zu können, es hatte ihm erlaubt, sich zu zeigen, wie er sich sehen wollte: erfolgreich, einflussreich, großzügig. Yann und seine Geschichten. Er hatte bei ihnen gerastet. Er hatte einen Hauch von Abenteuer an ihren Tisch mitgebracht, die Frische der Ungebundenheit, und war dafür mit Brot und Wein beköstigt worden. Doch in ihrem Lachen über seine Anekdoten war immer auch Schauder mitgeklungen, ein Schrecken angesichts seiner Ruhelosigkeit, die ihr eigenes Leben in behaglicherem Licht hatte erscheinen lassen. Sie waren einen Vertrag eingegangen, der längst seine Gültigkeit verloren hatte. Einige Tage lang begleiteten ihn solche Gedanken, am Rand seines Bewusstseins bewegte er sie aus Pflichtgefühl hin und her. Er erwachte im Morgengrauen, ausgeruht, schwamm, bevor er in die Klinik fuhr. Er sprach mit niemandem über die Sache, aber alle schienen es schon zu wissen. Bei der nächsten Besprechung der Arbeitsgruppe erschien Yann nicht und niemand fragte nach ihm.

Lavinia begann die Experimente und Übungen mit Karsten Sieverth. Sie schloss die Folgen des Hirntraumas als Ursache der Prosopagnosie aus. Sieverth war weder farbenblind noch ließ sich eine Beeinträchtigung der räumlichen Wahrnehmung nachweisen. Er konnte sehr wohl zwischen Gesichtern und Häusern oder Autos unterscheiden und schnitt überdurchschnittlich gut bei den Tests ab, die nach der Wahrnehmung von emotionalem Ausdruck, Geschlecht und Attraktivität von Gesichtern fragten. Als Lavinia die Zeiten verglich, die er zur Identifizierung von Gesichtern und anderen Objekten benötigte, glühten auf dem Bildschirm nur die Areale auf, die fürs Sehen allgemein, aber nicht jene, die für die Gesichtserkennung zuständig sind. Es bestand kein Zweifel: Karsten Sieverth litt an angeborener Prosopagnosie. Und nichts war von seiner Pampigkeit geblieben. Als er mit einer EEG-Haube in einem abgedunkelten Untersuchungsraum lag, wirkte er wie ein Mönch, der mit ehrfürchtiger Gefasstheit das Ausmaß begriff, in dem er sich seit der Geburt in die Tasche log.

»Alles ist irgendwie weg«, sagte er.

»Alles ist noch da«, antwortete Gabor. »Sie nähern sich nur der Wirklichkeit. Der Wirklichkeit Ihrer Wahrnehmung.«

»Die Wirklichkeit ist aber furchtbar.«

»Darf ich?« Lächelnd reichte Lavinia ihm das Brillengestell, in dessen Rahmen kleine Monitore statt Gläser steckten, drückte danach beruhigend Sieverths Hand.

Es taten sich überraschende Löcher in seinen eng mit Terminen gefüllten Tagen auf. Das neue Semester hatte noch nicht begonnen, es fielen kurzfristig Besprechungen aus, Berichte gingen ihm schneller als sonst von der Hand. In der geschenkten Zeit fand er sich auf einer Bank unter einer Kastanie im Klinikpark wieder, gedankenverloren eine Krähe beim Zerrupfen eines Eispapiers beobachtend, oder in einem der neu eröffneten Cafés mit Bänken aus grobem Holz statt Tischen, wo er, überzuckerten Eiskaffee aus einem Plastikbecher schlürfend, Zeitung las. Als er in der Kantine einen blutjungen Stationsarzt beruhigte, der sich Vorwürfe machte, weil eine seiner Patientinnen verstorben war, stand plötzlich Overkamp neben ihnen, eine riesige Sporttasche in der Hand.

»Schmeckt der so, wie er aussieht?« Overkamp blickte auf den matschigen Himbeerkuchen.

»Golfplatz?«, fragte Gabor.

»Tennis, mein Lieber. Mann gegen Mann.«

»Wollen Sie uns Gesellschaft leisten?«

Ekel erschien auf Overkamps Zügen, während er mit ausgestrecktem Zeigefinger auf die Süßspeise zeigte.

»War das etwa Overkamp?«, flüsterte der Assistenzarzt, nachdem er wieder verschwunden war. »Noch seltsamer, als ich ihn mir vorgestellt habe.«

Er hatte den Stuhl ans Fenster gerückt und blickte, das Opernglas vor den Augen, hinüber zum Amt. Er drehte am Ring. Aus der unscharfen Fläche wurde grauer Teppich. Alle Türen geschlossen, niemand zu sehen. Er fuhr über die abstrakten Gemälde an der Wand nach rechts, wo der Gang sich zu einer Art Laube öffnete. Die Ledersofas waren unbesetzt. Er schwenkte zurück zur ersten, noch immer geschlossenen Tür und verharrte lange unbewegt, als könnte er durch beharrliche Aufmerksamkeit den Mann aus seinem Büro locken, der mehrmals am Tag in die Raucherecke stürmte, um – in eines der Sofas gefläzt – wild gestikulierend zu telefonieren und zwei, drei Zigaretten wegzuqualmen.

Er dachte an das, was Overkamp gesagt hatte, als er hier gestanden hatte. *Sie machen ihre Arbeit, damit wir in Ruhe unserer nachgehen können*. Der Satz kam seiner eigenen Sicht nah, klang ausgesprochen aber wie eine unzulässige Vereinfachung. Er ließ das Fernglas sinken, als seine Hand zu schmerzen begann, und blickte sich zufrieden in seinem Zimmer um. Die schwarzen Regale, die Stahlrohrstühle auf der anderen Seite des Schreibtischs, die Fotos seiner Kinder. Er hatte noch keinen einzigen Gedanken an seinen Vortrag verschwendet, aber ihm war leicht zumute wie lange nicht.

Sein Sohn gab vor, ihn nicht zu bemerken, als Gabor in Socken in der Tür des Kreativraums stand, in dem Malte gerade Sand in einen Messbecher goss.

»Malte ist abgeholt!«, riefen zwei Jungen, gehässig, neidisch. Gabor stand da und sah die Konzentration im Gesicht seines Sohnes. Malte wollte ihm zeigen, was er tat, aber nicht, dass Gabor etwas dazu sagte. Die beiden Jungen rollten auf Gymnastikbällen unauffällig näher, wie Katzen, die sich schamhaft dem Ort der Zuwendung nähern.

Im nächsten Moment rannte Malte auf ihn zu und streckte die Arme nach ihm aus.

Sie fuhren zum Spielplatz, der versteckt zwischen Villen und einem Eichenwäldchen lag, und Malte konnte nicht genug davon bekommen, auf einem alten Autoreifen Seilbahn zu fahren. Ein älteres Mädchen turnte im Kletterbaum, behände wie ein Äffchen, und gebannt schaute Malte hinauf, verlor dann aber die Lust und ging schaukeln, während Gabor einen Ball aus dem Auto holte.

»Du musst so machen.« Malte jagte den Ball wie ein Torwart beim Abschlag in die Höhe. Der Himmel hatte sich zugezogen, es würde bald regnen. Der Wind fuhr in die Bäume, rüttelte rauschend an den Kronen. »Nein, Papa! So!«

Die Kugel ging hin und her, wie von allein. Gabor wusste nicht, was tun mit seiner Freude, wohin mit der aufschießenden Liebe. Er schaute in den Himmel, kurz bevor die ersten Tropfen fielen.

Auch Nele schien es besser zu gehen. Hin und wieder starrte sie noch abwesend und mit einem schmerzhaften Gesichtsausdruck ins Nichts, aber sie ging wieder zum Volleyballtraining, und er hatte sie einige Male mit Berit in der Küche sitzen und vertraulich sprechen sehen wie früher. Als er in diesen Tagen ihre Klasse durch die Klinik führte, der Besuch war lange geplant, lachte sie ausgelassen, kicherte wie ihre Mitschülerinnen oder schritt mit ehrfürchtigem Staunen durch die abgedunkelten Untersuchungsräume. Während er ihnen vor einer Lehrtafel den Aufbau des Gehirns und die gängigsten Untersuchungsmethoden erklärte, hörte Nele, bei einer Mitschülerin eingehakt und den Kopf gespannt zur Seite gekippt, aufmerksam zu, wie einem Lehrer, einer neutralen Person, deren Wissen sie interessiert.

»Ich glaube, Nele geht es besser«, sagte er am Abend zu Berit.

Sie lagen auf den Polstern im Wohnzimmer wie im Schutz einer Höhle, nachdem ein Gewitter sie von der Terrasse vertrieben hatte. Durch die offene Tür strömte kühle Luft. Die Sträucher knisterten, als spannten und dehnten sich die Blätter, als wollten sie platzen.

»Hast du eigentlich mal mit ihr geredet? Über diesen Jungen?«

»Ach«, sagte Berit, als wollte sie nicht über Neles Liebeskummer sprechen. »Ich glaube gar nicht, dass es das ist. Sie wird einfach älter, verändert sich. Ist nicht mehr unser kleines Mädchen, das uns alles erzählt.«

Berits Daumen strich über den Bezug des Sofas. Weingläser auf dem Wohnzimmertisch, Aktenordner lagen auf den Dielen, in denen sie vorhin geblättert hatte. Er sah sie an, richtete seinen Blick wie einen Scheinwerfer auf das Gesicht seiner Frau, der ihre Mimik, das Muskelspiel der Nachdenklichkeit zu verstärken schien. »Da ist diese Frau«, sagte Berit. »Sie will ihr Erbe nicht annehmen. Sie ist als junges Mädchen ins Kloster gegangen und hat seit Ewigkeiten keinen Kontakt mehr zu ihrer Familie.«

»Sie kann es doch dem Kloster spenden«, sagte er.

»Nein, nein. Sie ist schon lange keine Nonne mehr. Sie durften nicht mehr als eine Stunde in der Woche sprechen, und als sie gegen eine andere Regel verstieß, musste sie sich mit ausgebreiteten Armen auf den Boden legen und die anderen sind über sie drübergelaufen. Nach zehn Jahren hatte sie die Schikanen satt. Sie hat das Kloster verlassen, sich in eine Talkshow gesetzt und gesagt, dass sie einen Mann sucht.«

»In einer Talkshow?«, fragte er verwundert. »Hat es was gebracht?«

»Nein. Zumindest ist sie schon lange wieder allein. Eine schöne Frau, die viele Jahre als Krankenschwester gearbeitet hat und der man die siebzig nicht ansieht. Sie sagt, sie will das Geld nicht. Das Geld anzunehmen bedeute, all das zu verraten, was ihr wichtig sei.«

Gabor versuchte es sich vorzustellen: Berit im Gespräch mit einer älteren Dame. Ihr Kopf, leicht zur Seite gelegt. Ihr Staunen, ihre entwaffnende Aufmerksamkeit.

»Um was für eine Erbschaft handelt es sich denn?«

»Kein Haus, aber Geld. Dreihunderttausend.« Berit klang ungeduldig, als beinhaltete seine Frage die Unterstellung, es ginge ihr nur um die Provision. »Sie hat überhaupt keinen Bezug zu ihrer Familie. Keinen Groll oder Ähnliches. Sie ist stark und frei – und völlig allein.«

Sie kniff die Augen zusammen, als wollte sie dem Rätsel dieser Frau auf den Grund gehen, doch plötzlich griff sie nach seiner Hand und sah ihn erleichtert an, mit geradezu flehender Dankbarkeit darüber, dass sie einander hatten. Er lächelte, dann schaute er weg. Für sie kam alles einem Wunder gleich, und es ärgerte ihn, dass sie die Einsamkeit dieser Frau dazu benutzte, ihr Zusammensein wieder zu einer Sache der Fügung zu machen.

Aber er musste zugeben, dass diesen Tagen etwas Wunderbares anhing, einem nach dem anderen, und es schien nicht aufzuhören. Sie trafen sich wie zu einem Rendezvous in ihrem eigenen Haus, wechselten von einem Zustand in den anderen, als würden sie durch eine unsichtbare Tapetentür die Sphäre des Schweigens betreten. Berit ging durchs Zimmer, kippte das Fenster, warf Sachen über den Stuhl. Sie legte sich ins Bett, als wäre er nicht anwesend. Sie wickelte sich in die Decke, zog die Beine an, nur ihr Gesicht schaute hervor, und ihre Hand, auf Höhe der Knie. Sie sprachen über Belangloses, über Maltes Kindergartenschwimmen, darüber, dass ein Grundstück zum Verkauf stand. Ihre Stimmen wurden leiser, die Abstände zwischen den Wörtern größer, doch wenn er ihre Hand berührte, war sie warm und öffnete sich. Sie hob ihren Schenkel, und die Decke war verschwunden. Ihre Bewegungen waren langsam und jede Berührung wie doppelt. Einmal aus dem Impuls heraus und das zweite Mal richtig, sich des anderen, des eigenen Tuns klarer bewusst. Die Griffe, das Wälzen und Drehen, als wollten sie Abdrücke hinterlassen. Zwischendurch rührten sie sich kaum, seine Hände auf ihren Schulterblättern. Ihr Atmen war tief, stockte, kaum mehr zu hören.

Die überraschende Finte, der neue Blick auf Altbekanntes. Die Mitglieder der Kommission wollten nicht überzeugt, sondern mitgerissen und daran erinnert werden, dass sie den schönsten Beruf der Welt ausübten. Er hatte es von der anderen Seite des Tisches oft erlebt. Sie wollten daran erinnert werden, dass sie glückliche Menschen waren. Es war kinderleicht, Aufmerksamkeit mit spektakulären Fällen von Gesichtsblindheit zu erregen, doch Gabor wollte in seinem Vortrag die Gesichtserkennung bei Gesunden in den Fokus stellen. Die interessantere Frage war doch: Warum können wir Gesichter überhaupt wiedererkennen? Gesichter, die wir zwanzig oder dreißig, manchmal sogar fünfzig Jahre nicht gesehen haben, aufgedunsene, abgemagerte oder in die Breite getriebene Gesichter, die ihren Charakter verändert haben: das Bindegewebe erschlafft, Wangen eingefallen, Nasen und Ohren vergrößert, und trotzdem – wusch! – ein Blitz des Erkennens, dreihundert Millisekunden schnell, und die bekannte Person tritt aus der Menge hervor. Als trüge jeder, verborgen in seinen veränderbaren Zügen, sein persönliches Urgesicht mit sich herum, eine Matrix aus Winkeln, Abständen und Proportionen, eine rätselhafte Mischung aus signifikanten Merkmalen, ihren Verhältnissen und einem damit verbundenen Ausdruck, dem die Stürme der Zeit nichts anhaben können.

Gabor saß in der Klinik, weil er zu Hause nicht die nötige Ruhe fand, aber ihm fehlte das zündende Bild. Es war nach neun, die blaue Stunde des Kliniktages. Er mochte diesen Übergang, die Distanz zwischen Patienten und Ärzten schmolz, und das Gefühl, gemeinsam in einer schwebenden Kapsel eingeschlossen zu sein, weit entfernt von der Wirklichkeit da unten, stiftete eine Verbundenheit, die sich wieder auflöste, sobald es vollständig dunkel geworden war und der Arzt in der Nacht wieder zum Adressaten der Angst wurde, zum Besänftiger der aufsteigenden Panik.

Er blätterte durch Unterlagen, manche noch aus dem Studium, und fand einen frühen Test zur Gesichtserkennung, den sie noch immer benutzten. Männliche kaukasische Gesichter zwischen dreißig und fünfundfünfzig, zu Paaren oder Vierergruppen angeordnet. Einige erschienen nur ein einziges Mal, doch die, auf die es ankam, in immer neuen Konstellationen. Auffällige Gesichter zu Beginn, mit ausgeprägten Nasen oder Brauen, eng stehenden Augen oder einem scharf geschnittenen Wangenbogen, doch mit höher werdendem Schwierigkeitsgrad wurden die Formen gleichmäßiger. Im dritten Testabschnitt trugen alle Männer Jackett, Hemd und Krawatte und wirkten so nichtssagend freundlich, als säßen sie hinter dem Schreibtisch einer Versicherung oder dem Schalter einer Bank, unauffällig, nahezu austauschbar, aber noch immer von jedem Menschen mit intakter Gesichtserkennung problemlos von den anderen zu unterscheiden. Dieses feine Sensorium, diese Verschränkung von Wahrnehmungs- und Abgleichleistung kam ihm selbst heute noch wie ein wunderbares Rätsel vor, dessen Lösung sich jedes Mal weiter zu entziehen schien, desto genauer sie den Ort der Repräsentanz im Gehirn lokalisieren und die Pfade der Reizübertragung verfolgen konnten.

Als er sich für Gesichtserkennung und Prosopagnosie zu interessieren begann, war auch Berit davon fasziniert. Für sie bildete das Gesicht die Schnittmenge ihrer beruflichen Leidenschaften, den Bereich, an dem sich ihr kunsthistorischer und sein medizinischer Blick trafen. Sie schenkte ihm einen Bildband von Arcimboldo, sie besuchten Ausstellungen über das Porträt in der Renaissance. Es geschah wie von allein, sie sahen anders, achteten, reagierten auf Details. »Hast du den gesehen? Die Augenpartie wie dieser Schauspieler«, sagte Berit auf der Straße plötzlich. Doch als sie gemeinsam ein interdisziplinäres Symposion besuchten, bei dem Kunsthistoriker, Mediziner und Informatiker sich im Seminarraum einer Dahlemer Villa drängten, um sich über die »Auflösung des Gesichts« auszutauschen, klafften die Unterschiede ihrer Wahrnehmung auseinander. Während Berit interessiert Vorträge über »Die Maske bei Kafka« oder »Das zerfließende Antlitz bei Francis Bacon« verfolgte, wuchs in ihm der Groll gegen das Gerede über das Wechselspiel von Innen und Außen, auf die selbstverliebte Lust, mit der man sich dem Abseitigen und Exzentrischen verschrieb, den er nur mit Mühe nicht gegen Berit richtete. Seine Laune hob sich erst, als ein Gesichtschirurg aus München an die Reihe kam und den um Worte nie verlegenen Geisteswissenschaftlern mit subtiler Schadenfreude demonstrierte, was Mediziner unter in Auflösung begriffenen Gesichtern verstanden. Er warf Bilder von Menschen an die Wand, denen der Krebs Nase und Wangen weggefressen hatte, blutige Fleischlandschaften, in denen Röhrchen steckten, durch die die Folter- oder Unfallopfer mit Mühe noch atmen konnten. Er zeigte Menschen mit Elefantitis, denen das Gesicht in Lappen vom Schädel floss, und säureverätzte Hautpartien, deren verästelte Narben wie Spinnennetze die relevanten Merkmale überwucherten, und verdarb damit allen Anwesenden fürs Erste den Spaß am Bizarren. Auf der kurzen Rückfahrt schwieg Berit verärgert, als hätte Gabor den Kollegen höchstpersönlich eingeladen, um ihr ein für alle Mal vor Augen zu führen, welche Beschäftigung von Relevanz und was ein netter Vormittagsvertreib für die studierte Hausfrau sei.

Er liebte die griechischen Plastiken, die italienischen Porträts blasser Damen oder die hellen Tupfer auf den runden Mädchengesichtern von Vermeer, aber statt sich in die Fratzen von Goya oder die pastosen Gesichtsflächen Daumiers zu vertiefen, beides Maler, die Berit verehrte, betrachtete er lieber das Passfoto von Markus Mustermann, elektrisiert von der Fähigkeit des Gehirns, selbst diese Nullachtfünfzehn-Visage von anderen zu unterscheiden, obwohl er, wenn er ehrlich war, nicht sagen konnte, warum ihn diese menschliche Gabe so faszinierte. Nach diesem Zwischenfall verfolgte Berit seine Arbeit zwar weiterhin mit Wohlwollen, hielt sich aber mit spielerischen Kommentaren zurück und rief, wenn sie sich stritten, manchmal sogar: »Starr mich nicht so an!« Als würde er sie ansehen, abschätzen wie eines seiner Beispiel- und Referenzgesichter.

Die Schritte draußen auf dem Gang hatten abrupt gestoppt, aber als niemand klopfte, blätterte er weiter durch die Vorbereitungsbögen und Materialien, die er vor dem Staatsexamen unzählige Male durchgegangen war, damit ihm nicht das Gleiche wie bei den ersten beiden Anläufen zum Physikum passierte: durchgefallen. Schaumstoffkegel in den Ohren, hatte er in der Bibliothek gesessen, wiederholt und wiederholt, bis er dumpf eine Tonfolge und dann eine weibliche Stimme aus versteckten Lautsprechern hatte sagen hören: »Die Bibliothek schließt in fünfzehn Minuten.« Als einer der Letzten war er durch die Glastür nach draußen getreten, ausgelaugt, überwach. Die kalte Luft rein wie in den Bergen, die Lichtreflexe auf dem Kopfsteinpflaster, das Schild über dem Gasthaus gegenüber im gelblichen Schein der Straßenlaternen. Hinter sich hörte er das ausgelassene Lachen einer bekannten Stimme, während er sich herabbeugte, um das Fahrradschloss zu entriegeln. Er wandte sich um und sah Yann in Begleitung einer jungen Frau die Straße entlanggehen.

»Hey«, rief Yann überrascht, als er Gabor erkannte. Die beiden kamen Hand in Hand auf ihn zu. Gabor hatte Yann noch nie so unbeschwert gesehen.

»Bis zur letzten Minute, was?«

»Ja«, sagte er.

»Wo bist du gerade?«, fragte Yann, der das Examen schon hinter sich hatte.

»Noch immer bei der Inneren.«

»Alles halb so schlimm.« Er schaukelte mit der Hand des Mädchens, was Gabor aus den Augenwinkeln wahrnahm, denn obwohl er es angesehen hatte, während die beiden näher gekommen waren, schaute er jetzt nur Yann an.

»Das ist übrigens Gabor. Ein Freund aus der Uni. Und das ist Kyra.«

»Hallo«, sagte er.

Sie lächelte nur. Sie war einige Jahre jünger als Yann. Sie hatte ein schmales Gesicht und ihre helle Haut war so dünn, dass er glaubte, sie mit dem Blick zu berühren. Er wusste nicht, ob er sie schön fand oder ob ihre Ausstrahlung von ihrem Wissen rührte, dass sie für schön gehalten wurde. Sie wirkte zurückhaltend, aber auch ungeduldig, fast blasiert, als wäre sie es gewohnt und genervt davon, angestarrt zu werden. Doch dann fragte sie.

»Bist du auch aus Ungarn?«

»Was?« Er lachte. »Ach so, nein. Meine Eltern fanden nur den Namen schön.« Sie nickte, schon wieder desinteressiert. Danach herrschte Schweigen. »Und was macht ihr?«, fragte er.

»Kino«, sagte Yann und lächelte, als hätte er ihm nicht zugehört. »Na dann, wir sehen uns bald.«

Die beiden schlenderten weiter, während Gabor stehen blieb, aufgewühlt, vor Enttäuschung wie erstarrt.

# 6

Und die Karte? Hatte Gabor überhaupt einen Gedanken an die Karte verschwendet, nachdem er sie auf Berits Nachttisch gefunden hatte? Er konnte sich ihr Auftauchen nicht erklären und hatte sich verboten, über sie nachzugrübeln, obwohl sie noch immer in der Schublade lag und ihm der Strand mit den Tamarisken manchmal zufällig ins Auge fiel, wenn Berit sie öffnete, um ihre Ohrringe in die Schatulle zu legen oder ein Taschentuch herauszuholen.

Trotzdem wusste er sofort, was Berit meinte. Es war während einem ihrer regelmäßigen Wochenendausflüge ins Brandenburger Umland. Der hoch aufgeschossene Gutsbesitzer führte Malte auf einem Pony übers Gelände, während Nele mit anderen Mädchen bei den Ställen märkische Erde aus den Hufen schwerfälliger Kaltblüter kratzte. Berit und er saßen auf einer Bank vor einer Baracke, Becher mit dampfendem Kaffee in der Hand. Bobbycars und Kinderfahrräder verstreut auf der ungemähten Wiese. Scheunen, zu Apartments mit bodentiefen Fenstern ausgebaut, weite Felder und auf der steinigen Fläche vor dem Herrenhaus die Volvos und Mercedes-Kombis mit Berliner Kennzeichen.

Berit schaute über die Wiesen, hob den Becher an die Lippen und sagte: »Solche Steine gibt es hier nicht.«

Ihre Stimme klang verträumt. Sein Herz begann sofort zu rasen.

Es war kein Stein, sondern ein Felsvorsprung, der oberhalb eines Weges durch die Macchia wie eine scharfe Adlernase aus dem Berg ragte. Er hatte ihn gezeichnet und darunter die Pflanzen aufgelistet, die ihm ins Auge gefallen waren. Mit starrem Lächeln blickte Gabor über die Wiese, während sie fragte: »Wo hast du ihn gefunden?«

»Auf einer Wanderung zu den Nistplätzen der Möwen«, sagte er.

Berit zog die Karte aus der Jackentasche und betrachtete sie. Er streckte den Arm aus, sie gab sie ihm, und er sah seine Bleistiftzeichnung. Darunter stand:

*Thymian, Salbei. Oregano, Lorbeer, Majoran. Das Kräutermeer war unglaublich. Du hättest viel mehr erkannt. Heute leihen wir ein Boot und schippern die Buchten ab. Und unsere verwöhnte Tochter darf Wasserski. Dein G.*

Er ließ den Blick lange auf der Initiale des eigenen Namens liegen, bevor er den Mut fand, in die obere Ecke zu schauen. Ungläubig starrte er auf die gestempelten Türme der Marienkirche. München. Er – wenn er es war, der sie schickte – hatte zwei weitere Landesgrenzen überschritten. Er hatte eine deutsche Briefmarke aufgetrieben und die Karte in einen Postkasten auf Münchner Stadtgebiet geworfen. Gabor hob den Kopf. Ein einsames Pferd auf der Koppel. Auf dem Weg am Maisfeld näherte sich ein anderes, behäbig, mit hängendem Kopf, am Zügel geführt von einem Mann mit Reiterstiefeln und Helm. Erst als Berit den Arm hochriss und begeistert rief, merkte er, dass Malte auf dem Pony saß.

Alle Gäste nahmen das Abendessen gemeinsam an einer Tafel im Hauptsaal zu sich, unter Kronleuchtern mit Dutzenden brennenden Kerzen, und danach wurde im Hof ein großes Feuer entzündet. Männer, die eben noch Burgunder aus Kristall getrunken hatten, trugen Allwetterjacken und hielten Bierflaschen in der Hand. Berit sprach mit einer Frau, die er am Tisch nicht gesehen hatte, winkte Gabor heran, aber er tat, als verstünde er nicht. Vor der Backsteinwand des Stalls hob sich im Dunkeln eine kleine Gruppe ab. Tuschelnd steckten Mädchen die Köpfe zusammen, im Vorbeigehen sah er Glut von Zigaretten und gab vor, Nele nicht entdeckt zu haben. Seine Schuhe versanken in der morastigen Erde des Reitweges. Der Wind rauschte in den Maisstauden, die ihn weit überragten. Er erreichte das Ende der Koppel. Das Mondlicht verwandelte die Felder in eine milchige Seenplatte. Er folgte den Pferdespuren, blieb stehen, schaute dabei zu, wie die hellen Flecken schmolzen, als eine Wolke sich vor die Lichtquelle schob. In der einfallenden Dunkelheit klang das entfernte Lachen näher, war im nächsten Moment kaum noch zu hören, aber das Haus und seine Gäste, die Großzügigkeit, das Verschwenderische des Anwesens waren noch zu spüren. Er stapfte weiter, wollte das Gespinst dieses zauberischen Einflusses zerreißen, um einen klaren Gedanken zu fassen, die Grenze überschreiten, hinter der die öden abgeernteten Felder lagen und die Trostlosigkeit eines ehemaligen LPG-Dorfes begann. Plötzlich war da ein Pferd, nur eine Armlänge von ihm entfernt. Die Augen, die geweiteten Nüstern und das zur Seite geschobene Maul mit der hängenden Unterlippe, all das trat aus dem Schwarz direkt auf ihn zu, und er machte vor Schreck einen Satz. Dampfend stampfte es, nachdem es kurz gescheut hatte, an ihm vorbei, unbeirrt, als zöge es eine Last. Gabor sah immer wieder die gleiche Szene. Er sah sich selbst von oben. Wie er ausholt, die Bananentüte in den Laster wirft und danach die Tür verriegelt, aufgenommen im Schwarz-Weiß einer Bordkamera.

Wieder zu Hause, setzte er sich an den Computer. Er öffnete die Datei seines Vortrags und rief darüber die Maske einer Suchmaschine auf, in die er *Fluchthelfer* und *verhaftet* eingab: Schicksale aus dem zweiten Weltkrieg, Grenzgeschichten aus der DDR. Mut. Zivilcourage unter Lebensgefahr. Verhaftung, Folter, Hinrichtungen.

Es war das falsche Wort. Er schrieb: *Schleuser*. Der Kopf eines Rings, der afghanische Flüchtlinge nach Deutschland schleuste, wegen Menschenhandel zu acht Jahren Haft verurteilt. Fünf Jahre für zwei Schleuser aus Passau, einen Türken und einen Marokkaner. Bei Langen kurz vor Frankfurt entdeckten Fahnder fünf Männer aus dem Irak im Laderaum eines Lkws. Der Fahrer, ein 47-jähriger Bosnier, behauptet, nichts von seinen illegalen Passagieren gewusst zu haben, die der Polizei gegenüber angaben, insgesamt achttausend Euro für die Passage an ihn bezahlt zu haben. Ihm droht eine mehrjährige Haftstrafe.

Sein Blick saugte sich an einem Artikel fest. Ein iranischer Flüchtling war bei dem Versuch, den Grenzfluss zwischen der Türkei und Griechenland zu überqueren, ums Leben gekommen. Darauf machte die Familie den von ihr bezahlten Schleuser für den Tod ihres Sohnes verantwortlich und ließ den Mann ermorden.

Gabor ging ins Bad. Er trank Wasser direkt aus dem Hahn und trocknete sich lange die Hände, während er in übertriebener Klarheit wieder das Gesicht des Mannes sah: die Bögen der Brauen, die zwei senkrechten Falten in der Stirn und die Augen, von der Wut wie von einer Klammer zusammengeschoben. Und nun sah er auch das Hämatom unterhalb des Auges und einen Riss in der Wange und erinnerte sich wieder an die violett verfärbte, geschwollene Lippe des Mannes. Er war geschlagen worden. Und jetzt fiel Gabor ein, dass er in dem Sekundenbruchteil, bevor Gabor ihn erkannte, erschrocken gedacht hatte: Was haben sie mit dem denn gemacht?

Er saß am Schreibtisch, tippte *Misshandlung, Flüchtling, Rache* ins Suchfeld, als wäre der zu seinen Befürchtungen passende, der seinen Ängsten entsprechende Fall in den Tiefen des Netzes schon gespeichert, vorgelebt von einem unbekannten Doppelgänger. Zitternd hing sein Mittelfinger über der Return-Taste. Als kaltes Prickeln in den Fingerspitzen ahnte er die möglichen Konsequenzen seiner Anfrage, löschte die Wörter, erleichtert, als wäre er vom Rand eines Abgrunds zurückgetreten.

Als seine Tochter eine halbe Stunde später an seinem Zimmer vorbeischlich, rief er: »Nele, komm doch mal kurz.«

Sie stöhnte, lehnte sich aber gelangweilt in den Türrahmen. Sie trug ein T-Shirt und schwarze Hochwasserhosen. Ihre Fußnägel waren lila lackiert. Es kam ihm vor, als wäre sie wieder ein Stück gewachsen. Er wies auf die Armlehne des Schreibtischstuhls, damit sie sich zu ihm setzte wie früher, aber sie blieb, wo sie war, und ließ den Blick wandern.

»Sag mal, rauchst du?« Sie schwieg. Er sah die Kindlichkeit in ihren Zügen, ihren Widerwillen, während ihre Wangen rot aufleuchteten.

»Wir haben dir immer viele Freiheiten gelassen, weil wir dachten, dass du weißt, wo die Grenzen sind.«

»Deshalb regst du dich auf?« Sie lachte. »Sei doch froh. Weißt du, was die anderen nehmen?« Ohne etwas zu erwidern, stand Gabor auf und ging zum Bücherregal. »Jetzt zeigst du mir Bilder von zerfressenen Lungen, oder? Von Raucherbeinen, die amputiert werden müssen. Zeigst du die Mama eigentlich auch?« Er öffnete den Mund, um etwas zu sagen, aber sie ließ ihn nicht sprechen. »Du hast keine Ahnung. Du verstehst nichts.«

Im nächsten Moment rannte sie in ihr Zimmer und schlug die Tür zu. Er ging ihr hinterher, stand da, die Hand auf der Klinke.

»Nele –«

»Was ist passiert?« Berit stand unten an der Treppe und blickte hoch.

»Nichts. Ich weiß nicht.«

»Ist Malte aufgewacht?«

»Nein«, sagte er gereizt. »Ist er nicht.« Einen Moment lang warteten sie beide unschlüssig, sie unten, er oben.

»Nele?«, sagte er wieder, aber es kam keine Antwort. Er ging in sein Arbeitszimmer, setzte sich zurück an den Schreibtisch. Er hörte Berits Schritte auf der Treppe, hörte sie an seinem Zimmer vorübergehen und an Neles Tür klopfen.

»Nele. Schätzchen. Alles in Ordnung? Darf ich?«

»Darfst du nicht!« Neles Stimme klang gedämpft. Wieder

Stille. Dann spürte er Berits Blick in seinem Rücken, drehte sich aber erst um, als sie fragte: »Was ist denn los?«

Sie wirkte müde, als wäre sie vor dem Fernseher eingeschlafen und von Neles Schrei geweckt worden.

»Nichts«, sagte er. »Ich habe sie aufs Rauchen angesprochen.«

»Was hast du ihr denn gesagt? Zum Rauchen.« Die Pause, die Art, in der sie Sekunden verstreichen ließ, bevor sie mit süßem Lächeln »zum Rauchen« sagte. Er atmete geräuschvoll aus.

»Nichts Besonderes. Ich habe gesagt –« Er unterbrach sich. »Warum guckst du mich so an?«

»Ich dich?« Sie verschränkte die Arme vor der Brust. »Von mir hat sie die Zigaretten jedenfalls nicht, falls es das ist, was du andeuten willst.«

Am nächsten Tag kam er spät nach Hause. Berit saß vor dem Fernseher, aber sie wirkte so verärgert, als blickte sie nicht auf den Bildschirm, sondern durch ihn hindurch.

»Willst du Wein?«, sagte sie und schaltete das Gerät aus.

»Nein«, log er.

»Ich habe mit Nele gesprochen. Sie raucht tatsächlich.«

»Aha«, machte er nur. Es war ihm egal. Er ließ sich ins Polster sinken, wollte die Augen schließen.

»Ich nehme an, du hast es ihr verboten.«

»Ich habe gesagt: nicht mehr als drei am Tag.« Es war ihm, merkte er, völlig gleichgültig, und er schwieg, aber Berit schaute mit düsterer Entschlossenheit, als wollte sie die Sache jetzt klären. »Ich kann es ihr nicht verbieten. Ich rauche selbst.«

Er widersprach, nur um Berit einen Gefallen zu tun, aber während die Worte seinen Mund verließen, merkte er, wie ihn der sinnlose Drang zu streiten ergriff.

»Du kannst sagen: mit achtzehn. Mit achtzehn kannst du selbst entscheiden.«

»Kann ich nicht. Weil ich selbst mit sechzehn angefangen habe.«

»Hat sie dich danach gefragt?«

»Nein«, rief Berit. »Aber das würde sie, wenn ich es ihr verbieten würde, und ich will meine Tochter nicht anlügen.«

Gabor starrte vor sich hin.

»Dann werde ich es ihr verbieten. Ich will nicht, dass sie raucht.«

Berits reservierter Blick lag auf ihm wie eine Hand. Ihr Gesicht schien schmaler als sonst, die Wangenknochen ragten stark hervor. Er sah die Andeutung eines perfiden Lächelns, bevor sie das Weinglas an die Lippen setzte.

»Mach keinen Elefanten draus. Sie kifft nicht, sie trinkt nicht, sie ist nicht schwanger.«

»Das hat sie auch gesagt«, rief er. »Ich soll doch froh sein, dass sie nur raucht.«

Später, er flickte an seinem Vortrag herum, kam Berit die Treppe hoch. Er hörte sie im Bad und ins Schlafzimmer gehen. Schon im Pyjama, trat sie in sein Zimmer und fragte ihn nach Yanns Telefonnummer.

»Was?«

»Yanns Telefonnummer. Malte geht mit dem Kindergarten

zum Klettern, und Yann hat doch mal von den Hallen erzählt.« Sie beugte sich über ihn und griff nach Papier und Bleistift.

Er tippte *Kletterhallen in Berlin* und wies auf die Liste der Treffer.

»Hier. Such dir eine aus.«

»Die Meinung eines Fachmanns wäre mir lieber.«

Er sträubte sich, kämpfte nur den Bruchteil einer Sekunde, dann gab etwas in ihm nach.

»Ich glaube, im Moment kann Yann auf Fragen nach Kletterhallen von uns gut verzichten.« Er blickte seiner Frau ruhig ins Gesicht. »Ich habe ihn nämlich gefeuert.«

»Was?«

Plötzlich verlor er die Beherrschung.

»Mein Gott. Yann ist ein Hippie. Hippies haben bei uns nichts verloren.«

»Das wusstest du doch schon, als du ihn angestellt hast.« Gabor sagte nichts, starrte auf den Bildschirm. »Wann hast du ihn denn rausgeschmissen?«

»Am Abend, als er bei uns war. Auf der Fahrt. Deshalb habe ich ihn nach Hause gebracht.«

»Am Abend, als er bei uns war?«, wiederholte sie ungläubig. »Und sagst keine Silbe? Was ist eigentlich mit dir los?« Gabor schob den Cursor auf das Schließen-X, weil er die Werbung der Kletterhalle nicht ertrug. Der Steinbruch seines Vortrags erschien, aus den Stichworten sprang ihm das Wort »Kortison« entgegen. »Vielleicht überlegst du dir das noch mal mit der Professur«, sagte sie. »Du verhältst dich nämlich seltsam. Seitdem du nur deine Berufung im Kopf hast, verhältst du dich sehr sonderbar.«

Am nächsten Vormittag betastete Gabor gerade den blau geäderten Fuß einer diabeteskranken Frau mit Verdacht auf sensible Neuropathie nach Geschwulsten, als plötzlich sein Herz zu rasen begann. Er hielt inne, bis aus dem Flattern in seiner Brust ein trockenes Hämmern wurde. Die Frau klagte über Taubheitsgefühle und zeigte Ansätze eines unsicheren Gangs. Der Stimmgabeltest hatte eine verminderte Vibrationsempfindlichkeit ergeben, aber die Nervenleitgeschwindigkeit wies keine Auffälligkeiten auf. Er wusch sich die Hände.

»Kann sein, dass wir ganz woanders suchen müssen. Hatten Sie mal Probleme mit der Halswirbelsäule?«, sagte er, während er schon nach dem Hörer griff, um ein orthopädisches Konsil anzumelden. »Sie brauchen sich keine Sorgen zu machen. Ihre Blutwerte sind in Ordnung. Und solange Sie weiter Diät halten«, sagte er. Sie war Mitte siebzig und seit einem Jahr Witwe. Sie wohnte nicht weit von ihnen entfernt, allein, in einem der verwunschenen riesigen Häuser der Jahrhundertwende, und hatte Angst, bald keine Treppen mehr steigen zu können. Sie schien nicht beruhigt, wagte aber nicht zu widersprechen, als er ihr das Papier in die Hand drückte und sie nach unten schickte. Er sah ihr hinterher. Sie hatte einen leichten Seemannsgang, ihr weißes, mit Spray gefestigtes Haar schimmerte lila. Wenn die MRT, wovon er ausging, nichts ergab, müsste er eine aufwendige sensorische Testung durchführen, auf die sie, das hatte er an ihren listigen Nachfragen gemerkt, ohnehin spekulierte.

Sein Herz hämmerte noch immer. Durchs gekippte Fenster pfiff der Wind, aber das Meer der grünen Wipfel tief unter ihm schien unbewegt, aus aufgeschäumtem Kunststoff. Er teilte der

Stationsschwester mit, dass er kurzfristig wegmüsse. Erst jetzt, nachdem er beschlossen hatte, nach Hause zu fahren, beruhigte sich sein Herz.

Ihre Gasse lag verlassen im mittäglichen Herbstlicht, die meisten Parkbuchten waren leer. Auch Berits Wagen fehlte. Er rollte die letzten Meter im leisen Knirschen der Reifen bis vor ihr Haus. Das Fenster zum Bad im ersten Stock stand offen, sonst war alles wie immer.

Das Parkett im Windfang, der Haufen Kinderschuhe, der sich in seine Wahrnehmung schob wie der vertraute Geruch nach Holz und alten Räumen, als er die Haustür öffnete. Er erkannte seine Schrift sofort, die geraden, etwas zu fest in den Karton gedrückten Striche, aber er war zu spät gekommen. Berit hatte die Postkarte schon gesehen und mit den anderen Umschlägen auf den Hocker neben der Tür gelegt. Gabor blieb einen Moment stehen, als würde die Karte ihm den Weg ins Haus versperren. Er sah den Poststempel auf der Marke, versuchte ihn im Stehen zu entziffern, aber es gelang nicht sofort. Berlin. Er trug die Karte in die Küche und legte sie auf den Tisch. Er ließ Wasser in den Kocher laufen und hängte einen Teebeutel in eine Tasse. Während das Wasser erhitzt wurde, ging er ins Bad und schloss das Fenster. Wieder unten, goss er den Tee auf und las im Stehen den Text, den er vor drei oder vier Wochen für Berit geschrieben hatte.

*Er trägt eine Brille mit schwarzem Rand, das Haar im Nacken ausrasiert und auf dem Kopf zur Seite gegelt. Fünfzehn, vielleicht sechzehn. Sucht Tintenfische, die sich in*

*Nischen an der Wand verstecken. Seine Schlaksigkeit erinnert mich an Nele, seine ungeteilte Aufmerksamkeit weniger. Es ist jetzt Viertel nach sieben. Liebe. G.*

Er ließ die Karte liegen und ging auf die Terrasse. Er nahm einen Stuhl, trug ihn zum Ende des Gartens, setzte sich und blickte auf die Rückwand ihres Hauses. Er sah die Kräutertöpfe auf dem Brett des Küchenfensters, das mit den Sommern grau gewordene aufgespannte Segeltuch über dem Gartentisch und die grifflosen Unterschränke der Küche durch die offene Tür und einen Ausschnitt der Tischplatte, auf der die Karte lag. Er starrte auf die Rückseite seines Hauses wie auf ein Bühnenbild, in dem jeden Moment die Vorstellung beginnt. Er dachte an seinen Vater, der allein in einem Hochhaus am Stadtrand lebte, zwischen unzähligen, vom Einsturz bedrohten Zeitungstürmen, und sich aus Scham für seine Unordnung nur in einem Café treffen wollte, wenn Gabor einmal im Jahr mit Berit und den Kindern nach Bielefeld kam. Er musste an Overkamp denken, an den ausgestreckten Finger, der auf das Himbeergelee zeigte, den Ekel in seiner Stimme, als er fragte: *Schmeckt der so, wie er aussieht?* Er dachte an den Mann von der Fähre, immer wieder versuchte er, sich sein Gesicht zu vergegenwärtigen, aber es gelang ihm nicht mehr, als wäre er mittlerweile so nah gekommen, dass er ihn nicht mehr erkennen konnte. Als säße er in den Wipfeln der Bäume vor dem Haus, im Zittern unter seiner Haut.

Niemandem fiel etwas auf, niemand merkte Gabor an, dass er, während er zuhörte oder Fragen stellte, sein Gegenüber taxierte und nach vertrauten Formen suchte. Mit fotografischer Genauigkeit erinnerte er sich an das, was auf dem Parkdeck geschehen war, sah die weiße Tüte auf dem Eisenboden, hörte das Schnaufen und spürte noch die Kraft in den Armen, die ihn hochgerissen hatten, roch sogar die stechende Mischung aus Schweiß und lange getragener Kleidung. Aber das Gesicht schien aus seinem Gedächtnis gelöscht, was – sobald er es vergeblich zu rekonstruieren suchte – Schübe kalter Panik durch seine Brust jagte.

Nur Lavinia fragte. Als sie in sein Zimmer kam, sagte sie überrascht:

»Geht's Ihnen nicht gut?«

»Doch. Danke der Nachfrage. Was gibt's denn?«

»Sieverth. Er weigert sich, die Übungen mit dem Eyetracker fortzuführen.«

»Sagen Sie ihm, dass der Schwindel vorübergeht. Wenn er weitermacht. Und wenn nicht, kann er später immer noch abbrechen.«

»Er will Sie sprechen.«

Gabor hob die Hände zum Zeichen seiner Nichtzuständigkeit.

»Sieverth ist mir scheißegal«, sagte er.

»Soll ich ihm das sagen?«

»Sagen Sie ihm, was Sie wollen.«

»Vielen Dank!«

»Ach, Frau Seidler«, rief er. »Können Sie mir einen Gefallen tun?«

»Eigentlich nicht.«

»Es kommt vor, dass sich Medizinstudenten Symptome der

Krankheit einbilden, die sie gerade studieren. Ist Ihnen so etwas auch mal passiert?«

Sie musterte ihn argwöhnisch. Er an ihrer Stelle hätte nicht geantwortet.

»Ich bin mal zu einer Neurologin im Wedding gegangen und habe Sachen gesagt, die sich nach MS angehört haben.«

»Und?«

»Die Ärztin hat mich gefragt, ob ich Medizin studiere.«

»Danach waren die Symptome weg?«

»Natürlich. Ich bin aus der Praxis spaziert wie neugeboren. Der Wedding war noch nie so schön.«

Er war gerührt von ihrer Offenheit, aber natürlich dachte sie, er mache sich über sie lustig. Verärgert sprang ihre Augenbraue in die Höhe.

»War's das?«

Es wirkte. Seine Panik verflüchtigte sich. Er wartete, und nach einer Weile kam die Erinnerung wieder. Die schwarzen Locken, überzogen von Staub. Die dunklen Augen unter den starken Brauen, zwischen denen zwei Falten in die Stirn wuchsen. Die Hämatome waren weg, dafür sahen die ungewöhnlich violett verfärbten Lippen aus, als würde er frieren. Er fühlte das Gesicht, den Willen, der in ihm steckte, die Wut, an die Gabor sich schon gewöhnt hatte wie an die Anwesenheit eines unsichtbaren Begleiters.

# 7

Berlin hatte ihn nie interessiert. Zu groß. Uferlos. Als sie vor fast zehn Jahren hierhergezogen waren, hatte er schon vorher gewusst, wo er leben wollte, irgendwo in Waldnähe am südwestlichen Rand der Stadt. Ein kleines Haus in einer historischen Siedlung, Mitte der Zwanzigerjahre von einem Architekten entworfen, der später zu Weltruhm gelangte, bevor er Anfang der Dreißigerjahre nach Amerika emigrierte. Sprossenfenster, quadratische Zimmer, im Treppenhaus ein geschwungener Handlauf aus dunkel schimmerndem Holz. Als er den Kaufvertrag unterschrieb, begann ein neues Leben. Eine Person, auf die er voller Ungeduld gewartet hatte, trat endlich aus ihm hervor, und seine Arbeit bekam die Dringlichkeit eines Auftrags. Die Familie, die Klinik. Alles andere blendete er aus. Der Weg zum Kindergarten und zur Schule, die Spiel- und Sportplätze der Umgebung. Die immer gleichen Kinos und drei, vier Restaurants, in denen sie bald begrüßt wurden wie alte Freunde. Hin und wieder gingen sie ins Theater, zu einer in den Zeitungen gefeierten Ausstellung, Berit mochte die Aufregung, die Nervosität in den Foyers, die Gewissheit, zur richtigen Zeit am rechten Ort zu sein, und es machte ihn froh, sie glücklich zu sehen, aber insgeheim genoss er das Gefühl, nicht dazuzugehören. Das hysterische Lachen vierzigjähriger Männer, die sich wie Zwanzigjährige in hautenge Röhrenjeans zwängten. Exaltierte Frauen mit kleinen Hunden im Arm. Er konnte ihre Aura des Komplizierten förmlich sehen, den Kokon der Überempfindlichkeit, der früher oder später aufbrechen würde. Er liebte seine Welt der kurzen Wege, das Licht am Morgen auf den Blättern der Birke, die Spaziergänge zu dem Spielplatz mit der Seilbahn, die Runden um die Krumme Lanke, die immer gleichen Sonntage am Schlachtensee, und die einzige lange Strecke, die er auf sich nahm, war die tägliche Fahrt in die Klinik, ins Zentrum der Stadt. Sein Berlin war ein Dorf – und ein Panorama, das ihm zu Füßen lag. Ihm gefiel die Vorstellung, in der Mitte des Geschehens seiner Arbeit nachzugehen, aber er hatte sich nie darüber Gedanken gemacht, was sich dort unten abspielte, während er mit einem Radiologen in einem abgedunkelten Raum vor einem Lichtkasten stand und das Schnittbild eines Gehirns nach Auffälligkeiten absuchte. Jetzt löste allein das Ausmaß der Stadt Beklemmungen in ihm aus, wenn Gabor während der Arbeit kurz ans Fenster trat und über den Tiergarten und die nördlichen Bezirke blickte, nach den Schneisen zwischen den Häuserzeilen suchte und an den Verkehr auf den Hauptschlagadern dachte, an das unübersichtliche Gewusel der Fußgänger um die Eingänge der U-Bahnhöfe und das in der Tiefe liegende Netz aus Wegen.

Gabors Konzentration ging nicht verloren, aber die Kraft der vollen Aufmerksamkeit. Während er Patienten zuhörte, machte sich ein Automatismus in ihm bewusst, was sie vorher getan hatten, nahm vorweg, was sie nach dem Gespräch tun würden. Der gegenwärtige Moment brach auf und seine Grenzen verschwammen und hinterließen in ihm eine dauerhafte Anspannung und Gereiztheit.

Die Luft roch nach feuchter Erde, als Gabor eines Abends aus dem Auto stieg und wenige Meter vor der Tür abrupt stehen blieb. Durch das Fenster sah er einen Mann in ihrem Wohnzimmer sitzen und schräg gegenüber Berit. Sein schwarzes Haar, die Schultern wie unter Spannung angezogen. Der Mann schaukelte mit dem Oberkörper vor und zurück und schien auf Berit einzureden. Ihr Oberkörper war kerzengerade, als hätte er ihr verboten, sich zu bewegen, und auf ihrem Gesicht lag ein gequälter Ausdruck.

Gabor stand da, unfähig etwas zu tun. Er fingerte nach seinem Mobiltelefon und rief sie an. Er hörte das Klingeln des Telefons leise durch die Scheibe. Berit drehte kaum merklich den Kopf, während der Mann sich lauschend aufrichtete und die Hand hob, als geböte er Berit, sich still zu verhalten. Das Telefon klingelte wieder. Gabor konnte nicht glauben, dass er dies gerade erlebte, die Luft um ihn schien zäher, wich wie eine Flüssigkeit vor ihm zurück, während er zur Tür schlich. Er passte das nächste Läuten ab, schob im selben Moment den Schlüssel ins Schloss, sodass drinnen nichts zu hören sein würde. Einen Augenblick später stürmte er das Wohnzimmer. Berit blickte ihn verwundert an. Ein Mann in einem braunen, speckig glänzenden Vertreteranzug drehte sich nach ihm um. Er hatte ein breites, teigiges Gesicht und einen spärlichen Kranz schwarz gefärbten Haares auf dem Kopf. Prospekte eines Telefonanbieters verteilten sich über den Tisch.

»Wir könnten einiges sparen, wenn wir den Anbieter wechseln«, sagte Berit und warf ihrem Gast dabei einen entschuldigenden Blick zu.

Doch er war in der Nähe, das spürte Gabor, so wie man das Meer spürt, schon Kilometer bevor man die Küste erreicht, so wie man weiß, dass es im Laufe des Tages regnen wird. Seine Anwesenheit verdichtete sich, wenn Gabor den Fußweg vor ihrem Haus fegte, auf den wenigen Schritten von der Tür zu seinem Auto, überhaupt in der Nähe ihres Grundstücks, verlor sich im nächsten Moment, um ihn plötzlich während der Arbeit zu überraschen.

Inmitten einer Untersuchung erstarrte Gabor, die Pinzette mit dem Wattebausch in der Hand, während die Patientin ihn erschrocken ansah, weil sie sein ungewöhnliches Verhalten auf ihren Zustand bezog. Im Gang, der zur Tiefgarage führte, blieb er stehen, weil er hinter sich Schritte hörte, aber es war nur ein Techniker, der grüßend an ihm vorüberging. Er verbot Malte, auf die Straße zu gehen. »Du spielst hier, wo ich dich im Blick hab!« Eingeschüchtert schaukelte Malte vor sich hin, während Gabor ihn von der Terrasse beobachtete und versuchte, ihm kraft seiner Gedanken einen unsichtbaren Schild zu verpassen, einen Mantel der Unverletzlichkeit.

Nachts wachte er auf und glaubte, etwas gehört zu haben, während Berit friedlich neben ihm schlief. Das erste Mal erhob er sich und schlich durchs Haus, in den Nächten danach zwang er sich, liegen zu bleiben, weil er ahnte, dass er nicht zu weit gehen, dass er nicht jedem Impuls folgen durfte, wenn er nicht die Kontrolle verlieren wollte. Er würde mit Timothy auf der Insel sprechen, er kam plötzlich auf die Idee, als er eines Abends vom Schreibtisch aufsah und den Kirschbaum auf dem Grundstück der Hauensteins gegenüber sah. Timothy war weit weg, seine ironische Art nahm den Dingen jede künstliche Dramatik. Doch als er, schon das Telefon in der Hand, daran dachte, was er sagen würde – »Ich habe in Patras beobachtet, wie sich ein Flüchtling auf die Fähre geschlichen hat. Hör zu, es ist kompliziert zu erklären, aber jetzt ist er hier. Jetzt schleicht er um mein Haus, und ich weiß nicht, was ich machen soll« –, klang das so fantastisch und harmlos zugleich, hatte, obwohl es der Wahrheit entsprach, so wenig mit der Wirklichkeit zu tun, dass er das Telefon wieder weglegte. Er konnte es allein schaffen. Er musste nur die Strategie ändern. Statt sich zu verstecken, musste er ihm entgegengehen. Er würde ihn hervorlocken, indem er sich zeigte.

Die Karte war, wie er anhand der Ziffernfolge im Internet ermittelte, in Charlottenburg abgestempelt worden. Das Postamt war in einem mächtigen Gründerzeitbau untergebracht und hatte schon geschlossen, als er dort ankam. In den Straßen gab es Restaurants, Bistros, aber vor allem Antiquitätenhändler. Biedermeierschränke, riesige Spiegel mit verschnörkelten Rahmen, Stühle, Tische, Teppiche, ganze Einrichtungen lagerten noch auf den Bürgersteigen, rechts und links der offenen Türen, durch die Musik nach draußen drang.

Er erwartete nichts, trotzdem war es, als würde er seine Spur aufnehmen, indem er durch die Gegend ging, durch die der andere möglicherweise gekommen war. Er saß auf einer Bank an einem belebten Platz, sah die Fassaden der heruntergekommenen Bauten und war sich auf hellseherische Weise der Tiefe ihrer Hinterhöfe bewusst, des Mülltonnenmuffs im Schatten der Mauern, der hallenden Fahrradgänge und ewig düsteren Erdgeschosswohnungen.

In der Klinik begann er Gruppen zu meiden. Er aß allein, hielt sich abseits, um sichtbar zu bleiben, als Einladung an den anderen, aus der Deckung zu kommen. Es war nur eine Geste, eine innere Haltung, aber sie zeigte Wirkung. Gabor glitt hinüber in einen anderen Zustand, ungewohnt und vertraut, in dem er die Dinge in einer fantastischen Langsamkeit erlebte und sich immer mehr mit dem Mann verbunden fühlte. Eines Abends fuhr er über die Avus an den Wannsee, langsam, verfolgte im Rückspiegel das Näherkommen und Vorbeifahren der Autos auf der Überholspur. Er stellte den Wagen vor einer Schranke ab und ging den sandigen Weg entlang, hoch über dem Ufer, das hinter dem Kiefernwald lag, verdeckt von dschungelhaft dichtem Unterholz. Niemand war zu sehen, er war der Einzige weit und breit. Er stand da und lauschte in den Raum hinein, der über ihm von den Baumkronen begrenzt wurde. Er hätte nicht erklären können, was er tat, warum es richtig war. Er erreichte die Anhöhe, von der sich ein Blick aufs Wasser bot. Das weiche Herbstlicht gab der Oberfläche einen meerblauen Schimmer, tief unter ihm leuchteten die weißen Dreiecke der Segel, klein und rührend wie von Spielzeugbooten. »Komm«, dachte er. »Zeig dich«, und: »Siehst du das auch?«

Es war kühler geworden. Vielleicht würden sie zum letzten Mal draußen sitzen, und Malte trug schon seine Fellweste, während er sich über seine Nudeln hermachte.

»Willst du eigentlich, dass ich zu deinem großen Auftritt komme?«, fragte Berit. Er nahm ihre Reserviertheit fast erleichtert zur Kenntnis. Sie hatte nicht vor, dabei zu sein, sie wollte nur gefragt haben. Während Gabor nach der schonendsten Art suchte, Nein zu sagen, rief Malte:

»Da will ich auch hin!«

»Das geht nicht, Schatz. Da bist du im Kindergarten.« Berit berührte Maltes Wange mit dem Handrücken. Sie warf Gabor einen Blick zu, aber als er nichts erwiderte, sagte sie knapp: »Ich muss morgen nach Hildesheim und bin erst am Abend zurück. Diese Frau, die Nonne möchte mir etwas zeigen.«

»Gehst du ins Kloster, wo die Nonnen wohnen?«, wollte Malte wissen.

»Die Frau ist keine Nonne. Ich nenne sie nur so, weil sie früher eine Nonne war.«

»Hat sie ein Kind?«

»Nonnen haben keine Kinder!«, rief Nele dazwischen, die kaum etwas gegessen hatte. »Weißt du, Malte«, Nele tat, als spräche sie mit einem Baby, »wenn Mama gut mit ihr redet, verdient Mama auch viel Geld. Wie Papa.«

Sie schob den Stuhl zurück und wollte aufstehen, aber Gabor sagte:

»Hier geblieben. Wir sind noch nicht fertig. Gibt jetzt keine Zigarette.«

Etwas verengte sich in Gabors Brust. Sand lag verteilt um den Kasten im Gras. Die schilfartigen Stauden und eine Pflanze in lila Pracht, deren Namen er immer wieder vergaß, neigten sich im Luftzug, Berit ihm gegenüber, eine Hand zwischen ihre Oberschenkel geklemmt, als sei ihr kalt. Er hustete, trank zur Beruhigung einen Schluck Wasser, im entfernten Geschrei der Kinder vom Spielplatz.

Niemand war unhöflich, aber sie hielten Abstand, abwartend oder respektvoll. Gabor hatte sich zurückgezogen, aber auch seine Kollegen hatten ihn umso mehr gemieden, je näher der Termin rückte. Sollte er die Stelle bekommen, würde sich die Architektur der Gruppe verschieben, weil er ein neues Forschungsteam bilden würde und die Frage seines Nachfolgers für die jetzige im Raum stand. Fiel die Wahl auf einen oder eine andere, würde sich ebenfalls etwas ändern, vielleicht sogar auf unheilvollere Weise. Erst am Tag bevor er den Vortrag halten sollte, ging Gabor auf, dass die Zurückhaltung seiner Kollegen auch damit zu tun haben könnte, dass er Yann gekündigt hatte. Yann war Gabors engster Mitarbeiter gewesen, alle wussten, dass sie einander von früher kannten, und sein Rausschmiss und die Tatsache, dass Yann alle seine Dienste hatte tauschen lassen, sodass sie nicht mehr gemeinsam arbeiteten, machten Gabor zu einem Vorgesetzten, vor dessen Unberechenbarkeit man sich besser in Acht nahm.

Nicht einmal Overkamp oder Lavinia klopften an die Tür, um ihm viel Glück zu wünschen. Im Wagen in der Tiefgarage zog er die Blätter seines Vortrags aus der Tasche, und als er die ersten Sätze überflog, strömte die Sicherheit in ihn zurück.

Als er nach Hause kam, war Berit noch in Hildesheim, und Nele, die Malte vom Kindergarten abgeholt hatte, wartete ungeduldig auf sein Eintreffen, weil sie zum Training wollte. Er spielte mit seinem Sohn Memory und las ihm nach dem Essen *Pettersson und Findus* vor, wurde aber, während er mit ihm auf dem Sofa lag, schlagartig so müde, dass ihm die Buchstaben vor den Augen verschwommen, bis Malte ihn stieß und »Weiterlesen!« rief. Als sein Sohn endlich im Bett lag und Gabors Hand schon auf dem Lichtschalter lag, krähte er: »Durst«.

»Aber schnell.«

Malte tapste in die Küche hinunter, und Gabor hörte das Rauschen, mit dem das Wasser ins Spülbecken traf. Während Malte durch den Flur zurück in sein Zimmer huschte, fing Gabor das spitzbübische Lächeln auf, seinen Stolz, das Zubettgehen um weitere Minuten verzögert zu haben.

»Kommt Mama nachher zu mir, wenn ich schlafe?«

»Bestimmt. Und sie gibt dir einen Gutenachtkuss.«

»Einen Schlafkuss! Denn ich schlafe dann doch«, rief Malte.

Gabor machte das Licht aus. Die plötzliche Stille schien die Luft zu dehnen, die Leere um ihn herum greifbar zu machen. Er ging die Treppe hoch unters Dach, weil er, während Malte Zähne geputzt hatte, das Schlagen eines offenen Fensters glaubte gehört zu haben, und bemerkte schon auf den Stufen, dass in Berits Zimmer die Blumenvase umgekippt neben der Kommode lag. Eine Lache verteilte sich auf den Dielen. In der Tür blieb er verwundert stehen: Blätter, Stifte und Gefäße waren vom Schreibtisch gefallen, ein Kissen vom Sofa gerutscht, und überall lagen graue Vogelfedern und Flaum, aber ein Tier war nirgends zu entdecken. Er stellte sich vor, wie der Vogel panisch herumgeflattert und immer wieder gegen das Fenster über dem Schreibtisch gestoßen war, bevor er durch den Spalt den Weg nach draußen wiedergefunden hatte.

Er setzte sich aufs Sofa und starrte auf die Wasserlache und die Federn und die Äste, die aus der Vase gerutscht waren, zu müde, um sie aufzuheben. Er war selten allein in Berits Zimmer.

Die Ordner im Regal waren säuberlich mit den Namen der Verstorbenen beschriftet, nach deren Erben sie suchte. Eine kleine Musikanlage, eine Handvoll CDs. Purcell, Verdi, Cesária Évora. An der Wand Fotos von den Kindern.

Er musste eingeschlafen sein, denn als er irgendwann mit klopfendem Herzen aufschreckte, hatte der Himmel sich verdunkelt und für einen Moment wusste er nicht, wo er sich befand. Dann hörte er die Klingel der Haustür ein zweites Mal, schriller, als drückte jemand den Daumen fest auf den Knopf. Er wartete, bis der Schwindel nachgelassen hatte, und schlich hinunter. Als Gabor in der Diele vor der Haustür stand, die Hand schon an der Klinke, hörte er unverständliches Gemurmel. Dann hämmerte jemand gegen die Tür. Gabor bewegte sich nicht, den Schuhberg der Kinder im Blick, als plötzlich Tritte gegen das Holz krachten. Wie von Sinnen stieß jemand mit dem Fuß gegen das Türblatt, das jedes Mal erzitterte und einen hohen, sirrenden Ton von sich gab, doch mit einem Mal ließen die Stöße nach, und er vernahm wieder das leise Gemurmel und Schritte, die sich entfernten.

Im nächsten Moment war Gabor in der Küche und ließ das Rollo der Terrassentür herunterkrachen. Er rannte ins Wohnzimmer, sicherte auch dort die Tür und löschte das Licht. Regungslos saß er in der Dunkelheit, sah draußen im Garten den Aprikosenbaum und die Balken der Schaukel, aber nichts passierte. Als er aufstehen wollte, weil er ein Geräusch aus Maltes Zimmer gehört hatte, bemerkte er den Umriss einer Gestalt. Sie löste sich aus dem Schatten einer Buche, stieg mit einem großen Schritt über den niedrigen Zaun, kam über den Rasen näher, stand schon auf der Terrasse und spähte, die Hände an die Scheibe gelegt, ins Zimmer, in dem Gabor vor Schreck die Finger ins Polster der Armlehnen krallte. Gabor versuchte das Gesicht zu erkennen, sah zwischen den Handkanten aber nur Schwärze. Eine Weile bewegte sich der Mann nicht, dann blickte er sich um, als suchte er etwas, fand das Gewünschte aber offenbar nicht, denn schon entfernte er sich und war gleich darauf wieder im Wald verschwunden. Gabors Rücken schmerzte von der Kraft, mit der er sich in den Sessel gedrückt hatte.

Im Haus war es still. Nach einer Weile vernahm er ein Rascheln, jetzt aus dem Vorgarten. Er stand auf und näherte sich vorsichtig dem Fenster, bis er hinaussehen konnte auf die Straße und die Häuser auf der anderen Seite. Er sah sein Auto am Straßenrand, den im Schein der Laterne schimmernden Kopfstein. Er sah den altertümlichen Zaun und den Kirschbaum gegenüber, aber plötzlich fuhr sein Blick zurück und blieb an einer Gestalt im Schatten des Müllhäuschens hängen. Sie bewegte sich. Sie krümmte sich leicht und schwang vor und zurück. Er telefoniert. Das leichte Schwanken, das Hin und Her sind die Bewegungen von jemandem, der telefoniert, dachte Gabor.

Nach einer Ewigkeit rutschte ein Schlüssel ins Schloss und Nele polterte ins Haus.

»Hi«, rief er und sprang auf. »Alles in Ordnung? Wieso rufst du nicht an? Ich hätte dich doch abgeholt.«

Seine Tochter kickte die Schuhe in die Garderobe und pfefferte die Sporttasche hinterher. Er roch ihr Haarshampoo, als sie wortlos an ihm vorüber in die Küche stapfte. Sie riss an der Kühlschranktür, schnappte sich eine Wasserflasche und trank und starrte dann, die Leere der müden Sportler im Blick, vor sich hin.

»Seit wann holst du mich vom Training ab?«

»Wenn ich Zeit habe. Warum nicht?«

»Und Malte bleibt allein oder was?«

Sie schüttelte den Kopf, führte die Flasche wieder an die Lippen, und während er sie trinken sah, kam die Erinnerung an das Geschehene zurück: das fordernde Schrillen der Klingel, das wütende Murmeln und die Tritte gegen die Tür. Der Mann, der durchs Fenster ins Wohnzimmer starrt.

»Hast du vorhin draußen telefoniert?«

»Was?«

»Draußen. Hast du nicht eben vor dem Haus telefoniert?«

Sie schüttelte wieder den Kopf und verzog dabei den Mund, als schmerzte sie irgendwo ein Muskel.

Mit Lappen, Handfeger und Schaufel ging er in Berits Zimmer, wischte das Wasser auf und beseitigte, so gut es ging, die Federn und Flusen. Als er herunterkam, drang leise Musik durch Neles geschlossene Zimmertür. Malte schlief. Er blickte durchs Fenster auf die Straße, aber niemand war zu sehen.

Gabor hätte nicht sagen können, was ihn die Haustür öffnen und hinausgehen ließ. Kühle Herbstluft strömte ihm entgegen. Es war erst kurz nach zehn, aber die Dunkelheit und Bewegungslosigkeit erweckte den Eindruck tiefer Nacht. Als er vom Vorgarten noch einmal zurückblickte und die an der Garderobe hängenden Jacken in der Diele sah, kehrte er um, steckte den Schlüssel ein, dann schloss er die Tür hinter sich.

Er stand auf der Fahrbahn, in der Mitte, wo das Licht der Laternen hinfiel, und schaute die Gasse hinunter bis zum Wendehammer. Die Atmosphäre wirkte geleert, wie gereinigt. Er näherte sich der Stelle, wo er die Gestalt gesehen hatte, betrat das Grundstück der Hauensteins und blickte, zwischen einem Strauch und den Mülltonnen stehend, zum erleuchteten Fenster seines eigenen Arbeitszimmers hinauf. Er sah sein Bücherregal an der Wand, die Reihen schwarzer Ordner. Das Knirschen winziger Steinchen unter seinen Schuhsohlen schreckte ihn auf. Er ging den Weg entlang, streifte mit den Fingerspitzen über die rauen Blätter der Hecken wie über die immer wieder andersartige Haut eines riesigen Lebewesens. Erst als er zurückkam, bemerkte er die Beule in der Fahrertür seines Wagens, eine Delle, die so tief war, dass sie nur von einem harten Gegenstand oder einem wuchtigen Tritt stammen konnte.

Berit kam nach Hause, als er schon im Bett lag. Sie schlüpfte zu ihm unter die Decke. Sie brachte die Unruhe des Bahnhofs mit, das innere Zittern einer Reise. Ihr Atem ging schnell, ihre Schienbeine drückten kühl und glatt gegen seine Wade.

»Schläfst du?«

Statt zu antworten, nahm er ihre Hand, in einer unwillkürlichen Bewegung, die nichts verriet.

»Hast du meine Nachricht gelesen?«

Er schwieg. Er nahm ihre Aufgewühltheit wahr, die wie ein Fisch durch ihren Körper schnellte und Wellen von Zuversicht an ihn weitergab. Sie küsste seine Schulter, kleine zarte Küsse, die eine Linie hoch zu seinem Haaransatz bildeten, hielt plötzlich inne.

»Morgen wird alles gut gehen, ich weiß das«, flüsterte sie. »Ich denke an dich.« Sie rückte von ihm weg, drehte sich auf den Rücken, in einer langsamen Bewegung. Er hörte sie gähnen. »Willst du wirklich nicht, dass ich dabei bin?« Sie schien keine Antwort zu erwarten. Ihre Stimme klang fern, als wäre sie schon dabei, im Schlaf zu versinken.

Gabor öffnete die Augen und lauschte hinunter, als würde der Mann noch immer um ihr Haus schleichen, als könnte er jeden Moment wieder gegen ihre Tür treten oder sie mit einem Stemmeisen aus den Angeln heben, doch das Kratzen und Knacken, das er aus der Küche zu vernehmen geglaubt hatte, war nicht mehr zu hören, sobald er den Kopf hob und in die Dunkelheit blickte.

Seine Zurückgezogenheit, sein Alleinsein. Im Nachhinein kamen ihm die Freiburger Jahre geradezu unwirklich vor. Während des gesamten Studiums hatte er keine Freundin gehabt, hatte es niemanden gegeben, mit dem er länger als einige Wochen zusammen geblieben wäre, und so wie ihm war es vielen gegangen. Natürlich gab es Paare, junge Familien, einige Mütter schoben gehetzt ihre Kinderwagen über den Campus oder stillten in der Mensa in einer Ecke hinter der Geschirrrückgabe ihre Babys, stolz, mit überheblicher Nachlässigkeit. Aber die meisten Studenten blieben ungebunden oder verhielten sich so, auf die Prüfungen konzentrierte Einzelkämpfer, denen Leistungsdruck und voller Stundenplan an den Abenden die Hemmung zu nehmen schienen. Die Semesterpartys, die immer gleichen Bars und überschaubaren Clubs. Die überdrehte Leichtigkeit, mit der man zueinander fand, hatte Gabor anfangs berauscht, doch nach einiger Zeit ödete ihn die komplizenhafte Abgeklärtheit, der ewig gleiche, routinierte Ablauf dieser nächtlichen Rangeleien an, ohne dass er ihm etwas anderes hätte entgegensetzen können. Wie ein unbeteiligter Beobachter wunderte er sich darüber, was zwischen Menschen, die nichts voneinander erwarteten, möglich war, während sich irgendwo tief in ihm riesige Schaufelräder durch ein Erdreich fraßen und auf einen Ort zubewegten, den er sich als seine Zukunft dachte. Die unwirkliche Langsamkeit dieser Verwandlung kam nicht in Einklang mit der Schnelligkeit, mit der die Semester rasten, eine Prüfung der nächsten folgte. Selbst wenn er gewollt hätte, die Fliehkräfte waren zu groß, seine Furcht, nach den Schwierigkeiten mit dem Physikum den Anschluss zu verlieren.

Im Gegensatz zu ihm selbst, glaubte Gabor, blieb Yann aus freien Stücken allein. Etwas umgab ihn. In Yanns Leben schienen die Dinge am Platz, im passenden Verhältnis angeordnet und sich nicht – wie bei ihm – im Weg zu stehen, und selbst wenn Gabor ihre Touren plante und vorbereitete, ließ ihn während der Wanderungen auf den Wurzelpfaden der Ravennaschlucht hoch zum Piketfelsen oder auf dem Höhenweg über der sonnenbeschenkten Bernauer Alb nie der Eindruck los, er würde Yann begleiten in einem Gelände, das Yann länger und immer schon besser kannte als er.

Und plötzlich war da ein Mädchen namens Kyra an Yanns Seite. Sie schlenderten gemeinsam durch die Schneckenvorstadt, fuhren auf Rädern die Dreisam entlang oder saßen zwischen Schülern auf der überfüllten Tribüne des Augustinerplatzes in der Sonne. Obwohl einige Jahre jünger als Yann, war sie selbstsicher und immer, wenn Gabor den Beiden irgendwo über den Weg lief, war sie es, die sprach, während Yann ihr zuhörte. Ihre gemeinsame Ruhe, die unauffällige Art, in der sie ihm vermittelten, dass er niemals das Geheimnis ihrer Verbundenheit würde verstehen können, grenzte schon an Arroganz. Sobald Gabor Kyra sah, wurde sein Mund trocken. Er wollte ihr nah sein, doch dann hielt er jedes Mal einen Sicherheitsabstand, redete kurz und abgehackt, aus Sorge, man könnte ihm seine lächerliche Aufregung anmerken.

# 8

In wenigen Minuten begann die Anhörung, aber Gabor saß noch immer im Auto in der Tiefgarage und beobachtete im Rückspiegel den Mann auf dem Stellplatz hinter ihm, der seit verdächtig langer Zeit in seinem Kofferraum herumräumte. Er trug eine dunkelblaue Jacke aus Ballonseide, stand gebeugt unter der offenen Klappe und bewegte sich kaum, als würde er etwas zusammenbauen oder schrauben, und Gabor ließ ihn nicht aus dem Blick, während er sich Nacken und Hände mit einem Erfrischungstuch befeuchtete. Er hatte kaum geschlafen, war in der Nacht immer wieder aufgeschreckt, und als er am Morgen nach unten gekommen war, hatte Berit den Tisch schon gedeckt, üppig wie an einem Sonntag. Nele, die versprochen hatte, Malte in den Kindergarten zu fahren, hatte in der Diele ihrem Bruder den Fahrradhelm aufgesetzt und sich ein genuscheltes »Viel Erfolg« abgerungen. Seine Frau in der Küche, aufrecht, unerschütterlich, ein Mahnmal der Zuversicht. Gabor zerknüllte das Tuch und stopfte es in die Ablage zwischen den Sitzen. Jetzt. Der Mann schloss den Kofferraum und schlenderte, den Lederkoffer der Pharmavertreter in der Hand, durch das niedrige Parkdeck zu den Fahrstühlen.

Auf dem Gang hatte sich eine Menschentraube gebildet, die sich, als die Ersten ihn erkannten, sofort ins Innere des Saals verlagerte. Als Gabor eintrat, blieb er irritiert stehen: vorn Tische, zu einem Hufeisen geformt, hinten stiegen Sitzreihen an, aber der Raum war schmal und hatte keine Fenster und die Neonröhren verströmten ein unangenehm grelles Licht. Overkamp löste sich als Erster aus der Gruppe in der Nähe der Tafel und kam mit breitem Lächeln auf ihn zu.

»Na? Alles klar, hoffe ich.«

Er berührte Gabor am Rücken wie ein Gastgeber, während er die anderen Mitglieder der Kommission vorstellte. Drei Professoren – ein Neurologe, ein Kardiologe mit Seglerbräune und weißem Walrossschnurrbart und eine nervös wirkende Anästhesistin –, daneben ein jungenhafter Oberarzt, eine Angestellte aus der Buchhaltung und eine Studentin, deren kurzes Haar ihn an die Farbe genmanipulierter Karotten erinnerte.

»Fangen wir gleich an, oder?« Overkamp rieb freudig die Hände gegeneinander. Die Kommission nahm Platz, Gabor ging zu seinem Tisch. Während er, noch stehend, die Mappe aus der Tasche zog, berührte ihn jemand am Ärmel. Auf dem Weg zu den Zuhörerplätzen huschte Lavinia so nah an ihm vorüber, dass sie ihn wie aus Versehen streifte. Ohne etwas zu sagen, ohne ihn anzusehen, rutschte sie auf den Randsitz der ersten Reihe neben eine junge Frau und begann sofort mit ihr zu reden. Gabor setzte sich. Vierzig Interessierte ungefähr. Kollegen, einige Stationsärzte, die ihn nickend grüßten, drei aus seiner Gruppe. Erschrocken blieb Gabors Blick an einem dunkelhaarigen Mann in der vierten Reihe hängen, bis er sich daran erinnerte, dass er aus Spanien kam und seit Kurzem als Assistenzarzt auf ihrer Station arbeitete. Weit oben entdeckte er Yanns Sportlergesicht, angespannt ernst, als befände er sich auf einer Beerdigung.

»Nun.«

Overkamp lächelte. Sein Wort hing in der Luft wie ein erhobener Taktstock. Augenblicklich war es still. Gabors Brust verengte sich, doch als er unter der Tischplatte Overkamps vertraute Budapester mit dem floralen Punktmuster in der Kappe wiedersah, ließ die absurde Angst, der Mann von der Fähre hätte sich unters Publikum gemischt, von ihm ab. In aller Ruhe positionierte er seine Armbanduhr neben der Mappe, als wäre dies hier seine erste Vorlesung als ordentlicher Professor, als läge das, was folgen sollte, längst hinter ihm.

»Wir freuen uns, dass Sie unserer Einladung gefolgt sind. Wie Sie wissen, sind Sie heute der dritte Kandidat«, sagte er und drehte sich zu den Zuschauern um. »Allerdings sind Ihre beiden Vorredner nicht auf so viel Interesse der Öffentlichkeit gestoßen.« Er richtete sich wieder an Gabor. »Sie sind an diesem Haus durchaus bekannt, was mich, bevor ich das Wort an Sie übergebe, zu einer einleitenden Frage bringt.«

In Erwartung der vorhersehbaren Frage – Hausberufungen sind unüblich, warum ausgerechnet jetzt eine Ausnahme machen? – senkten sich Gabors Lider um einen Millimeter, doch Overkamp zielte in die entgegengesetzte Richtung und wollte wissen, warum Gabor sich nicht an anderen Häusern beworben habe, an Häusern, die ähnliche Stellen zu vergeben gehabt hätten und inzwischen einen besseren Ruf genössen als »unser ramponiertes Schlachtschiff«.

Innerhalb eines Sekundenbruchteils verwandelte sich die Verdutztheit darüber, dass Overkamp offenbar Erkundigungen an anderen Kliniken eingeholt hatte, in die euphorisierende Sicherheit seiner Schlagfertigkeit. »Ach«, sagte Gabor, »was die nicht zu leugnende finanziell klamme Ausstattung angeht: Erschwerte Bedingungen erhöhen die Kreativität. An unserem Haus arbeiten übrigens noch immer die meisten Wissenschaftler aus Übersee oder Fernost. Fragen Sie mal einen Medizindoktoranden in Bombay, welche Universitätsklinik ihm als Erstes einfällt.«

Doch als er ein Dutzend Sätze später zum Ende kam, löste der Umstand, dass er nicht wie ein Bewerber, sondern wie ein offizieller Klinikvertreter gesprochen hatte, ein ungutes Ziehen in seinen Eingeweiden aus. Aber Overkamp nickte leicht, als wollte er sagen: »Reden Sie, reden Sie einfach weiter.« Nur der Oberarzt starrte düster vor sich hin.

Dann vergaß Gabor die anderen. Er hörte auf, nach Spuren kritischer Distanz oder Wohlwollen zu fahnden, und dachte nicht mehr an die Tür in seinem Rücken. Dreißig Minuten, von denen nicht einmal fünf vergangen waren. Er nahm nur noch die Gruppe wahr, die konzentrierte Stille, wie zum Greifen jedes Mal, wenn er einen Satz beendete. Arbeitsstationen, sein Wechsel von der Demenzforschung zur Prosopagnosie, er stellte die Hirnareale vor, die für die Gesichtswahrnehmung zuständig sind, und kam zur Gesichtserkennung. Die Wahrnehmung von Gesichtern vollziehe sich auf getrennt voneinander verlaufenden Pfaden. Genau genommen sehe man nicht ein, sondern mehrere Gesichter, die wie Folien übereinandergelegt und schließlich zu einem Eindruck synthetisiert würden. »Ein Pfad prüft, ob das Gesicht wohlgesinnt oder feindlich wirkt, ein anderer seine Attraktivität, während ein dritter Mechanismus die Frage klärt: Was will es von mir?«

Erste Lacher aus dem Publikum.

Erstaunlicherweise verliefen diese Prozesse bei den meisten Gesichtsblinden wie am Schnürchen, Überleben und Fortpflanzung seien also gesichert.

Wieder Lachen.

»Nur der eine, der letzte Verarbeitungsprozess läuft ins Leere. Wer guckt mich da so an? Die Frage, die das Gehirn bei den meisten von uns dankenswerterweise Hunderte Male am Tag mit schlafwandlerischer Sicherheit beantwortet, bevor sie uns bewusst wird, hinterlässt bei den Betroffenen ein verwirrendes, ein schreckliches Fragezeichen.«

Er berichtete von dem Patienten, der seinen Sohn immer dann nicht erkannte, nachdem er mit ihm geangelt hatte oder Fahrrad gefahren war. »Er erkannte seinen Sohn genau dann nicht, wenn er viel Zeit mit ihm verbracht hatte.« Aufmerksamkeit, rein wie Quellwasser, ein Glück, das den Herzschlag verlangsamte. Er hob die Hände, als wollte er sagen: Ich kenne die Antwort auch nicht. Er stand auf und begann beim Sprechen hin und her zu gehen, selbstsicher wie vor einer halben Hundertschaft wissbegieriger Studenten.

Er hörte sich sagen: »Es gibt die unauffälligen Partien und die heißen, die einprägsamen Zonen. Wir unterscheiden Gesichter ausschließlich an diesen hellen Bereichen, während wir den Rest übersehen.« Er sagte: »Egal wie vertraut uns jemand ist, wir können ihn niemals ansehen, ohne auch überrascht zu werden.«

Als er die Arbeitsgruppe erwähnte, die sich der Gesichtserkennung bei Gesunden widmen sollte, glaubte er die Spannung, die plötzlich in der Luft lag wie ein höher gewordenes Hintergrundrauschen, zu hören. Wie viele Plätze waren zu vergeben? Wie sollte sich die Zusammenarbeit mit den Wahrnehmungspsychologen gestalten? Und vor allem: Mit welchen Drittmitteln war von welcher Seite zu rechnen?

Plötzlich unterbrach er sich. Hinter ihm war die Tür ins Schloss gefallen, und er wandte sich um, aber es war niemand hereingekommen. Er schwieg, als hätte er den Faden verloren, seine Hand rutschte unter das Revers seines Jacketts, wo die üppige Förderzusage eines Kontaktlinsenherstellers darauf wartete, zum Abschluss präsentiert zu werden wie ein Angebot, zu dem die Kommission nicht würde Nein sagen können. Aber als er seine Finger wieder hervorzog, hielt er eine Ansichtskarte aus Griechenland in der Hand. Er starrte auf die blau-weiß gestreifte Markise einer Inseltaverne, Stühle mit Bastgeflecht, Marmortische, zwei Alte, die ihre zerfurchten Gesichtslandschaften in die Kamera hielten. Er drehte sie um.

»Ich bin bei Dir«, hörte er sich lesen. »Brot, Wasser, das Land der Bohnensuppe und Orangen.«

Lavinia schaute erschrocken, als sähe sie schon den Fehler, den er als Nächstes begehen würde. Overkamp staunte ihn an wie ein seltenes Insekt. Am Hals der Anästhesistin leuchteten rote Aufregungsflecken. Gabors Blick wanderte durch die Reihen. Der blonde Assistent mit Sommersprossen, das verängstigte Mäusegesicht seiner jüngsten Mitarbeiterin. Überall entgeisterte, fragende Blicke. Yann nickte ihm langsam zu, als gelte es, einen Durchdrehenden zu beruhigen.

Das zögerliche Klopfen, das schließlich einsetzte, hörte er wie vom anderen Ende einer Halle. Overkamp änderte ächzend seine Position, der Kardiologe räusperte sich, und dann brachten sie, um der Form zu genügen, die Sache zu ihrem Ende. Seine Wangenmuskulatur schmerzte, während er Fragen beantwortete, an die er sich Sekunden später nicht mehr hätte erinnern können, und etwas über die »Prioritäten seiner Lehrtätigkeit« von sich gab. Schließlich bedankte sich Overkamp mit messerdünnem Lächeln. Erneutes Klopfen, Kratzen, mit dem Stuhlbeine über den Boden rutschten. Die Wörter »Schöner Vortrag« drangen zu ihm, während er seine Mappe in der Tasche verstaute, doch als er aufblickte, waren da nur Hinterköpfe und abgewandte Schultern. In der Nähe der Tafel sah er Overkamps Rücken, seine Schlüsselbeine zeichneten sich kantig unter der Schurwolle des Burberry-Jacketts ab. Die Hände hinter den Rockschößen verschränkt, wippte Overkamp auf den Fußballen, in flüsterndem Austausch zum Kardiologen hinuntergebeugt.

Eine halbe Stunde später saß Gabor noch immer regungslos an seinem Schreibtisch. Durch eine amorphe Wolkendecke sickerte diesiges Licht, das wie ein Fettfilm auf den Gebäuden lag. Zweimal hatte Berit angerufen, beide Male hatte er das Telefon hilflos auf einer Broschüre tanzen lassen. Direkt daneben lag die Karte, auf die Berit ein gelbes Post-it geklebt und *Ich bin immer bei Dir! Toi, toi, toi!* geschrieben und das Ganze als Glücksbringer in seine Tasche gesteckt hatte. Angespannt wartete er darauf, dass endlich der letzte Akt dieser demütigenden Farce über die Bühne ging: dass Overkamp in sein Zimmer stürmte, bebend vor Wut, und »Sind Sie eigentlich von allen guten Geistern verlassen?« rufen würde. »Nichts. Verstehen Sie? Es wurde nichts von Ihnen verlangt. Keinen Fehler machen! Um mehr ging es doch nicht. Keine Fehler machen! Und was machen Sie?«

Aber Overkamp kam nicht. Nicht einmal diese Mühe nahm er jetzt noch auf sich.

# 9

Der Mittagstisch war offiziell beendet, seit die Vivaldi-Klänge durch meditative Akkorde ersetzt worden waren, die ihre Tochter als »Musik zum Chillen« bezeichnet hätte. Sie waren die letzten Gäste, unauffällig beobachtet von drei Kellnern in weißen Schürzen. Draußen watschelten hässliche Enten über den kiesbedeckten Weg zum See.

Die Geduld, mit der Berit darauf wartete, dass er weitersprach, erfüllte ihn mit übertriebener Dankbarkeit. Sie sah ernst aus, entschlossen die Klarheit in das Gespräch zurückzubringen, die seine konfusen Äußerungen vermissen ließen.

»Das verstehe ich nicht.«

»Mein Gott, ich kann es nicht erklären. Es ist nicht gut gelaufen. So etwas spürt man doch, oder?«

Er sah die langen tröpfchenförmigen Ohrringe, die er ihr vor Jahren in Istanbul geschenkt und die sie zur Feier des Tages angelegt hatte. Er sah die schräg über ihre Stirn geführte Haarsträhne, den aufwendig und penibel zusammengesteckten Knoten auf ihrem Kopf. Gabor sah, für einen Moment besänftigt, in die blauen, unergründlichen Augen seiner Frau.

»Das hast du die letzten Male auch gesagt: Ich habe kein gutes Gefühl. Und kurze Zeit später kamen die Zusagen von Zürich und Berlin.«

»Aber dieses Mal ist es etwas anderes«, rief er und senkte seine Stimme, als ein Kellner sich nach ihnen umwandte. Er suchte nach Worten. »Es kam mir vor, als hätte, als hätte ich die ganze Zeit an der Sache vorbeigesprochen. Mein Gott! Overkamp ist ein Idiot. Sollen sie eben einen anderen nehmen.«

»Ich dachte, du willst die Stelle.«

»Natürlich will ich sie. Aber was soll ich machen? Geschehen ist geschehen.«

Die Kellner waren damit beschäftigt, die Tische für den Abend einzudecken. Weiße Servietten, die sie in geschickten fließenden Bewegungen falteten und als spitz aufragende Zelte auf Teller platzierten.

»Dann hat dir die Karte also kein Glück gebracht«, sagte sie.

Er hatte die Frage gefürchtet und sich vorgenommen, Berit zu danken und das Thema zu wechseln, doch als er jetzt an das Entsetzen dachte, mit dem er auf die Karte gestarrt hatte, hätte er am liebsten gebrüllt: »Nein! Sie hat alles nur noch schlimmer gemacht.« Er ließ den Blick durch den Raum wandern, während er sagte: »Siehst nicht so aus.«

»Ich glaube es einfach nicht. Du bist kompetent. Du bist der Richtige. Overkamp hat dir immer signalisiert, dass –«

»Hör doch auf. Du warst doch nicht dabei, oder?«, sagte er.

»Ach deshalb wolltest du nicht, dass ich mitkomme! Damit es keine Zeugen gibt und du dich in Ruhe bemitleiden kannst.«

»Ach. Und wer bemitleidet sich jetzt?«

Schweigend fuhren sie zurück. Als sie von der Stadtautobahn auf den Ring wechselten, teilte Berit ihm mit, dass sie übers Wochenende noch einmal nach Hildesheim fahren würde. Die Nonne hatte sie darum gebeten.

»Du kannst ja Mariana bitten, sich um Malte zu kümmern.«

»Ich kann mich selbst um meinen Sohn kümmern«, war das Einzige, was er erwiderte, kurz bevor er auf dem Parkstreifen vor der Schwartzschen Villa hielt, wo sie mit Nele und Malte im Café verabredet waren.

»Kommst du nicht mit?«, fragte sie, als er den Motor laufen ließ. Einen Moment lang saßen sie schweigend nebeneinander, Berit holte Luft, als wollte sie etwas sagen, stattdessen stieg sie aus, und er fuhr weiter.

Als Gabor vor der nächsten Ampel wartete, gab er den inneren Widerstand auf. Berit hatte recht. Nur aus lächerlichem Trotz hatte er so getan, als kümmerte ihn das Ergebnis des Verfahrens nicht. Es war, wie sie gesagt hatte: Seit Jahren wartete er auf diese Chance, und die Tatsache, dass er es vermasselt hatte, ließ ihn vor Wut die Zähne aufeinanderschlagen und regungslos verharren, als die Ampel auf Grün sprang. Der Fahrer im Auto hinter ihm hupte, schoss mit quietschenden Reifen vorbei, gefolgt von den Wagen dahinter, und der Verkehr floss um ihn herum, als wäre er mit einer Panne liegen geblieben. Während er durch die Straße rollte, von der auch ihre Sackgasse abzweigte, gewann er langsam die Fassung wieder, doch sein Oberschenkel zitterte, sobald er die Kupplung trat.

»Was ist denn das?«, murmelte er, den Kopf nah an der Scheibe. Eine Frau stand gebeugt in ihrem Vorgarten, als würde sie etwas aufheben. Er rumpelte quer über den Bürgersteig, hielt und stieg aus. Er traute seinen Augen nicht. Frau Hauenstein von gegenüber stand in einer Schicht aus Müll und klaubte, Gartenhandschuhe an den Händen, Joghurtbecher, angebissene Brötchenhälften und Milchpackungen auf und warf sie in die Tonne neben sich. Fetzen verfärbten Küchenpapiers, matschige Kaffeefilter, Eierhälften, die Scherben eines zerbrochenen Bechers. Der Müll der gesamten letzten Woche bedeckte das farblose Rasenstück wie eine Humusdecke.

»Frau Hauenstein!«, rief er. Die Wangen gerötet, sah ihm die alte Dame fast heiter entgegen.

»Ach, Sie sind schon da.«

»Was ist denn hier passiert?«

»Ein Mann. Etwas aufgebracht«, sagte sie trocken. »Ich schau von der Küche aus dem Fenster, da steht er bei Ihnen im Vorgarten und drückt sich die Nase an der Scheibe platt. Da denke ich mir noch nichts, doch im nächsten Moment hämmert er wie ein Wahnsinniger gegen Ihre Tür, und ehe ich Papp sagen kann, schleift er die Mülltonne her. Den Rest sehen Sie selbst.« Gabor entdeckte einen feuchten Abdruck auf dem Wohnzimmerfenster. Unter der Scheibe lag ein gerissener Kaffeefilter auf der Milchglasplatte, die das Gitter zum Kellerfenster bedeckte. »Ich bin dann raus und hab ›Polizei! Polizei!‹ geschrien, und da ist er weggerannt.« Zufrieden machte sie eine Pause. »Ich hab mir gedacht, ich fange mal an, Ordnung zu schaffen.«

Er brachte die gute Stimmung der alten Dame noch immer nicht mit der dramatischen Situation in Einklang.

»Wirklich, das ist sehr nett von Ihnen«, sagte er, berührte sie sacht am Ellbogen und führte sie auf die Straße zurück. Geruch nach vergorener Milch stieg ihm in die Nase.

»Wenn Sie mich fragen: Klarer Fall von gebrochenem Herzen. Sie haben aber auch eine schöne Tochter!« Sie betrachtete ihn verschwörerisch, während sie die Handschuhe abstreifte. Er musste sich beherrschen, sie nicht am Rücken ungeduldig vorwärtszuschieben.

»Trotzdem möchte ich Sie bitten, nichts davon Berit zu sagen. Sie soll sich nicht unnötig sorgen, nicht wahr?«

»Sie können sich auf mich verlassen«, sagte sie mit einem Augenzwinkern. Zum ersten Mal war er dankbar über ihre rapide vorwärtsschreitende Verwirrung. Niemand würde ihr glauben. Er führte sie am Kirschbaum und am Müllhäuschen und der Stelle vorbei, wo die Gestalt gestern Abend telefoniert hatte, an der Nische unterhalb eines Astes, von der aus er selbst danach zum erleuchteten Fenster seines Arbeitszimmers geblickt hatte. Als sie die Waschbetonplatten erreichten, die zu ihrer Haustür führten, ließ er sie stehen und eilte zurück. Mit bloßen Händen grapschte er, was er zu fassen bekam, und knallte den feuchten Kehricht in die Tonne. Fettverschmierte Käse- und Wurstverpackungen, ausgepresste Orangenhälften, dazwischen Zigarettenkippen, manche mit den roten Spuren von Berits Lippenstift. Die bunten Kinderservietten, die Malte so liebte, hatte der Wind in die Sträucher geweht. Als er das Gröbste entfernt hatte, blieb eine Schicht aus Zigarettenstummeln und Kaffeesatz, gespickt mit unzähligen Federn und Flaumwolken. Der Vorgarten sah aus, als hätte ein Hahnenkampf stattgefunden. Er schleppte den Staubsauger aus dem Haus und machte sich daran, die Schicht in der Düse verschwinden zu lassen. Es war lächerlich. Er verschmierte den Brei mehr, als dass er ihn aufsaugte, doch jedes Mal, wenn ein trockenes Bröckchen durch den Schlauch rasselte, durchperlte ihn ein irrsinniges »Ahh!«. Er rutschte auf Knien, kratzte mit den Fingern Kügelchen aus dem Gras, beobachtet von Frau Haunstein, die ihm vom Fenster ihrer Küche beruhigend zunickte, sobald er zu ihr hinsah, und den gestreckten Daumen in die Höhe hielt, als wollte sie sagen: »Keine Sorge, meine Lippen sind versiegelt.«

In der Nacht schreckte er auf. Berit lag noch genauso da – Rücken zu ihm, Decke bis zu den Ohren –, wie sie gelegen hatte, nachdem sie gegen elf wortlos das Licht gelöscht hatte. Irgendwie war dieser Tag ohne ein weiteres böses Wort zwischen ihnen zu Ende gegangen, in verbissen durchgehaltener Gleichgültigkeit. Er sank zurück, schnellte aber sofort wieder hoch, weil er in einem Meer aus Daunen zu ertrinken drohte. Er stopfte sich das Kissen in den Rücken und hielt die Luft an, um zu lauschen, aber es war nichts zu hören. Stattdessen stand ihm in ganzer Pracht die Szene des gestrigen Nachmittags vor Augen: wie er, Gabor Lorenz, im Anzug durch seinen Vorgarten robbte, und, wirr vor sich hin murmelnd, den Rasen saugte. Seine Wangen brannten vor Scham. Er sah sich selbst nackt in einer dunklen, stinkenden Mülltonne kauern, deren Deckel vorsichtig angehoben wurde: seine Nachbarn, die neugierig zu ihm hinunterschauten.

Gabor warf die Decke von sich. Er hatte etwas gehört. Im Flur blieb er stehen. Das Geräusch kam aus dem Wohnzimmer, ein hohes Quietschen, als würde jemand ein Glas über den Tisch schieben. Während er die Treppe hinunterging, war er felsenfest davon überzeugt, dass jemand unten auf ihn wartete und bei seinem Eintritt die Stehlampe anknipsen würde wie der bedauernd lächelnde Geldeintreiber in einem amerikanischen Film, doch als er auf der untersten Stufe stand, hörte das Geräusch schlagartig auf. Er tastete nach dem Lichtschalter und wusste in dem Augenblick, in dem seine Finger das Plastik berührten, dass das Zimmer leer sein würde. Die Lampe leuchtete auf und erhellte den Raum. Die Regale mit den Bildbänden, die Sofalandschaft, die Wasserkaraffe und Gläser auf dem Hocker. Niemand war da.

Er musste mit Berit reden, jetzt, doch er hatte keinen Schimmer, womit beginnen. Selbst der Moment am Hafen von Patras, der Augenblick, als ihm der Mann auffiel, schien nicht der Beginn, sondern die Folge von etwas zu sein, dessen Ursprung sich in undurchsichtigem Nebel immer weiter zu entfernen schien. Plötzlich hielt er inne. Das Geräusch war wieder da. Schritte in der Küche. Das feine Knirschen, mit dem Steinchen über Bodenfliesen kratzten. Verzweiflung packte ihn, die nackte Panik über die Schimären seiner Einbildung. Er versuchte der Kraft zu widerstehen, die ihn wie an Gummibändern zurück in den Flur zog, er presste die Hände auf seine Ohren, um nichts zu hören, befahl sich, hinaufzugehen, aber es gelang ihm nicht. Nach fünf schnellen Schritten knallte er die Hand auf den Lichtschalter der Küche und stand schnaufend im grellen Widerschein der chromglänzenden Hängeschränke, in Berits penibler Ordnung, in der noch Spuren erkalteten Zigarettenrauchs zu erahnen waren. Er riss die Terrassentür auf und flüchtete in die Kälte, mit nichts als einem Pyjama am Leib. Die beißende Luft zog die Hautporen auf seinen Wangen zusammen, barfuß stolperte er durchs feuchte

Gras, torkelte durch die Gartenpforte auf den weichen, nadelbedeckten Boden des Waldes, der hinter ihrem Grundstück begann und über die stillgelegten Gleise bis zur Stadtgrenze, bis zum ehemaligen Mauerstreifen reichte. Er tauchte in Dunkelheit, stürzte zwischen den Stämmen hindurch immer weiter, bis er sich gegen einen Baum lehnte, schnaufend wie ein erschöpfter Jogger. Sobald er die Augen schloss, sah er die Kanten zweier Handballen und die gekrümmten Finger an der Scheibe, die ein verschattetes Gesicht umschlossen, während er selbst wenige Meter entfernt im Ledersessel saß und sich wünschte, er wäre unsichtbar.

Kyras Schönheit hielt nicht stand. Oder zumindest nicht das, was Gabor sich von ihrer Nähe versprochen hatte. Sie verbrachten einen einzigen Nachmittag zu dritt, er war aufgeregt wie vor einer Verabredung. Es war sein Vorschlag gewesen, und nachdem Yann einen Moment lang abwesend an ihm vorbeigesehen hatte, hatte er gesagt: »Warum eigentlich nicht?« Sie verabredeten sich am Schwabentor und spazierten zwischen Rebhängen den Schlossberg hinauf – eine schlechte Idee, denn die beiden hielten die ganze Zeit Händchen, und als der Weg schmaler wurde, war Gabor gezwungen, entweder vor ihnen her zu stolpern oder hinter ihnen zu gehen. Kyra war viel schmaler, als er sie in Erinnerung gehabt hatte, und sie trug Schuhe mit Absatz und ein Tuch im Haar und schwang die ganze Zeit ihre kleine, mit winzigen Spiegelplättchen besetzte Handtasche wie ein Kind. Gabor hatte gehofft, dass sich aus dem Nachmittag vielleicht ein gemeinsamer Wochenendausflug ins Elsass ergeben würde, aber als sie dann unter Sonnenschirmen saßen, konnte er seine Enttäuschung kaum verhehlen. Die Porzellanhaut, die schrägen Augen und ihr kleiner Mund, er gab sich Mühe, sie beim Sprechen nicht anzustarren, aber von einem Gespräch konnte ohnehin keine Rede sein. Auf Fragen reagierte sie mit koketten Gegenfragen oder gar nicht. Ansonsten zeigte sie ihr blasiertes Schau-mich-nicht-an-Gesicht oder kicherte albern und gab Belanglosigkeiten von sich. Am wohlsten war ihr, wenn sie gar nichts sagte, sondern, gegen Yanns Schulter gelehnt, über die Stadt guckte und hin und wieder einen Schluck nippte, während Yann und Gabor sich unterhielten, als wäre sie gar nicht da.

»Sag mal, wie alt ist Kyra eigentlich?«, fragte er Yann, als er ihn das nächste Mal in der Uni traf. Yann lächelte nur und legte den Zeigefinger an die Lippen.

# 10

Gabor schlief wie ein Stein. Im Halbschlaf bekam er mit, dass Berit im Zimmer rumorte und mit verzerrter Stimme etwas sagte, das er nicht verstand. Grelles Licht stach ihm in die Augen, als er seine Lider hob, er drehte sich um, tauchte wieder in bewusstlosen Schlaf, bis der vertraute Duft eines Parfüms ihm in die Nase stieg und ihn jemand unsanft an der Schulter berührte.

»Ich muss los. Mein Zug.« Berit sprach, als sei er begriffsstutzig. »Du wolltest mit den Kindern zu den Kranichen.«

Schlagartig fiel ihm der gestrige Tag ein – die peinigende Anhörung, der Streit mit Berit, seine nächtliche Flucht in den Wald, der Vorgarten voller Unrat, durch den er auf den Knien gerutscht war wie ein Wahnsinniger.

»Wie spät ist es?«, fragte er.

Berit war schon weg. Stattdessen lehnte Nele gelangweilt in der Tür, während er im Hintergrund Malte eine Decke durch den Flur ziehen sah.

»Was ist jetzt? Fahren wir oder fahren wir nicht?«

Sie frühstückten und planten ihre Route: erst zum Reiterhof, dann rechtzeitig weiter nach Linum, um noch vor Ankunft der Kraniche den Beobachtungsposten im Moor einzunehmen. Übernachtung in einem Gasthof, dessen Zimmer die Namen englischer Grafschaften trugen. Am nächsten Morgen dann Therme am See mit Riesenrutsche und Wellenbad. Rückkehr am Nachmittag, damit Nele noch Hausaufgaben machen konnte, wie sie es neuerdings nannte, wenn sie in ihrem Zimmer ihren melancholischen Gedanken nachhing. Die Selbstverständlichkeit des Planens beruhigte ihn wie ein Sedativum, dessen Wirkung augenblicklich nachließ, als er die Taschen durch den Vorgarten zum Auto trug. Serviettenfetzen flatterten in den Sträuchern, dunkle Spuren, die der Staubsauger im Rasen hinterlassen hatte, erinnerten ihn an seine gestrige Schande. Als sie im Wagen saßen, fürchtete er, das Auto würde explodieren, sobald er den Zündschlüssel drehte. Nele schaltete das Radio an, er machte es gleich wieder aus.

»Oh, Papa!«, rief Nele, holte die Kopfhörer ihres iPods aus der Tasche, drehte sich zum Fenster und verharrte demonstrativ in Wäre-ich-bloß-nicht-mitgekommen-Starre. Im Samstagvormittagsverkehr krochen sie Richtung Autobahn. Irgendwann fiel ihm auf, dass der dunkle BMW hinter ihnen bei jedem Bremsen fast ihre Stoßstange berührte. Hinter der getönten Scheibe erkannte Gabor nur einen Umriss. Unauffällig fuhr Gabor weiter, scherte aber, als er eine Parklücke sah, plötzlich nach rechts aus und bremste scharf, während der BMW an ihnen vorüberglitt. Gehäkelte Gardinen hingen in den Fenstern des Hauses, vor dem sie mit laufendem Motor zum Stehen gekommen waren – weiter vorn begann schon der Kiefernwald, hoch und licht, als würde der Boden regelmäßig gesäubert. Nele hatte sich nicht gerührt. Rhythmisch zerhacktes Rauschen drang aus ihren Ohrstöpseln. Malte, wie immer sofort nach Fahrtbeginn eingeschlafen, atmete mit offenem Mund, den nach hinten geknickten Kopf im blauen Polster des Kindersitzes.

Auf der Avus fiel ihm nichts auf, doch als sie auf den Autobahnring wechselten, war der Wagen wieder hinter ihnen, jetzt mit größerem, aber gleichbleibendem Abstand. Nele riss sich einen Stöpsel aus dem Ohr und rief: »Papa, du führst Selbstgespräche!« Gabor entspannte seine Schultern, lockerte die ums Lenkrad gekrampften Finger, endlich fuhr der Wagen an ihnen vorüber, und als Gabor darin ein junges streitendes Paar sah, das sich nicht um ihn kümmerte, fiel die Angst von ihm ab.

»Mein Gott, schaut euch diese Farben an«, rief er. In Dutzenden Gelb- und Rottönen leuchteten die Laubwälder rechts und links der Autobahn. Abgeerntete Maisfelder und umgepflügte Äcker, dazwischen die Kirchtürme der Backsteindörfer wie auf einer Stimmung von Feininger. Er bekam Luft, er konnte wieder atmen, sah die Häuser mit den schlichten Giebeldächern, die gewundenen Feldwege und die Bäume mit den gierig in die Luft ausgreifenden Ästen wie zum ersten Mal.

Als sie auf das holprige Kopfsteinpflaster des Reiterhofes rollten, war auch Neles schlechte Laune verflogen. Sie sprang aus dem Wagen, lief mit Malte zu den Ställen, kam zehn Minuten später auf dem Rücken einer majestätischen Stute wieder und erklärte ihrem aufgeregten kleinen Bruder vor sich die Handhabung der Zügel und wie man beruhigend zu dem Tier spricht. Doch als sie mit ihm ausreiten wollte, auf dem Weg an den Feldern entlang, zappelte Malte vor Angst, schrie »Nein!«, und sie ließ ihn vorsichtig in Gabors Arme gleiten.

»Ich kann reiten!«, rief er, sofort wieder übermütig. Zusammen blickten sie ihr nach. Auf der Wiese begann das Pferd zu traben, Nele hob sich aus dem Sattel, beugte sich vor. Sie legte ihre Wange an den Hals des Tieres, schien ihm etwas einzuflüstern, während sie davonpreschten.

Sie aßen in einem Restaurant inmitten eines lang gestreckten Sees. Er ließ das Auto an der Anlegestelle, sie bestiegen eines der bereitliegenden Boote, und er ruderte sie zu der winzigen Insel, auf der sich nichts als eine Kiefernschonung und der Gasthof mit reetgedecktem Dach und einer weit über das braune Wasser reichenden Terrasse befanden. Sie saßen als Einzige draußen unter einem knackenden Heizpilz. Malte verzehrte in Zeitlupe Bratkartoffeln, staunte mit offenem Mund über die Schwäne im raschelnden Schilf. Nele hielt ihr Gesicht in die Nachmittagssonne, ihre Stirn war glatt, als wäre jegliches Grübeln dahinter zur Ruhe gekommen. Gabor hörte nur den Wind und das Stimmengewirr aus dem Inneren des Lokals. Vor dem geschlossenen Strandbad am gegenüberliegenden Ufer ragte der Sprungturm wie ein kubistisches Ungeheuer aus dem See. Alles, was er seinen Kindern geben konnte, ging wortlos auf sie über, schien sich ihnen in diesem Moment von allein zu übermitteln.

Während sie danach auf einer baumgesäumten Allee Richtung Kremmen fuhren, fragte Nele plötzlich: »Machen Ärzte oft Fehler?«

»Natürlich«, sagte er. »Aber die meisten haben glücklicherweise keine gravierenden Folgen und lassen sich rückgängig machen. Dann nennt man sie Entscheidungen, die man korrigiert.«

Er blickte sie an, gespannt darauf, was sie als Nächstes fragte, aber Nele nickte leicht, die Hände im Schoß fest um den iPod gelegt, und schwieg. Eschen, Ahornbäume und der springende Hirsch eines Vorsicht-Wild-Schildes wischten an ihnen vorüber. Mitten im Acker ein Hochsitz, schief, wie vom Wind über die Jahre zur Seite gedrückt. Gabor dachte an seinen Vater, der in der Zeit nach der Trennung oft auf der Couch im Wohnzimmer gelegen hatte, wenn Gabor von der Schule gekommen war. Er lagerte im eisig kalten Wohnzimmer und starrte in den Garten und sagte kein Wort, während Gabor über die Zeitungen und Zeitschriften stieg und die Schiebetür schloss, was an der niedrigen Temperatur im Haus auch nicht viel änderte. Die Heizkosten des Bungalows waren nie Thema gewesen, solange seine Mutter noch bei ihnen gewohnt hatte und sein Vater als Bürgermeister ihrer niedersächsischen Kleinstadt großzügig entlohnt worden war. Doch jetzt, nachdem Gabors Mutter ausgezogen war und sein Vater wieder als Prokurist im Amt für Verbraucherschutz arbeiten musste, wuchsen sie sich zum größten Problem aus. Aus Geldnot oder um ihr gemeinsam geführtes Gesellschaftsleben nachträglich zu verhöhnen, heizte sein Vater nur noch drei der sechs Räume und achtete penibel darauf, dass selbst in diesem häuslichen Rumpfbereich die Temperatur nicht die sechzehn Grad überschritt. Fünf lange Jahre mit Sonntagsempfängen und Sektfrühstücken, bei denen seine Mutter auf hohen Absätzen durch den hallenden Eingangsbereich mit den Wandteppichen in Rothko-Rot und das lichtdurchflutete Esszimmer gestöckelt und Häppchen auf Silbertabletts gereicht hatte. Fünf Jahre lang waren die Räume und die Sitzgarnituren von untersetzten Männern und den dazugehörigen Frauen bevölkert gewesen, doch dann hatte der Wind sich gedreht und bei der nächsten Kommunalwahl war sein Vater von einem sozialdemokratischen Fleischermeister aus dem Rathaus gejagt worden. Seitdem geisterte er durchs Haus und sprach mit Gabor nur noch, als hätte er getrunken, rief plötzlich: »Der Geist weht, wo er will!«, oder: »Guter Mann, nur in der falschen Partei!« Gabor hatte den um Entschuldigung bettelnden Blick gehasst, die trübe Ironie, die Jovialität, die zwischen ihnen eine Gemeinschaft der Opfer stiften sollte. Er hatte seinen Vater dafür gehasst, dass er Gabor gezwungen hatte, ihn zu verachten. Damals hatte sich, wie ein Schneeball, den man mit wenigen Griffen aus einem flockigen Nichts zur steinharten Kugel presst, sein Entschluss geformt, Medizin zu studieren, obwohl seine Noten nicht dazu einluden. Im Gegensatz zur Ohnmacht des Politikers, zu seiner Gefallsucht und Abhängigkeit von den Launen der Wähler und dem Wohlwollen der Parteigenossen hatte sich Gabor die Tätigkeit eines Arztes als unabhängig und solide vorgestellt. Die Hilfe eines Arztes war nicht zu leugnen, von welcher Seite man sie auch betrachtete. Eine Laune des Schicksals, dass Gabor zwei Jahrzehnte später in einem Zimmer Nervenleitgeschwindigkeiten kontrollierte oder Arztberichte korrigierte, von dem aus man den hinteren Teil des Kanzleramtes einsehen konnte. Beim ersten und einzigen Besuch seines Vaters in der Klinik hatte Gabor auf eine Bemerkung, auf einen bitteren Kommentar gewartet, aber sein Vater hatte die Nähe zum Regierungsviertel nicht angesprochen und beim Blick auf den Tiergarten nur »Schöner Ausblick« gesagt.

»Wie bitte?«

Nele blickte ihn an. Die lila Verfärbungen unter ihren Augen ließen sie älter erscheinen als sie war.

»Ist mal ein Patient gestorben, weil du einen Fehler gemacht hast?«, fragte sie.

Er überholte einen Traktor, nahm aus dem Augenwinkel einen Mäusebussard auf einer Vogelstange am Straßenrand wahr. »Zum Glück nicht. Aber es sind Patienten gestorben, nach deren Tod ich mich gefragt habe, ob ich ihn nicht hätte verhindern können.« Er versuchte zu lächeln. »Eine Frau bekam plötzlich Kammerflimmern, während sie nach einem Schlaganfall auf dem Schlitten des MRT lag. Als wir reagierten, war sie schon blau angelaufen. Wir haben versucht, sie wiederzubeleben, was uns vielleicht gelungen wäre, wenn wir sie vor der Untersuchung an die Überwachungsmonitore angeschlossen hätten.«

Nele blickte auf die Straße.

»Und dann?«

»Was?«

»Denkst du lange darüber nach?«

»Das geht gar nicht. Am nächsten Tag liegen andere Patienten im Zimmer.«

»Du kannst es einfach vergessen?« Sie sah ihn an wie damals, während er ihre Klasse durch die Station geführt hatte, nicht wie einen nervenden Vater, sondern wie jemanden, dessen Erfahrung sie tatsächlich interessierte.

»Ich kann eine Nacht nicht schlafen. Ich liege wach und gehe alles noch einmal durch. Ich versuche den Moment zu finden, an dem ich hätte anders reagieren können, und wenn ich ihn gefunden habe, nehme ich mir vor, das nächste Mal aufmerksamer zu sein.«

»Und dann vergisst du es?«

»Zumindest denke ich nicht mehr dran.«

»Sagst du es Mama?«

»Du willst es aber genau wissen.«

»Ja.«

»Nicht immer. Mama glaubt dann, sie müsste mich beruhigen oder trösten, mit der Folge, dass mich die Sache viel länger beschäftigt als nötig. Aber manche Dinge werden leichter, wenn man nicht über sie redet.«

Eine Weile fuhren sie schweigend.

»Wie heißt das noch mal, wenn Menschen keine Gesichter wiedererkennen?«

»Prosopagnosie«, antwortete er, ohne sich seine Enttäuschung anmerken zu lassen, dass sie die Bezeichnung vergessen hatte.

»Und das Gegenteil? Wenn man immer und überall das gleiche Gesicht sieht?«

»Immer und überall?«

Nele presste die Lippen zusammen.

»Verliebtsein? Ich fürchte, dafür gibt's keinen anderen Namen. Da!«, rief er plötzlich, von seiner eigenen Stimme überrascht: Eine Kranichformation, ein asymmetrisches, sich permanent verschiebendes V, näherte sich vor einem rötlich verfärbten Himmel den Sumpfgebieten. Begleitet von einem euphorischen Ziehen in der Magengegend, sah er auch die anderen, Dutzende Schwärme, die wie kleine schwarze Pfeile über die Ebene zogen. In weniger als einer Stunde würden Tausende Kraniche mit ohrenbetäubendem Geschrei den Himmel verdunkeln und Schaulustige das Spektakel vom Straßenrand aus durch Feldstecher verfolgen. Die ersten Vögel flogen schon so niedrig, dass er das helle Rosa ihrer Beine erkennen konnte, die wie Stöcke von den grauen Körpern baumelten, während sie sich mit dem schwerfälligen Schlag der Langstreckenflieger durch die Luft wühlten.

»Malte.« Er griff zwischen den Sitzen hindurch nach dem Knie seines Sohnes. »Malte, wach auf. Die Kraniche kommen!«

Er fühlte sich wie betrunken, als er aus dem Speisesaal nach draußen trat. Die ehrfürchtige Stille, in der die Menschenmenge in dem Aussichtsturm am Rande des Moores die Ankunft der Vögel verfolgt hatte, die Wanderung zurück, vorbei an Birken, deren weiße Stämme in der Abenddämmerung wie verkohlt aussahen, schließlich das Essen vor dem behaglich prasselnden Kaminfeuer. Er rief Berit an, aber sie ging nicht ran, und er war nicht in der Stimmung, eine Nachricht zu hinterlassen. Es war kalt. Er ging zum Ende der Steinplatten, wo der Rasen bis zu einem Bach abfiel, hinter dem sich urwaldgroße Platanen erhoben. Die Hände tief in den Hosentaschen, versuchte er zu sehen, was Berit sehen würde, wenn sie hier wäre: die Weite des nachtblauen Himmels, an dem die Sterne wie Nadelspitzen funkelten, die zurückweichende Wand des Waldes. Er sog die herbstliche Würze mit kurzen Atemzügen ein, als säße ihre Lunge in seiner Brust, glaubte ihr Glück zu empfinden, ein aufwühlendes, schwindelerregendes, aufplatzendes Glück, ein emotionaler Überschuss, der nun durch seine Adern strömte und sich in seinen Eingeweiden mit seiner Zufriedenheit zu einem Magma mischte, der rätselhaften Substanz ihres Wir. Seine Angst vor diesem Mann schien ihm auf einmal absurd, lächerlich. Was könnte eigentlich passieren? Gabor schaute lächelnd die bunt beleuchtete Fassade des Herrenhauses hinauf, dann ging er wieder hinein und griff nach einer herumliegenden Zeitschrift, während zwei Stockwerke über ihm, in einem Erkerzimmer namens Yorkshire, Nele ihren kleinen Bruder in den Schlaf sang.

Von einer Tischgesellschaft im benachbarten Restaurant drang lautes Lachen, und es dauerte, bis ihm bewusst wurde, dass ihn die Stimme einer Frau an die seiner Mutter erinnerte. Er spürte wieder den Blick, den ungewöhnlichen Blick seiner Mutter, als sie zu ihm gesagt hatte: »Ich weiß, dass du mich nicht verstehen kannst.« Aber er hatte sie verstanden, auf eine intuitive Weise, die genauso unerklärlich war wie das, was sie getan hatte. Er hatte sie verstanden, obwohl sie mit dem Tag, an dem sie seinen Vater und ihn verlassen hatte, aufgehört hatte, seine Mutter zu sein. Sie war mit einem quirligen, stiernackigen Mann zusammengezogen, der angeblich mal für Osnabrück in der zweiten Liga gespielt hatte und eine Cafeteria in einer Seitengasse der städtischen Fußgängerzone betrieb. Bei einem ihrer späteren Besuche hatte sie sich rechtfertigen und erklären wollen, aber Gabor hatte nur »Sei still« gesagt. Sie sollte ihn nur ansehen, auf diese unbeschreibliche Art. Ihr Blick sah in ihm schon den Mann, der er in wenigen Jahren sein würde, er appellierte an sein zukünftiges Verständnis, vermittelte ihm schon etwas von einer Erfahrung, die er später erst würde begreifen können. Sie stieß ihn in die Freiheit, gab ihm ein Wissen mit, das ihn begleitete, das ihn schützte wie die letzten Worte einer Sterbenden.

Gabor trat in die offene Tür des Restaurants. Bis auf die Gesellschaft in der Mitte waren alle Gäste gegangen. Es lief Tangomusik, und alle, die am Tisch saßen, beobachteten ein tanzendes

Paar. Er stand da, während die Angst wieder von ihm Besitz ergriff. Er ging durch die Bibliothek und am menschenleeren Empfang vorüber, hinter dem die Treppen nach oben führten. Er nahm drei Stufen mit jedem Schritt, rannte durch mit Teppich ausgelegte Flure und hielt erst vor der Tür ihres Zimmers, um seinen Atem zu beruhigen. Es war nichts zu hören. Er drehte am Türknauf. Maltes Bett im Vorraum war leer. Er ging weiter ins große Zimmer – und da lagen seine Kinder, schlafend, Nase an Nase, auf dem hinteren Einzelbett, Maltes Hand auf dem Arm seiner Schwester. Nele trug noch den dicken Pullover und ihre Stiefel, deren erdverkrustete Sohlen über den Rand der Matratze ragten. Eine Weile betrachtete er sie. Er öffnete vorsichtig den Reißverschluss am Schaft, griff Neles Stiefel an der Ferse und versuchte, ihn ihr vorsichtig vom Fuß zu ziehen, als sie aufschreckte und kreischend nach ihm zu treten begann.

»Hör auf. Hör doch auf«, schrie sie und rammte ihren Absatz mit Wucht gegen seinen Oberschenkel. Er hielt ihre Ferse fest.

»Ich bin's doch.«

Ihre Arme, ihr ganzer Oberkörper zitterte. Schnaufend starrte sie ihn an. Malte war aufgewacht, klammerte sich erschrocken an seine Schwester und wimmerte wie im Traum.

»Schlaft weiter. Alles ist gut«, flüsterte er mehrmals.

Tuschelnd kamen sie am Morgen in den Frühstücksraum, wo er schon seit acht in den Sonntagszeitungen las. Als sie saßen, erkannte Gabor den Auslöser des Gekichers. Nele hatte Maltes Fingernägel lila lackiert wie ihre eigenen.

»Doch!«, rief Malte, bevor Gabor etwas sagen konnte.

»Auch Jungen dürfen Nagellack!«

»Natürlich«, sagte Gabor, während er das belustigte Flüstern zur Kenntnis nahm, das Maltes Empörung am Nachbartisch auslöste.

Die Hälfte des Tages verbrachten sie in einem Wellnesstempel, dessen verglaste Seite auf das graue, aufgewühlte Herbstwasser eines Sees blickte, und obwohl er, während die Kinder durch die Wellen tauchten oder die Rutsche hinunterjagten, die meiste Zeit auf einer Liege hinter der Panoramascheibe gedöst und nur zwei halbherzige Saunagänge absolviert hatte, prickelte auf der Rückfahrt seine Haut und seine Glieder waren angenehm schwer. Als sie sich der Stadtgrenze näherten, machte sich Unruhe in ihm bemerkbar. Er lauerte auf das Wiederaufflammen seiner Angst, aber es geschah nichts. Die Straße hinter ihnen blieb leer. Er nahm die Landstraße, fuhr durch die zersiedelte, mit Windrädern bestückte Öde des Umlands, bis an der Heerstraße die ersten Hochhäuser auftauchten, leuchtende Fenstervierecke in kulissenhaften Fassaden.

Berit war schon zu Hause und begrüßte sie überschwänglich, als wären sie wochenlang weg gewesen. Sie umarmte Gabor und wich verlegen seinem Blick aus.

»Lass uns nicht mehr streiten«, flüsterte sie, während die Kinder die Stufen hochtrampelten.

An diesem Abend lagen sie zusammen, und Berit erzählte, den Kopf auf den Unterarm gestützt, von ihrem Ausflug nach Hildesheim. Die Nonne, das war die Neuigkeit, nahm das Erbe an, aber vorher hatte Berit ihr versprechen müssen, sie weiterhin anzurufen, wenn die Angelegenheit vorüber war. Berit stand auf und öffnete das Fenster und kam mit einer brennenden Zigarette zum Bett zurück. Gabor blickte auf den gläsernen Aschenbecher, an dessen breitem Rand Berit immer wieder die Zigarette abstrich, er sah ihre blauen Augen und das Grübchen in ihrem Kinn, das beim Sprechen verschwand und wieder erschien. Doch er konnte ihr nicht zuhören, denn während Berit von der Frau erzählte, sah er in ihrem Gesicht plötzlich die Züge einer unbekannten alten Dame, die von Faltengittern überzogenen Wangen, die hängenden Augenlider und weichen Lippen, das Antlitz dieser Frau drückte sich durch Berits Gesicht wie durch eine durchsichtige Folie. Er gähnte. Er ließ sich auf den Rücken fallen und rieb mit der Handfläche über seine Augen, als wäre er müde.

»Scheint dich ja sehr zu interessieren«, sagte Berit.

»Tut mir leid«, sagte er und tat, als wäre er im nächsten Moment eingeschlafen.

# 11

Er hatte sich während des Wochenendes immer wieder gefragt, was die Anhörung für Reaktionen bei seinen Kollegen auslösen würde, hatte sich ihre Betretenheit vorgestellt oder ihr krankhaftes Bemühen, sich nichts anmerken zu lassen, und als er am Montagmorgen zu seinem Zimmer ging, taten tatsächlich alle, denen er begegnete, als wäre nichts gewesen, grüßten wie immer, und er nahm den Umstand als das, was er war: als Einladung, ungestört seiner Arbeit nachzugehen.

Es gab einen interessanten Neuzugang, einen halbseitig Gelähmten mit einer ungewöhnlichen, wahrscheinlich vorübergehenden Wahrnehmungsanomalie. Der Mann sah, sobald man mit ihm sprach, nur die Mundpartie des Redenden, während der Rest des Gesichts für ihn zu verschwinden schien, wie ein junger Stationsarzt Gabor berichtete. Die Erklärung des Phänomens lag auf der Hand: Die Wahrnehmung des Patienten stand nach dem vorausgegangenen Schlaganfall gewissermaßen unter Schock, registrierte nur den wichtigsten Ausschnitt und übersah den Rest, aber in dieser bizarren Ausprägung war das Phänomen selbst Gabor noch nicht untergekommen.

»Was sehen Sie genau?«, fragte Gabor. Er stand mit dem jungen Kollegen am Bett und bewegte lautlos die Lippen, um den Effekt aufrechtzuerhalten.

»Ihre Lippen, die Zähne und einen Teil Ihrer Oberlippe.«

»Und der Rest?«

Der Mann bewegte verneinend den Kopf.

»Was sehen Sie dort, wo meine Nase sein müsste?«

Der Mann schwieg.

»Keine unscharfe rosa Fläche? Und mein Haar, können Sie mein Haar sehen?«

»Der Kragen des Kittels, der ist da.«

»Also der Kittel und darüber mein sprechender Mund, ja? Aber wie? Hängt der Mund in der Luft?«

»Ich weiß es nicht. Es ist seltsam.«

Der Mann zog das Lid seines linken Auges zusammen und starrte Gabor konzentriert an, doch nach einer Weile schüttelte er den Kopf.

»Und was passiert jetzt?«, fragte Gabor, bevor er den Mund schloss.

Einige Sekunden herrschte Stille.

»Jetzt ist Ihr Gesicht wieder da.«

»Aber wie?«, fragte der Kollege neben ihm. »Erscheint das Gesicht auf einen Schlag, plötzlich oder schrittweise? Fließt es zusammen? Verstehen Sie? Das würden wir gerne wissen.«

Doch der Mann schüttelte nur den Kopf.

»Ist es das, was Sie suchen?«, fragte der junge Arzt, als sie wieder auf dem Gang standen.

»Völlig harmlose Gesichtsfeldstörungen. In drei, vier Stunden sieht er wie ein Adler.«

Während der Kollege enttäuscht abzog, klingelte das Telefon, und Gabor meldete sich, verärgert, dass er vergessen hatte, es lautlos zu stellen.

Nichts. Als wäre die Leitung tot.

»Hallo«, wiederholte er, während sein Herz stärker zu klopfen begann. Plötzlich ein Schluchzen, das ihm bekannt vorkam.

»Nele? Bist du das? Was ist passiert?«

Nach einer Weile verstand er im Schniefen den geflüsterten Satz: »Papa, kannst du kommen?«

»Was? In die Schule?«

»Ich bin hier bei dir. Im Krankenhaus.«

»Auf welcher Station? Was ist passiert?«

»Hier unten, im Foyer.« Sie wimmerte. »Bitte, kannst du kommen?«

Den Hörer ans Ohr gepresst, wandte sich Gabor um, als würde er beobachtet, aber er stand allein im Flur. Gemalte Bilder von Patienten hingen an der Wand. Weiter hinten hielt eine junge Kollegin ein Klemmbrett vor der Brust, im Gespräch mit jemandem, den er nicht sah.

»Bleib, wo du bist«, rief er.

Der Bereich vor den Fahrstühlen war leer. Als kein Aufzug kam, hämmerte Gabor auf den Knopf. Ein Pfleger schob einen Wagen mit Bettwäsche vor sich her, während Gabor das untröstliche Wimmern seiner Tochter noch immer im Ohr hatte wie den nachklingenden Ton einer Stimmgabel. Als die Türen endlich aufglitten und er sich an den heraustretenden Ärzten vorbeidrängen wollte, stand er plötzlich Overkamp und dem Kardiologen aus der Auswahlkommission gegenüber.

»Herr Lorenz«, rief Overkamp überrascht, »von Ihnen sprechen wir gerade!«

Das Metallgestänge des Wäschewagens berührte seinen Rücken, und Gabor machte einen Schritt zur Seite, um den Pfleger vorbeizulassen.

Er starrte in das gebräunte Walrossgesicht des Herzspezialisten, und als er seine weißen Augenbrauen sah, die nach außen hin schräg anstiegen, um auf dem letzten Drittel scharf abzuknicken, fiel ihm das Lachen des Auditoriums wieder ein, als er ihn etwas gefragt hatte, woran er sich nicht mehr erinnern konnte. Meyer. Er hieß Meyer.

»Ich hoffe, ich konnte alle Ihre Fragen beantworten«, hörte Gabor sich sagen, während er seine Hand schüttelte.

»Doch, doch«, sagte der. »Kein unappetitliches Blut, keine aufgeschnittenen Körper. Dafür Zigtausende Euro Förderung.«

Offenbar hatte er die Zusage doch erwähnt. Gabor hob den Blick, sah erst in Meyers Gesicht, dann in Overkamps Kraterlandschaft, aber ihre ausdruckslose Erwartung gab keinerlei Aufschluss. Der Kardiologe tätschelte Gabors Finger wie ein gütiger Opa, seine Hand war weich und daran gewöhnt, Menschen in Sicherheit zu wiegen. »Was mich noch interessieren würde«, sagte er. »Wenn ich Sie richtig verstanden habe, wollen Sie den Schwerpunkt auf die Gesichtserkennung allgemein legen.« Gabor drehte den Kopf, um alles zu erfassen, was in Meyers Stimme mitschwang. »Arbeiten Sie in diesem Zusammenhang eigentlich auch mit Informatikern zusammen? Sie wissen schon: Gesichtsschleusen, biometrischer Pass? Und so weiter.«

Gabor tat erstaunt.

»Habe ich darüber am Freitag nichts gesagt?«

Keine Reaktion, nur dass Overkamps rechtes Auge sich verengte und der Geruch nach Fisherman's Friend intensiver wurde, weil er seinen Vogelkopf einen Stück weiter nach vorn geschoben hatte. Meyer schüttelte den Kopf.

»Nicht dass ich wüsste.«

»Man weiß nie, was die Zukunft bringt, aber zurzeit haben diese Geräte eine Trefferquote von dreißig Prozent, selbst die neuesten 3-D-Scanner. Wir würden sagen: Sie sind gesichtsblind.«

»Tatsächlich«, sagte der Herzspezialist, offenbar wirklich überrascht.

Gabor wollte die Hand aus seiner Pranke ziehen, aber Meyer ließ ihn nicht. »Sagen Sie mal: Ich habe gelesen, dass Ihre Gesichtsblindheit in vielen Ländern gar nicht anerkannt ist. Als eigenständiges Krankheitsbild. Viele Ärzte halten sie für eine Begleiterkrankung von Autismus.«

Gabor konnte nicht antworten. Er sah sich selbst im matten Grau des Fahrstuhls und erinnerte sich mit Wucht an die Verzweiflung in Neles Stimme. *Papa, kannst du bitte kommen?* Er trat von einem Bein aufs andere. »Ah. Entschuldigung, Sie müssen los.« Meyer schaute erstaunt auf seine Finger hinunter, aus der Gabors Hand wie ein lebloser Gegenstand rutschte, nachdem er seinen Griff gelockert hatte.

Als er ins Foyer kam, war Nele nirgends zu sehen. Der Eingangsbereich war voller Menschen, die hoch auf die Stationstafel blickten oder auf den Plastikstühlen an der Wand auf jemanden warteten oder einfach hin und her liefen, nur Nele konnte er nicht entdecken. Er ging in die Cafeteria. Er lief nach draußen, wo zwei Pfleger im Windschatten einer Betonsäule rauchten, und fragte, ob sie ein Mädchen gesehen hätten. Er rannte wieder rein und fragte den Mann am Empfang.

»Meinen Sie das Mädchen auf der Heizung?«

»Wo?« Erleichterung durchströmte ihn, eine irrwitzige Freude, während er den Kopf herumriss.

»Dunkle Haare, schlank, Jeansjacke?« Gabor ließ den Blick suchend über die kniehohen Heizungen gleiten. »War eben noch da. Hat geweint. Deshalb ist sie mir auch aufgefallen. Ich wollte schon zu ihr und fragen, ob ich helfen kann. Aber dann hat sich ein Mann neben sie gesetzt.«

»Was für ein Mann? Wie sah er aus? Wie alt war er?«

»Keine Ahnung. Fünfundzwanzig, dreißig vielleicht. Auch dunkle Haare. Ich dachte, die Kleine ist versorgt, und als ich das nächste Mal schaute, waren sie weg.«

»Wann? Wann genau sind sie gegangen?«

Der Mann hob die Schultern.

Gabor rannte nach draußen und fragte einen Taxifahrer. Der Mann trat erst seine Zigarette aus, bevor er den Kopf schüttelte.

Gabor sah die Rampe hinunter zur Hauptstraße, die medizinischen Buchläden im flachen Bau auf der anderen Seite, Ärzte, die in flatternden Kittelschößen die Straße überquerten, ein Auto scherte langsam in die Einfahrt zur Notaufnahme ein, während er sein Telefon ans Ohr drückte. Doch Nele ging nicht ran. Stattdessen hörte er ihre gut gelaunte Stimme sagen: »Freue mich über Nachrichten.« So ruhig er konnte, sprach er: »Ich bin jetzt unten. Wo bist du? Ruf mich zurück.«

Er kontrollierte alle Toiletten im Erdgeschoss und schaute noch einmal in der Cafeteria nach. Er fuhr wieder in die Neurologie, weil er plötzlich davon überzeugt war, dass sie in seinem Büro auf ihn wartete, aber auch dort war sie nicht. Als er erneut vor den Fahrstühlen stand, beruhigte ihn die Wiederholung, der gleiche Ablauf der Vorgänge ließ ihn glauben, dass er noch gar nicht unten gewesen war und dass die letzten Minuten nur in seiner Einbildung stattgefunden hatten, doch dann fielen ihm die Worte des Pförtners ein: *Fünfundzwanzig, dreißig. Dunkle Haare*. Er hatte plötzlich den stechenden Geruch nach Schweiß und verdreckter Kleidung in der Nase, spürte die wuchtigen Tritte gegen die Tür. Er lehnte sich gegen die Wand, alles begann sich zu drehen.

Nele blieb verschwunden. Sie meldete sich nicht, sie ging nicht ans Telefon, und niemand, dem er in den Läden und Geschäften der näheren Umgebung das Foto auf seinem Mobiltelefon entgegenhielt, hatte das hübsche braunhaarige Mädchen mit dem frechen Lächeln gesehen. Zurück in seinem Zimmer, saß er einfach nur da und versuchte, sich jedes Detail des kurzen Telefonats mit ihr zu vergegenwärtigen. Ihr Wimmern, die fast geflüsterte Frage: *Bitte, kannst du kommen?* Verriet die Färbung ihrer Stimme, ob sie auf der Flucht war? Hatte er etwas überhört, ein Geräusch im Hintergrund? Nele war eingeschnappt, redete er sich ein, beleidigt, dass er sie hatte warten lassen, und bestrafte ihn jetzt, indem sie auf seine Anrufe nicht reagierte. Er glaubte es selbst nicht. Sie war in all den Jahren nie überraschend in der Klinik erschienen, schon gar nicht während der Unterrichtszeit.

Endlich rief er Berit an, die zu Hause arbeitete.

»Ist Nele bei dir?«

»Ist sie nicht in der Schule?«

Gabor berichtete von Neles Anruf aus dem Foyer. Er zögerte einen Moment, als müsste er Anlauf nehmen, bevor er ihr auch von dem Mann erzählte, mit dem der Pförtner sie gesehen hatte. Er sprach ruhig, doch er spürte Berits Schrecken, wie seine Angst auf sie überging.

»Wir müssen die Polizei verständigen.«

»Dafür ist es viel zu früh.«

»Aber irgendetwas müssen wir doch tun!«

»Ruf du sie an«, sagte er. »Vielleicht geht sie nicht ans Telefon, wenn sie meine Nummer sieht.«

»Wieso sollte sie so etwas tun?«

»Weil ich sie einige Minuten hab warten lassen.«

»Aber deshalb rennt man doch nicht weg!« An ihrem immer wieder aussetzenden Atem hörte er, wie sie gegen die aufsteigende Panik kämpfte.

»Wahrscheinlich ist sie längst wieder auf dem Weg zur Schule. Sie hat doch ständig Freistunden«, sagte er in einem plötzlich lapidaren Tonfall.

Eine Viertelstunde später berichtete Berit unter Tränen, dass Nele tatsächlich Unterrichtsausfall gehabt hatte. Sie war in der ersten großen Pause weggegangen, aber zur fünften Stunde nicht wiedergekommen. Gabor hatte keine Ahnung, wann die fünfte Stunde begann, aber es beruhigte ihn, an den Rhythmus eines Schultages erinnert zu werden. Mit einem Mal erschien ihm ihre Reaktion absurd. Nele hatte eine Schulstunde verpasst, und sie spielten schon verrückt.

»Ich fahre in die Schule, bleib du zu Hause. Falls sie kommt.«

»Aber warum geht sie nicht ans Telefon? Ich versteh das alles nicht.« Berit sprach mehr mit sich als mit ihm.

»Sie ist vierzehn«, sagte er, als wäre das die Antwort auf all ihre Fragen.

Nele war auch nicht zur letzten Stunde erschienen, und Gabor wartete mit einer Lehrerin vor dem Unterrichtsraum, und als Katharina herauskam, gingen sie zu dritt in einen Musiksaal. Katharina wirkte verstört und setzte sich erst, nachdem die Lehrerin sie ein zweites Mal dazu aufforderte. Sie war kleiner und kräftiger als Nele und ihr Gesicht noch runder geworden, seit Gabor sie das letzte Mal gesehen hatte. Bis vor ein oder zwei Jahren waren sie und Nele die engsten Freundinnen gewesen, aber seit den Sommerferien hatte Nele sie nicht erwähnt. Gabor fragte sich, ob er sie während der Führung durch die Station zusammen gesehen hatte, ob Nele auch mit ihr eingehakt durch die Gänge geschlendert war, konnte sich aber nicht erinnern.

»Hallo, Katharina«, sagte er wieder.

»Hallo, Herr Lorenz.« Sie senkte den Blick, als stünde sie unter Verdacht.

»Du hast ja mitbekommen, dass Nele nicht im Unterricht war. Hat sie mit dir gesprochen, bevor sie heute Morgen gegangen ist?«

»Ist doch nicht schlimm.«

»Was ist nicht schlimm?«

»Dass Nele gegangen ist. Wir hatten Freistunden, weil die Niehoff krank ist.«

»Ist es denn üblich, dass ihr euch, wenn Unterricht ausfällt, auch die Stunden danach spart?«

»Nein«, flüsterte sie.

»Heute Morgen ist sie von der Schule zu mir in die Klinik gefahren und hat mich von unten angerufen, von der Halle, von der ich euch für die Führung abgeholt habe.«

Katharina nickte nur.

»Sie hat geweint und mich gebeten, zu kommen. Aber als ich runterkam, war sie weg und geht seitdem nicht ans Telefon.« Katharinas bleiche Haut glänzte fettig. Sie wirkte verängstigt und trotzig zugleich.

»Weißt du vielleicht, weshalb sie so verzweifelt war?«

Das Mädchen schüttelte den Kopf.

»Hast du mitbekommen, wann sie gegangen ist?«

»Wenn Unterricht ausfällt, gehen wir ins Schülercafé. In der Pause habe ich sie noch gesehen, danach nicht mehr.«

Ihre Stimme klang fast pampig, ein seltsamer Ausdruck erschien auf ihrem Gesicht, Ungeduld oder Gleichgültigkeit. Er wartete, dann fragte er: »Ist eigentlich etwas vorgefallen? Ich meine, früher wart ihr doch eng befreundet.«

Katharina antwortete nicht.

Obwohl Gabor davon ausging, dass auch seine nächste Frage das Gespräch nicht weiterbringen würde, sprach er sie aus – nur um seine eigenen Gedanken in eine andere Richtung zu lenken.

»Wir haben das Gefühl, dass Nele sich in den letzten Wochen verändert hat. Wir glauben, dass sie sich in den Sommerferien verliebt hat – und seitdem ist sie anders. Hat sie dir gegenüber mal einen Jungen erwähnt?«

»Nein«, sagte Katharina, lächelte aber.

»Was ist?«

Katharina schüttelte nur den Kopf, Genugtuung im Blick.

Gabor wandte sich an die Lehrerin, aber bevor er etwas sagen konnte, griff die Frau nach Katharinas geschlossener Faust, die unbeweglich auf dem Tisch lag.

»Danke.«

Katharina erhob sich und verließ wortlos den Raum. Die Plastikhüllen der Keyboards verströmten einen widerlichen Geruch, und er dachte an einen Elternabend des Gymnasiums, die burschikose Direktorin hatte den Fremdsprachenunterricht und den Musikschwerpunkt in höchsten Tönen gelobt: Mittelstufenorchester, Jazzband, Geigenunterricht. Nele hatte es mit der Querflöte probiert, die Stunden nach einem Jahr aber wieder aufgegeben und sich in den Sport gestürzt. Leichtathletik, Hockey, dann Volleyball. Gabor war plötzlich todmüde.

»Ist Ihnen denn etwas aufgefallen?«

»Gar nichts«, sagte die Lehrerin. »Nele wirkte manchmal erschöpft, aber das ist in dem Alter nichts Ungewöhnliches.«

Gabor dachte daran, wie sehr ihn Neles Beliebtheit während der Klassenführung durch die Station überrascht hatte: die Aufmerksamkeit suchenden Blicke der Jungen, die Berührungen der Mädchen, die seine Tochter in ihrer Mitte haben wollten. Er wusste nichts von ihr, nicht einmal, mit wem sie befreundet war. Die Lehrerin schob die Klassenliste über den Tisch, legte den Zeigefinger auf einen mit rosa Leuchtmarker hervorgehobenen Namen.

»Florian Ebers. Vielleicht kann er Ihnen weiterhelfen.«

Sein Mobiltelefon klingelte.

»Jetzt ist ihr Telefon ausgeschaltet, jetzt springt nicht einmal die Mailbox an!«, rief Berit aufgebracht. »Wir hätten gleich zur Polizei gehen sollen.«

»Beruhige dich«, beschwor er sie. »Beruhige dich doch.«

Obwohl er Berit versprochen hatte, nach Hause zu kommen, um gemeinsam zur Polizei zu fahren, kehrte er auf der Potsdamer Straße um. Die verzeichnete Straße lag in Lichterfelde Ost. Florian Ebers. Der Name sagte ihm nichts, er konnte sich nicht erinnern, dass Nele ihn jemals erwähnt hätte, doch gerade der Umstand ließ ihn hoffen, dass er etwas wusste. Ein hässlicher Neubau mit einer gekachelten Fassade an einer stark befahrenen Straße. Hundesalons, Videotheken, Lebensmitteldiscounter. Nachdem er geklingelt hatte, ging der Surrer. Als er den Flur betrat, blickte ihm eine Frau mit blondgefärbtem Haar durch den offenen Spalt einer Erdgeschosstür entgegen.

»Entschuldigen Sie, ich bin der Vater von Nele, einer Klassenkameradin Ihres Sohnes. Sie ist verschwunden, und ich hoffe, Florian kann uns helfen.«

Den Bruchteil einer Sekunde starrte sie ihn überrascht an.

»Bitte. Florian ist gerade nach Hause gekommen.« Er betrat einen laminatbezogenen Flur. Sie wies auf einen Tisch mit zwei Stühlen zwischen Küche und Wohnzimmer und ging zum Ende der Treppe, die vom Flur in den Keller oder ins Souterrain führte. »Florian!« rief sie. »Kommst du mal?«

Er konnte sich an den Jungen, groß, schlaksig und mit einzelnen langen Härchen, die ihm aus dem kinderglatten Kinn standen, nicht erinnern, obwohl er bei der Krankenhausführung dabei gewesen sein musste, denn als Erstes sagte er verdutzt: »Sie haben uns die Station gezeigt.«

»Es geht um Nele. Nele ist weg«, sagte seine Mutter.

»Und da kommen Sie zu mir? Hat sich ja schnell rumgesprochen.«

Er rutschte, die Arme vor der Brust verschränkt, im Stuhl einen halben Meter nach unten. Er hatte festes, widerspenstig abstehendes Haar und ein schmales Gesicht mit einem fragenden Ausdruck, der seine Intelligenz in den Hintergrund drängte.

»Was hat sich herumgesprochen?«, fragte Gabor. Der Junge schwieg, bis Gabor sagte: »Frau Leonhardt meinte nur, dass du mir vielleicht helfen kannst.«

»Die Leonhardt«, sagte der Junge abfällig. »Die steckt ihre Nase in Sachen, die sie nichts angehen.«

»Florian«, sagte seine Mutter mit der verzweifelten Ungeduld der Alleinerziehenden. Gabor sah sie bittend an. Kaum war seine Mutter in der Küche verschwunden, wurde der Junge verlegen.

»Ich weiß nicht, wo sie ist. Wirklich«, sagte er.

»Hast du heute mit ihr gesprochen?«

»Nein –« Er holte Luft.

»Aber?«

»Aber am Freitag.«

Wenn Gabor die Andeutungen und umständlichen Erklärungen richtig verstand, war Florian in Nele das, was sie früher »verliebt« genannt hätten – er sagte »an ihr interessiert« –, und hatte sie am Freitag gefragt, ob sie mit ihm ins Kino gehen wolle. Er wich Gabors Blick aus und nuschelte: »Wollte sie aber nicht.«

»Und?« Die Hände tief in den Taschen seiner weiten Hose, druckste er eine Weile herum. »Und was?«, wiederholte Gabor.

»Sie war wütend auf mich. Sie hat gesagt, ich solle endlich aufhören sie zu verfolgen. Sie wisse ganz genau, dass ich schon den ganzen Morgen hinter ihr hergeschlichen sei.«

»Stimmte das?«

»Natürlich nicht«, rief der Junge. »Ich bin doch nicht verrückt.«

»Wann war das?«, fragte Gabor.

»Freitag, nach der Schule.«

Freitag. Der Tag seiner Anhörung. Der Tag, an dem der Unbekannte den Inhalt ihrer Mülltonne in ihrem Vorgarten verteilt hatte. Am Freitagmorgen hatte Nele vor der Schule Malte mit dem Fahrrad in den Kindergarten gefahren, damit Berit und er länger frühstücken konnten. Er leerte das Wasserglas, das Florians Mutter ihm unbemerkt hingestellt haben musste.

»Was hat Nele zu dir gesagt?«, wollte er noch einmal wissen.

»Sie hat gesagt, dass ich sie angeblich schon den ganzen Morgen verfolge und dass ich aufhören soll hinter ihr herzuschleichen«, wiederholte der Junge.

Auf der Fahrt hoffte Gabor, dass er einen klaren Gedanken fassen konnte, bevor er Berit begegnete. Eifersüchtige Mitschülerinnen, verliebte Jungen, die Nachwirkungen einer Sommerliaison – trotz verrücktspielender Befürchtungen hatte er bis eben noch immer geglaubt, dass der Grund für Neles Verschwinden in der Sphäre emotionaler Verwirrungen oder spätpubertärer Überreaktionen zu finden sei, doch die Worte dieses Jungen hatten ihm den Boden unter den Füßen weggerissen, und er sah die dräuenden Wolken eines größeren Zusammenhangs näher kommen, dessen Ausmaß seine Hände am Lenkrad verkrampfen ließ.

Berit trat aus dem Haus, bevor er gehalten hatte, und als er sie sah, wusste er, dass Nele nicht gekommen war. Er wollte aussteigen, um seine Frau zu umarmen, er wollte einen stillen Moment, um ihr zu sagen, was er zu sagen hatte, aber sie eilte zielstrebig zur Beifahrertür, riss sie auf, schob sich auf den Sitz, und er fuhr weiter. Ihr Gesicht war spitz vor Kampfbereitschaft, vor Entschlossenheit, alle Hebel in Bewegung zu setzen. Sie hatte dafür gesorgt, dass Malte bei einem Kindergartenfreund übernachtete, um Zeit für die Suche zu haben. Sie hatte mit drei weiteren Klassenkameradinnen Neles telefoniert und auch mit der Volleyballtrainerin und einer ihrer Mitspielerinnen gesprochen: Niemand wusste etwas, niemand konnte sich Neles Verschwinden erklären.

Gabor versuchte es. Er versuchte, seine Hand auf Berits Unterarm zu legen, nachdem sie vor dem Backsteinbau gehalten hatten, und sie am Aussteigen zu hindern, er versuchte auf dem Weg zur Drehtür und dann im Gang, an dessen dunkelgrünen Wänden Plakate vor Trickbetrügern warnten, einen Anfang zu finden, aber es gelang ihm nicht, und so wurden sie zu einem Raum geschickt und Berit sagte zu dem Mann, der von einem Schreibtisch an der hinteren Wand zu ihnen aufschaute: »Unsere Tochter ist verschwunden.«

Der Beamte war darin geübt, Ruhe zu bewahren. Er hatte kurz geschorenes Haar und die rosa durchpulste Lederhaut eines Langstreckenläufers, und während Gabor ihm von Neles Anruf erzählte, füllte er die Felder eines Formulars aus, als handelte es sich bei der Angelegenheit um ein gestohlenes Fahrrad. Doch als Gabor erwähnte, dass der Pförtner die weinende Nele mit einem dreißigjährigen Mann gesehen hatte, verengten sich seine Augen.

»Wann, sagten Sie, war das?«

»Um halb zwölf ungefähr.«

Der Beamte sah erstaunt über ihre Köpfe hinweg an die Wand hinter ihnen.

»Wieso kommen Sie so spät?«

»Ich«, sagte Gabor verdutzt. »Ich dachte, Sie können erst etwas unternehmen, wenn jemand über Nacht vermisst wird.«

»Es kommt auf die Umstände an. Und das, was Sie erzählen, klingt dringend.«

Berit schluchzte, als der Beamte sie fragte, ob sie ein Foto von Nele dabeihätten. Sie zog einen Ausdruck aus ihrer Handtasche und zählte auf, was Nele am Morgen getragen hatte.

»Und der Mann in ihrer Begleitung?«

Der Polizist sah Gabor an.

»Wie gesagt: dunkles Haar, fünfundzwanzig bis dreißig.«

»Größe, Kleidung? Hat der Pförtner dazu etwas gesagt?«

Gabor schüttelte den Kopf.

»Was machen Sie jetzt?«, fragte Berit verängstigt, als der Beamte sich erhob.

»Ich gebe eine Suchmeldung raus und bin gleich wieder da.«

Berit saß gebeugt, mit nach vorn gerollten Schultern wie eine alte Frau. Gabors Kopf war leer. Angesichts dessen, was er ihr gleich sagen musste, empfand er eine Mutlosigkeit, die an Gleichgültigkeit grenzte. Er schwebte allein durch kosmischen Raum, während sein Leben, alles, was er liebte, forttrieb und auf Nimmerwiedersehen verschwand. Berit weinte. Sie fiel zur Seite, drückte ihren Kopf gegen sein Schlüsselbein und weinte, und Gabor starrte auf den Heizkörper, im gleichen grünen Ton gestrichen wie die lackglänzenden Wände. Hinter der Scheibe bewegte sich das volle, an einigen Stellen schon gelb verfärbte mächtige Blattwerk einer Kastanie im Wind und ließ hin und wieder einen Ausschnitt einer Villa sehen. Die imposanten Häuser, die parkartigen Grundstücke hier hatten nichts mit ihrer pittoresk verschlafenen Siedlung drei Kilometer südlich zu tun.

»Erinnerst du dich noch an den Mann, der sich in Patras auf die Fähre geschlichen hat?«

Schon mit den ersten Worten strömte Erleichterung als helles Licht in seine Brust, doch Berit hatte ihm nicht zugehört.

»Ich bin mal abgehauen. Amsterdam. Nach zwei Tagen war ich wieder zurück. Aber da war ich siebzehn.«

Bevor er etwas erwidern konnte, kam der Beamte zurück. Er wirkte weniger ungeduldig und schaute ernst, damit sie nicht auf falsche Gedanken kamen. Gabors Kehle war staubtrocken, doch im Raum befanden sich nur Schreibtische und altertümliche Rollschränke und nirgends ein Waschbecken.

»Fangen wir von vorn an: Haben Sie eine Ahnung, warum Ihre Tochter so verzweifelt gewesen sein könnte?«

Berit ergriff das Wort, als wollte sie ihm zuvorkommen. Nach den Sommerferien, sagte sie, sei Nele stiller gewesen als sonst, was sie mit einer Urlaubsliaison in Verbindung gebracht hätten. Sonst sei alles wie immer gewesen – nur ein kleiner Streit, weil Nele mit dem Rauchen angefangen habe.

»Probleme in der Schule?«

Berit schüttelte den Kopf.

»Drogen?«

Sie sagten beide nichts.

»Nimmt Ihre Tochter Medikamente? Antidepressiva zum Beispiel?«

»Nein.«

»Ist sie schon mal weggerannt?«

»Nein, verdammt. Sie ist ganz normal.«

Der Polizist reagierte nicht.

»Und bis auf diese Sache mit dem Rauchen also kein Streit. Und zwischen Ihnen?«

Dieses Mal sah er Gabor an, und als Gabor den Kopf schüttelte, fragte er: »Wie ist Ihre Tochter so: Erzählt sie, wenn sie etwas bedrückt, oder macht sie es mit sich aus?«

»Sie ist vierzehn«, antwortete Berit. »Früher hat sie mehr erzählt. Sie ist kein Kind mehr, und ich wollte sie in Ruhe lassen.«

»Diese Urlaubsliaison, wie Sie sagen – ist die nach den Ferien weitergegangen?«

»Nein, das war in Griechenland, auf einer Insel. Wir wissen nicht einmal seinen Namen. Ich glaube, die beiden haben auch keinen Kontakt mehr.«

»Sie haben nie mit Ihrer Tochter darüber gesprochen?«

»Natürlich habe ich es versucht, aber sie wollte nicht.«

Wie beruhigend, dachte Gabor, wie verführerisch, Neles Verschwinden mit dieser Sommergeschichte in Verbindung zu bringen, zu glauben, man könnte seine Tochter zurückholen, indem man sich über die Intensität an- und abflauender Gefühle unterhielt.

»Haben Sie mal daran gedacht, dass Ihre Tochter schwanger sein könnte?« Die Frage holte ihn abrupt ins Zimmer zurück. Auch Berit brachte kein Wort heraus. »Wenn vierzehnjährige Mädchen ausreißen, dann tun sie das einfach«, sagte der Beamte. »Sie verschwinden und kommen nicht vorher zu ihrem Vater. Sie wollte Ihnen aber etwas sagen, etwas, zu dem sie sich überwinden musste.«

»Sie war auf der Flucht!«, rief Gabor. »Sie fühlte sich verfolgt und wusste nicht, wohin. Schwanger! Wie kommen Sie auf diese Idee?«

»Ich höre Ihnen zu. Und ich verlasse mich auf meine Erfahrung.«

»Aber Sie waren doch so beunruhigt wegen des Mannes, mit dem sie vor ihrem Verschwinden gesprochen hat«, sagte Berit verwirrt.

Der Beamte blickte von Gabor zu Berit und dann wieder zu Gabor, als verriete etwas an ihnen, ihr Geruch, ihre Anspannung oder einfach nur die Art, in der sie reagierten, mehr über Neles Verbleib, als sie selbst wussten. Gabor blickte durchs Fenster. Die üppige Blätterpracht beruhigte ihn. Er zögerte nicht, er suchte nicht nach einem Anfang, die Worte kamen von allein.

»Ich weiß, wer der Mann ist, mit dem sie der Pförtner gesehen hat. Ein Mann, ein Flüchtling. Wir waren im Sommer auf der gleichen Fähre von Patras nach Ancona.«

»Was?« Gabor wandte sich zu Berit, sah ihre Bestürzung, ihr Entsetzen, aber so unbeteiligt, als blickte er durch sie hindurch.

»Ich habe am Hafen beobachtet, wie der Mann auf einen Lastwagen gesprungen ist, und nachdem das Schiff abgelegt hat, bin ich aufs Lastwagendeck gegangen und habe ihn gesucht. Ich weiß nicht, ich wollte ihm helfen oder –«

Erstaunt sah ihn der Polizist an.

»Haben Sie ihn gefunden?«

»Ja. Und ich habe ihm geholfen. Ich habe die Tür des Lastwagens hinter ihm zugemacht.« Gabor hörte Berits schweren Atem, aber er vermied es, sie anzublicken. »Aber vorher habe ich eine Tüte mit Obst, mit Bananen, in den Laderaum geworfen, ohne daran zu denken, dass sich in ihr Karten befanden. Postkarten mit unserer Adresse.«

»Die Postkarten?«, rief Berit. »Du hast die Karten gar nicht selbst geschickt?«

»Moment mal. Was für Postkarten?«, fragte der Polizist.

»Ich habe meiner Frau Postkarten geschrieben, auf der Insel, die ich erst nach dem Urlaub abschicken wollte. Die Karten waren in der Tüte, die ich dem Mann zugeworfen habe.«

»Und diese Karten kamen später bei Ihnen an?«

»Nach ungefähr einer Woche war die erste da, abgestempelt in Italien. Die zweite kam aus der Gegend um München und die dritte aus Berlin. Der Mann ist hier, verstehen Sie, hier in Berlin!«

Etwas hatte sich im Ausdruck des Polizisten verändert. Als Gabor vom Eintreffen der Karten gesprochen hatte, hatten sich seine Augen geweitet vor Unglauben oder Schrecken, aber vielleicht bildete Gabor sich das nur ein, denn gleich darauf fragte er, ungerührt wie vorher:

»Haben Sie auf der Fähre mit dem Mann gesprochen?«

»Nein. Kein einziges Wort.«

»Woher wusste er dann, dass die Karten an Sie selbst adressiert waren?«

Gabor antwortete nicht gleich. Die Blätter der Kastanie bewegten sich kaum, auf dem Pfosten der breiten Grundstückseinfahrt gegenüber thronte ein steinerner Löwe. Mit was für Delikten schlug sich die Polizei hier sonst herum? Einbruch, Geldwäsche, mit den Hehlereien und Drogenverkäufen verwöhnter Sprösslinge? Und alle paar Jahre ging ein überschuldeter Ehemann mit dem Schürhaken auf seine Frau los.

»Weil ich dem Mann noch einmal begegnet bin«, sagte Gabor ruhig. »Er hat es nicht geschafft, er wurde entdeckt. Kurz bevor wir Ancona erreichten, stand er, von Offizieren bewacht, bei der Rezeption, als ich den Kabinenschlüssel gegen meinen Ausweis tauschte. Er sah schrecklich aus, als wäre er geschlagen worden. Und er hat mich auch gesehen. Er hat gehört, wie der Steward meinen Namen nannte, und mich angestarrt, als hätte ich ihn verraten.« Der Polizist wollte etwas sagen, aber Gabor redete weiter. »Vor einigen Tagen hat jemand bei uns geklingelt und dann wie ein Verrückter gegen die Tür getreten. Am nächsten Mittag lag der Inhalt unserer Mülltonne in unserem Vorgarten. Und Nele hat davon gesprochen, dass sie ständig jemanden sehe, aber ich habe sie nicht verstanden, ich dachte, sie kriegt den Jungen nicht aus dem Kopf.« Gabor stieß die Geschichte hervor, als wollte er den Raum, in dem sich seine Angst angesammelt hatte, vollständig leeren. Er erzählte von dem Gespräch mit Nele während der Fahrt zu den Kranichen und von Florians Behauptung, sie habe sich verfolgt gefühlt, er setzte einen Stein neben den anderen, bis sich ein furchtbares Bild ergab, bis kein Zweifel mehr möglich war, doch als er geendet hatte, war es still im Raum, und der Beamte verzog das Gesicht, als hätte Gabor fantasiert.

»Nehmen wir an, dieser Flüchtling ist tatsächlich doch noch nach Deutschland gelangt. Warum sollte er Ihre Tochter entführen?«

»Das habe ich doch gesagt: Weil er denkt, dass ich ihn verraten habe. Er wurde misshandelt, geschlagen. Um sich zu rächen. Er spielt verrückt. Sie hätten den Hass sehen sollen.« Gabor wusste nicht weiter. »Finden Sie diesen Mann. Finden Sie Nele.«

Der Polizist fixierte ihn noch immer ungläubig, dann erhob er sich:

»Kommen Sie. Wir erstellen ein Phantombild.«

Berit hatte die ganze Zeit kein Wort gesagt. Zusammengesunken saß sie auf dem Stuhl, den Blick apathisch auf den Boden gerichtet, doch als Gabor jetzt zum Tisch mit dem Computer ging, stand sie auf und verließ den Raum.

»Berit, warte, bitte!«, rief er. Er folgte ihr, aber sie reagierte nicht, sondern ging weiter den Gang entlang, in der Mitte, als hätte sie Angst vor der Nähe der Wände. Hilflos sah er ihr hinterher.

Mit ein paar Klicks öffnete der Beamte das Programm zur Erstellung von Phantombildern, und als Gabor die Reihe der zur Auswahl stehenden Kopfformen am unteren Bildschirmrand sah, begann sein Herz zu rasen. Er konnte sich mit einem Mal an nichts erinnern.

»Das breite?«, fragte der Polizist, als Gabor mit zitterndem Finger auf eine Form gezeigt hatte.

»Ich glaube, ich weiß nicht.«

»Lassen Sie sich ruhig Zeit. Manchen Zeugen hilft es, die Augen zu schließen.« Der Polizist lächelte beinahe mitfühlend jetzt.

Angestrengt starrte Gabor auf den Umriss eines Schädels und die weiße Fläche in der Mitte. Er fügte das Kinn hinzu und das Haar, doch die Locken passten nicht, obwohl Gabor nicht hätte sagen können, ob sie zu groß oder zu klein geraten waren.

»Lassen Sie sich Zeit«, wiederholte der Beamte, aber je länger Gabor schaute, desto nervöser wurde er. Er brauchte keine Zeit, er musste sich beeilen, um mit drei, vier schnellen Entscheidungen wie ein Karikaturist den besonderen Zug, das entscheidende Merkmal einzufangen. Er begann zu schwitzen. Er wies auf ein eng stehendes Augenpaar, doch noch während der Beamte es mit einer Bewegung seiner Maus ins leere Gesicht hineinzog und danach die Brauen darüber platzierte, wusste Gabor, dass er sich geirrt hatte. Das Gesicht, das so entstand, wies entfernte Ähnlichkeit mit dem Mann von der Fähre auf, zeigte aber vor allem Gabors eigene Angst. Wut. Man sah vor allem Wut, die sich in Höhe der Nasenwurzel zusammenzog und ballte und dem Betrachter wie eine Faust entgegenkam.

Berit saß im Wagen. Er ging zum Auto und setzte sich auf den Beifahrersitz.

»Berit. Ich …«

Ihr Schweigen verschluckte seine Worte wie eine Decke. Hinter der niedrigen Buchsbaumhecke des Villengrundstücks glänzte der gestutzte Rasen wie frisch gesprengt.

»Was passiert jetzt?«, fragte sie müde. »Zapfen sie unsere Telefone an? Bewachen sie unser Haus?«

»Es kommt jemand, um Neles Zimmer zu untersuchen.«

»Eine Abtreibung dauert nicht lang. Man liegt eine Weile im Ruheraum und darf dann wieder gehen. Wie dumm ich war, wie naiv. Ich schäme mich.«

Sie wollte nichts davon wissen. Sie weigerte sich, seine Worte zur Kenntnis zu nehmen.

»Berit.«

»Sei still«, zischte sie, die Hand schon am Zündschlüssel, doch plötzlich sagte sie: »Warum hast du mir nichts gesagt? Warum hast du mir das alles nicht erzählt?«

»Ich habe es versucht.«

»Wann? Wann hast du es versucht?«

»Auf der Fähre. Als die Kinder schon geschlafen haben. Und als die erste Karte kam, an dem Abend, als Yann bei uns war.«

Sie starrte ihn an, als hätte er den Verstand verloren.

»Und als dieser Mann gegen die Tür getreten hat? Und als er die Mülltonne ausgeleert hat? Warum hast du mir davon nichts gesagt?« Gabor wusste nicht, was er antworten sollte. Sie starrte ihn an, und als er noch immer schwieg, ließ sie den Motor an und fuhr los.

Die verschlungene Straße führte sie an Bungalows mit pockennarbigen Fassaden und neumodischen Flachdachwürfeln vorbei bis an das Ufer eines Tümpels. Berit wirkte mit jeder Kurve, mit jeder verschatteten Gasse, die sie ihrem Zuhause näher brachte, zerbrechlicher, als könnte sie jeden Moment zerspringen, doch nachdem sie den Wagen abgestellt hatte, stieg sie aus, ging, den Schlüssel in der Hand wie immer, durch den Vorgarten und betrat das Haus. Er hörte ihre Stimme durch die offene Tür bis nach draußen: »Nele! Schatz! Nele.«

Im kühlen Wind war eine Ahnung von Meer, eine homöopathisch geringe Spur Ostseefrische, die er einsog, als wollte er sich betäuben. Er fand Berit oben. Sie lehnte kraftlos in der Tür zu Neles Zimmer, ihr Mobiltelefon in der Hand. Ihre Hilflosigkeit zerriss ihm das Herz. Ihr Mund öffnete sich. Er ging auf sie zu, und sie begann nach ihm zu schlagen. Sie schlug nach ihm und traf sein Ohr. Sie riss an seinem Haar und trommelte gegen seine Brust. Endlich erlaubte sie, dass er sie in den Arm nahm.

»Was passiert mit uns?«, wimmerte sie.

# 12

Die Polizei verwandelte das Haus in einen Tatort. Eine Frau um die dreißig und ein altersloser Mann mit Bürstenschnitt kamen, und Gabor musste dem Mann die Geschichte noch einmal erzählen, während Berit mit der Frau in Neles Zimmer ging. Der Mann stellte während Gabors Ausführungen keine Fragen, schritt aber das Wohnzimmer ab, schaute durchs vordere Fenster auf die Straße und nach hinten raus in den Garten, als prüfte er Sichtachsen oder Durchblicke. Er ließ sich den Keller und die oberen Räume zeigen, und während sie die Treppe hochstiegen, sah Gabor Berit und die Polizistin auf Neles Bett sitzen und in bedrückendem Schweigen Hefte durchblättern. Als der Mann sich in ihrem Schlafzimmer umsah, hatte Gabor plötzlich den Faden verloren, wusste nicht mehr, was sie hier suchten.

»Die Karten«, sagte der Polizist.

»In der Schublade. In der Nachttischschublade meiner Frau.«

»Ich mach das«, sagte der Polizist, als Gabor sich nicht regte. Er ging um das Bett zu Berits Seite und kniete sich vorsichtig auf den Boden, und erst als Gabor das sah: einen Zivilbeamten, der in einer ungewollt demütigen Haltung am Bett seiner Frau kauert und mit beiden Händen vorsichtig eine Lade aufzieht, als könnte darin eine Bombe warten, erst als er diesen kurzhaarigen Mann mit dezenter Schuppenbestäubung auf den Schultern in Berits Schublade greifen und die Karten mit spitzen Fingern zwischen Kondomen, Cremes und Taschentüchern hervorziehen sah, hatte die Nachricht, dass Nele verschwunden war, jede Zelle seines Körpers erreicht. Er ließ sich aufs Bett sinken. Der Polizist steckte die Postkarten in kleine Plastiktüten.

»Warum haben Sie die Karten an sich selbst geschrieben?«, fragte er, während er einen Text überflog.

»Ich habe die Karten nicht an mich, sondern an meine Frau geschrieben.« Gabor räusperte sich. »Wegen des Sommers. Um den Urlaub zu verlängern.«

»Schöne Idee eigentlich«, sagte der Polizist und schob die Tütchen in die Außentasche seiner olivgrünen Multifunktionsjacke.

Zurück im Wohnzimmer, bemerkte Gabor durchs Fenster Männer neben der Mülltonne. Es sah aus, als nähmen sie Fingerabdrücke.

Berit und die Polizistin hatten weder ein Tagebuch noch Briefe noch sonst etwas gefunden, was Aufschluss gab – an den Sommer erinnerte nur eine CD, auf die jemand in blauen Druckbuchstaben »Don't forget – Summer 06« geschrieben hatte.

»Ist das die Schrift Ihrer Tochter?« Die Polizistin schob ihm die Hülle zu, als sie zu viert im Wohnzimmer um den Glastisch saßen.

»Das weiß ich nicht. Das sind Großbuchstaben.«

»Ihre Frau sagt, dass Ihre Tochter keinen Computer hat.«

Er sah zu Berit. Sie wirkte wie betäubt.

»Das ist richtig.«

»Und die Referate, worauf hat sie ihre Referate geschrieben? Wo hat sie im Internet recherchiert?«

»Auf einem unserer Computer.«

»Und wo hat sie ihre Mails geschrieben?«

»Sie hat keine Mails geschrieben«, stieß Berit hervor, ohne aufzublicken. »Nele hasst Mails.«

»Sie hat ein Mobiltelefon«, sagte Gabor. »Sie hat SMS geschrieben.«

Das Haar der Frau war streng nach hinten gekämmt. Pferdeschwanz, kleine Strähnen. Sie war noch jung, hatte aber die Präsenz, die erworbene oder natürliche Willensstärke der meisten Polizisten.

»Wahrscheinlich bringt es uns nicht weiter. Ich würde trotzdem gern mal reinhören. Haben Sie was dagegen?«

Bevor er sich erheben konnte, stand sie schon am Sideboard und schob die CD in den Player. Plötzlich erfüllten die Synthesizer-Klänge eines Popsongs den Raum und nach wenigen Akkorden quiekte die gleiche weibliche Stimme, deren Plastikpiepsen in den letzten Wochen immer wieder durch die geschlossene Tür aus Neles Zimmer gedrungen war.

»Ist das Griechisch?«, fragte die Beamtin.

»Ja«, sagte Gabor.

»Verstehen Sie es?«

»Nein.«

Die Frau spielte das nächste Lied an, wartete auf eine Stimme, sprang erneut vor. Bis auf den einen griechischen Sommerhit waren alle Lieder auf Englisch. Aufgekratztheit, Euphorie, düstere Traurigkeit, Neles Gefühle strömten aus den Boxen, türmten sich auf und brachen über ihm zusammen, und der Gedanke, dass jemand diese CD aus ähnlichen Motiven zusammengestellt hatte, aus denen er die Karten an Berit geschrieben hatte, verengte seine Kehle. Er stand auf, um den Spuk zu beenden, aber in diesem Moment wurde es still. Die Polizistin setzte sich, legte die CD auf den Tisch, schaute abwartend von einem zum anderen.

»Gibt es noch etwas, was wichtig sein könnte? Fällt Ihnen irgendetwas ein?« Weder Berit noch er antworteten. »Die meisten Vermissten tauchen nach wenigen Tagen wieder auf, aber nach dem, was Sie berichtet haben, ist auch eine Entführung möglich.«

Als sie ihnen sagte, was sie tun sollten, wenn der mögliche Entführer sich telefonisch meldete, brach Berit in Tränen aus.

»Ich verstehe das nicht. Wir sind doch nicht reich. Wieso sollte jemand Nele entführen? Nele ist schwanger. Sie lässt abtreiben. Ich habe auch mal abgetrieben. Heute Abend ist sie wieder da.«

Niemand sagte etwas. Diskret blickte die Polizistin auf die im Nachmittagslicht schimmernden Dielen, bis Gabor schließlich fragte: »Wird das Haus überwacht?«

»Darüber reden wir, wenn sich der Mann melden sollte«, sagte der Kurzgeschorene.

Um sechs waren sie wieder allein. In den Stunden seit Neles Anruf waren Wochen vergangen. Sie saßen schweigend auf dem Sofa. Die Bücher in den Regalen, die Schalen und Vasen wirkten unecht wie Attrappen, standen nur da, um mit einer wütenden Armbewegung von den Fächern gefegt zu werden. Berit schien immer tiefer in sich hineinzutreiben, ihr Gesicht wirkte kantig und leblos, wie geschnitzt.

»Berit, bitte, es tut mir leid.«

»Sag nicht: Es tut mir leid. Nie wieder.«

Sie ging in die Küche und Gabor hörte, wie sie Wasser in den Kocher laufen ließ. Sie telefonierte. Sie rief bei Frauenärzten an und fragte mit beherrschter Stimme nach einem Mädchen mit halblangem braunem Haar – als ob ein Berliner Frauenarzt solch einen Eingriff an einer Vierzehnjährigen ohne Einwilligung der Eltern vornehmen würde.

Ewige Minuten saß er auf dem Sofa, Gedanken zogen durch seinen Kopf, schnell und so flüchtig, dass er sie gleich wieder vergaß, während er auf jedes Geräusch von der Straße achtete, um sofort an der Tür zu sein, wenn er Neles vertraute Schritte auf dem Gehweg hörte. Die Worte der Beamtin fielen ihm ein. *Wir ziehen größer werdende Kreise. Kollegen durchkämmen die Umgebung des Krankenhauses.* Fragen an Lehrer, Mitschüler und Trainer. Alle Institutionen seien bereits informiert, alle Zufluchtsorte in Berlin und Brandenburg. Aber was, dachte er plötzlich, wenn Nele sich noch immer dort aufhielt, von wo sie verschwunden war? Was, wenn dieser ominöse Mann im Krankenhaus nur ein weinendes Mädchen getröstet und zur Notaufnahme begleitet hatte?

»Ich suche noch einmal in der Klinik«, sagte er, während er sich eine Jacke überwarf.

Berit blickte nicht einmal auf.

Als er in der Notaufnahme der Frau hinter der Scheibe sein Telefon mit dem Bild von Nele entgegenhielt, schüttelte sie den Kopf. Gabor fuhr in die Wäscherei, zeigte seinen Ausweis und zog gleich einen frisch gestärkten Kittel an. Er begann im ersten

Stock, kontrollierte in der Hals-Nasen-Ohrenabteilung jedes Zimmer. Sein Verhalten war absurd, die Wahrscheinlichkeit, Neles Gesicht zwischen all den bandagierten Patienten in Schlafanzügen zu entdecken, die ihn fragend oder überrascht ansahen, wenn er eine Tür aufriss, ging gegen null, aber er konnte nicht aufhören. Niemand fragte, niemand wollte wissen, was er auf einer Station tat, auf der er nichts verloren hatte. Zwischen dem vierten und dem fünften Stock setzte er sich im Treppenhaus auf eine Stufe. Das Gefühl von Neles Anwesenheit, das ihn in der Tiefgarage hatte Hoffnung schöpfen lassen, war längst verflogen. Es ging nur noch darum, weiterzumachen, nicht in lähmender Untätigkeit zu verharren. Er stand auf, stützte sich gegen das Geländer, als sein Mobiltelefon klingelte.

»Herr Lorenz. Hier ist Lavinia Seidler.«

Ihre freundliche Stimme kam aus einer Welt, die er fast vergessen hatte. Sie waren verabredet gewesen, sie hatte ihn wegen Sieverth sprechen wollen. Er hatte der Stationsschwester mitgeteilt, dass er wegen einer privaten Angelegenheit früher gehen musste, aber vergessen, das Treffen mit Lavinia abzusagen.

»Ich bin schon gegangen«, sagte er dumm.

»Ich weiß«, antwortete sie freundlich und schwieg. »Ich wollte Ihnen nur sagen, am Freitag, die Anhörung –« Die Anhörung. Seine Bewerbung. Er hatte jeden Gedanken daran vermieden, aber jetzt erleichterte ihn die Erinnerung an den fensterlosen Raum und die harmlose Anspannung des akademischen Rituals sogar. Aufmerksam nahm er die knisternde Stille in sich auf. Nach einer Weile lachte sie amüsiert und sagte: »Natürlich wäre ich gern in Ihrer neuen Arbeitsgruppe dabei, wenn es so weit ist.«

»Wenn es so weit ist«, wiederholte er. Wahrscheinlich war sie noch auf Station, nur ein paar Stockwerke über ihm, könnte in wenigen Minuten hier sein. Er kniff die Augen zusammen. »Während meines Vortrags«, hörte er sich plötzlich sagen. »Habe ich da etwas Ungewöhnliches gesagt?«

Sie holte Luft, als wollte sie antworten, schien es sich aber anders zu überlegen.

»Nichts Ungewöhnlicheres als sonst.«

»Wo sind Sie?«

»Wie bitte?«

Er merkte, dass er geflüstert hatte.

»Sind Sie noch auf Station?«

In ihrem Schweigen war etwas, Überraschung und eine tastende, fast erschrockene Vorsicht.

»Ja«, sagte sie gedehnt. »Ich bin in der Klinik. Warum?«

Er sprach wie aus einem Versteck heraus.

»Sie müssen mir einen Gefallen tun. Meine Tochter ist weg, und ich glaube … Könnten Sie durch die Zimmer gehen und nachsehen, ob da ein vierzehnjähriges Mädchen liegt? Braunes Haar. Und ob die Psychiatrische eine anonyme Aufnahme hat? Ich weiß, es klingt verrückt, aber ich glaube …« Die Sinnlosigkeit seines Unterfangens ließ ihn verstummen.

»Was heißt, Ihre Tochter ist weg?«

»Sie ist eben weg!« Er zwang sich zur Ruhe. »Könnten Sie mir diesen Gefallen tun?« Er presste Daumen und Zeigefinger gegen seine Nasenwurzel, konnte ihre Zweifel förmlich hören.

Gabor wartete in einem Aufenthaltsraum der Augenklinik im nächsten Stockwerk. Die gleichen grünen Schalensitze aus

Plastik, die gleiche Kaffeemaschine wie in der Neurologie, aber die beigen Samtvorhänge schirmten das Tageslicht ab und tauchten den Raum in beruhigendes Halbdunkel. Aus winzigen Lautsprechern drang leise Musik, und in einem Aquarium drehten ein paar Fische ihre meditativen Runden. Lavinia meldete sich schneller als erwartet.

»Keine anonymen Aufnahmen, weder bei uns noch in der Psychiatrie. Ich habe auch kein Mädchen in dem Alter gesehen.« Sie schwieg. Nach einer Weile sagte sie: »Tut mir leid.« Er schämte sich, als hätte er ihr volltrunken die intimsten Geheimnisse anvertraut, und war erleichtert, dass sie so tat, als wäre nichts gewesen. »Wahrscheinlich ist sie längst wieder zu Hause.«

»Ja«, sagte er. »Danke.«

»Tut mir leid«, wiederholte sie.

Es war ihm unmöglich, nach Hause zu fahren. Er hatte nie daran geglaubt, dass Nele in der Klinik war, er hatte nur vor Berits Enttäuschung fliehen wollen, vor ihrem fassungslosen Blick. Die Buchhandlung hatte geschlossen, auch das Gitter des Blumenladens war herabgelassen. Dort, wo am Vormittag Dutzende Kübel mit Sträußen und Stauden gestanden hatten, glänzte der Bürgersteig feucht. Ziellos lief er durch die Straßen. Es war windig und kaum jemand unterwegs. Er saß gedankenverloren in einer Cafébar in der Nähe, als ihn zwei Männer ansprachen. Der eine hielt ihm einen Polizeiausweis entgegen, der zweite zeigte ihm das Foto eines jungen Mädchens und das Phantombild eines Mannes mit eng stehenden Augen.

»Haben Sie diese beiden Personen vielleicht gesehen?«

Er betrachtete das Gesicht seiner Tochter, die lächerliche Schwarz-Weiß-Abbildung eines lockigen Mannes. Tränen schossen ihm in die Augen, während er den Kopf schüttelte.

# 13

Er konnte sich nicht erinnern. Wann hatten sie begonnen, nur noch Andeutungen über ihre Tochter auszutauschen, wann war das verlegene Schweigen zwischen sie getreten? Nicht erst diesen Sommer, vorher schon. Nele war aufgeblüht, strahlend und ernst, und mit ihrem Rückzug von ihren Eltern hatten auch Berit und er aufgehört, über sie zu sprechen, als wollten sie Neles Verwandlung durch ihre Einschätzungen nicht behindern oder durch ihre Zurückhaltung gar an ihr teilhaben. Nele hatte begonnen, anders wahrzunehmen, kraftvoller, mit einer nach innen gerichteten Intensität, als hätte sich der kindliche Märchenprospekt mit Schäfchenwolken und sattgrünen Wiesen im Hintergrund ihres Erlebens in eine tiefe, dramatische Landschaft verwandelt. Aber die Verbundenheit, die er stärker empfand, seit sie nicht mehr da war, das klare Bild, dass sich plötzlich von ihr zeigte, passte nicht zu dem, was Berit, die den ganzen Abend telefoniert hatte, über sie in Erfahrung brachte. Nele würde mehr gefürchtet als gemocht. Nele sei zurückgezogen, arrogant, launisch, dann wieder großzügig, gut gelaunt, mitreißend. Berit schien von diesen Einschätzungen verwirrt wie er, aber auch gekränkt. Die Arme um die angezogenen Knie geschlungen, saß sie in ihrem Sessel und sprach langsam, als redete sie über einen Traum, an den sie sich nur bruchstückhaft erinnerte. Nele habe Jungen um den Finger gewickelt, habe anderen nur dann geholfen, wenn sie sich sicher sein konnte, dass sie niemals zu ihr aufschließen würden. Er wusste nicht, ob er Berits Zusammenfassungen ernst nehmen konnte oder ob sie die Aussagen der Klassenkameradinnen nicht zuspitzte und verzerrte, ob ihre Bitternis nicht Ausdruck ihrer Enttäuschung darüber war, selbst kaum etwas über Nele zu wissen. Dennoch wollte er, dass sie weiterredete. Er hoffte noch immer, dass sich in Berits Worten ein verräterisches Detail versteckte, versuchte wie sie zu glauben, dass Neles Verschwinden nichts mit diesem Mann zu tun hatte.

»Was sagt Florian?«, fragte er. »Er hat sie gemocht. Hast du noch einmal mit Florian gesprochen?«

Doch Berit starrte ihn nur feindlich an, als hätte sie seine Frage wieder an sein Vergehen erinnert.

Er schlief unten im Wohnzimmer und erwachte davon, dass Berit an seinen Schultern rüttelte. Es war tief in der Nacht. Die Laterne vom Straßenrand warf den Schatten der Birke als Keil über die Bücherwand.

»Yann. Es ist Yann!«, sagte sie. »Deinetwegen ist er bald ohne Arbeit.«

»Warum sollte Yann denn –«

»Aber er hätte einen Grund. Er hat einen Grund, dir zu schaden. Du hast ihn rausgeschmissen.«

Das Weiß ihrer Augen war trüb wie Elfenbein, ihr Haar verdrückt, wahrscheinlich hatte sie sich stundenlang schlaflos im Bett gewälzt.

»Das glaube ich nicht. Das ist absurd.«

Ihr Blick trieb davon, sprang panisch hin und her, als hätte er sie in die Ecke gedrängt. Er nahm ihr Gesicht zwischen seine Hände, schmeckte seinen eigenen Atem, während er sprach.

»Yann hat damit nichts zu tun. Beruhige dich. Wir können nichts machen, nicht jetzt.«

Im Morgengrauen lag er wach und lauschte auf die Geräusche des Hauses. Die Fassade der Hauensteins gegenüber leuchtete hinter den Bäumen im gelben Licht. Er hörte Schritte auf dem Bürgersteig, eine schlagende Autotür, das Surren des startenden Motors. Gegen sieben kam Berit herunter. Er blieb liegen und verfolgte, wie sie Kaffee kochte, mit knallenden Absätzen in der Küche auf und ab ging.

»Was machen wir jetzt?«, fragte er beim Frühstück. Sie hob den Kopf, sah abwesend an ihm vorbei, das hauchdünn mit Honig bestrichene Toastbrot in der Hand.

»Ich hole Malte bei Rita ab und bringe ihn in den Kindergarten. Dann komme ich wieder und warte auf Nele.« Sie hob gleichgültig die Schultern. »Ich warte darauf, dass meine Tochter zurückkommt.«

Der durchgedrückte Rücken, die Ferne, aus der ihre Stimme kam. Als sie ihn mit verträumtem Bedauern ansah, glaubte er für einen Moment, auch sie sei kurz davor, den Verstand zu verlieren.

Als Berit das Haus verlassen hatte, rief er in der Personalabteilung des Krankenhauses an und meldete sich krank. Er räumte die Küche auf und saß untätig im Wohnzimmer, bis er sich überwand und nach oben ging. Neles Tür war angelehnt. Durch den

Spalt sah er ihr leeres Bett und ein Heft auf dem Boden. Er drückte die Tür weiter auf. Er sah das Pferdeposter, das seit kindlicher Urzeit wie vergessen neben dem Foto einer grell geschminkten Sängerin hing. Unter dem Fenster türmte sich ein Kleiderhaufen, als hätte Nele die Sachen beim Durchwühlen des Schranks im hohen Bogen hinter sich geworfen. Auf den Regalen und Tischen lagen großformatige Bilderbücher, Comics, zwei Bände *Harry Potter*. Auf einem Schränkchen neben ihrem Schreibtisch lehnte ein Spiegel, vor dem sich von Berit geklaute oder geliehene oder selbst gekaufte Schminkstifte, Tuben und Döschen verdoppelten. Alles schon untersucht und für unauffällig befunden. Das Kind, das bockige Mädchen, die selbstbewusste junge Frau – alle Phasen, alle Seiten waren da, sichtbar, erschreckend unverbunden, scharf voneinander getrennt, und der Schock über die Verwirrung, die ihm daraus entgegensprang, presste ihn wie ein Gewicht auf einen Hocker. Er schaute, den Kopf im Nacken, an die ergraute Decke, als wartete er auf Stimmen oder ein Zeichen, als erwartete er einen Wink.

Sie hatten die Vereinbarung getroffen, dass immer jemand zu Hause blieb, und bis Berit wiederkam, suchte er im Internet nach Vereinen, ermittelte Treffpunkte und Anlaufstellen. Er riss das zentrale Stück aus einem Stadtplan und zeichnete Punkte mit einem Kugelschreiber in das Straßennetz. Er legte Neles Foto auf den Tisch und versuchte sie zu sehen, wie er sie nie betrachtet hatte. Der Ausdruck des digitalen Bildes zeigte ein junges Mädchen mit halblangem braunem Haar. Ihre Stirn war eher breit. Ihre Brauen waren klar, wie gezeichnet, zwei gerade Linien, die nicht der Rundung der Augenhöhlen folgten, sondern waagrecht weiterliefen und wie Speerspitzen nach außen zeigten, was ihrem Ausdruck etwas Rätselhaftes und Eigenwilliges gab. Doch so sehr er sich auch mühte, er fand nichts mehr von ihrer Stärke, sah nur die Verletzlichkeit, die Ungeschütztheit seines kleinen Mädchens. Er legte das Phantombild daneben und zwang sich, beide zu betrachten, als zeigte sich auf diese Weise ein geheimnisvoller Zusammenhang, aber etwas in ihm sperrte sich. Ihm wurde übel, und er drehte das Phantombild wieder um.

Als Berit zurückkam und mit Hoffnung im Blick in der Tür des Wohnzimmers stand, schüttelte er den Kopf. Für einen Moment entgleisten ihre Züge vor Schmerz, dann setzte ihr Wille, sich nicht gehen zu lassen, den Raum wieder unter Spannung.

»Malte rechnet. Drei plus sieben, zwanzig minus vier. Die ganze Fahrt zum Kindergarten. Gestern hat der ältere Bruder von Lukas mit ihnen Schule gespielt«, sagte sie. Entgeistert starrte sie ihn an. »Wieso hast du dich nicht rasiert? Ich flehe dich an: Rasier dich!«

Warum sollte der Entführer seiner Tochter zu einem Verein für Flüchtlinge gehen oder eine medizinische Anlaufstelle aufsuchen, wo Menschen ohne Bleiberecht anonym behandelt werden? Aber Gabor hatte keine anderen Anhaltspunkte: Die Beratungs- und Zufluchtsstellen waren die Eingänge in die Stadt der Verborgenen, und wenn er ihm näher kommen wollte, spielte es keine Rolle, wo er begann. Er saß im Auto in einer Seitenstraße nördlich der Spree. Später Vormittag, die Straße war gesäumt von mächtigen Ahornbäumen, die die Häuserzeile in zeitlosen Schatten legten. Welkes Laub sammelte sich vor der Tür des »Büros für Menschen ohne Papiere«. In einem der zwei Räume brannte Licht und hinter einem Schreibtisch telefonierte eine Frau. Er wartete, bis sie aufgelegt hatte, dann stieg er aus und betrat das Ladengeschäft. Es war bullig warm. An einem Brett hingen Informationsbroschüren, Flyer für juristische Beratung, Visitenkarten von Anwälten, handgeschriebene Zettel, auf denen Deutschunterricht angeboten wurde.

»Guten Tag«, sagte er.

»Guten Tag.«

Er wollte Zeit gewinnen, ohne zu wissen, warum, griff nach einer Broschüre und legte sie gleich wieder zurück.

»Kann ich Ihnen helfen?«

Die Frau trug einen Pullover aus Angorawolle. Sie hatte schwarzes Haar, fein geschnittene Züge und einen breiten, leicht nach unten geschwungenen Mund. Ihr Blick war neugierig, aufmerksam, sie schaute wie ein Arzt ohne Zeitdruck. Er zögerte einen Moment, dann ging er zu ihrem Schreibtisch und reichte ihr das Phantombild.

»Ich suche diesen Mann. Kennen Sie diesen Mann?«

Sie lachte, während sie das Papier entgegennahm.

»Sind Sie von der Polizei?«

»Nein.«

»Journalist?«

Er schüttelte den Kopf.

Sie reichte ihm das Papier zurück.

»Ich kenne ihn nicht. Weshalb suchen Sie ihn?«

Gabor stand da, die Hände in den Taschen seines Mantels.

»Meine Tochter ist verschwunden.«

Er war selbst über seine Worte überrascht, doch auf eine irritierende Weise fühlte er sich von ihr verstanden. Sie war es gewohnt, aus wenig viel zu schließen, doch bei ihr schnappten Details nicht zu einem beängstigenden Bild zusammen.

»Ah«, machte sie bedauernd. »Ich kann Ihnen leider nicht helfen.«

Aber sie hatte ihm geholfen! Die Selbstverständlichkeit, mit der sie das Chaos seiner Empfindungen zur Kenntnis nahm, als wären sie das Normalste der Welt. Weiße Punkte blinkten im Blattwerk der Bäume, als er den Laden verließ. Flüssiges Licht schien in Fäden von den Ästen zu tropfen. Erst jetzt fiel ihm auf, dass an vielen Stellen die würfelförmigen Steine aus dem Bürgersteig gerissen waren. Er stieg ins Auto und tippte die Adresse einer medizinischen Notfallversorgung in sein Navigationsgerät, einer Anlaufstelle mit Praxisräumen, in denen man sich anonym behandeln lassen konnte, doch während er, die weiß-rot gestreifte Spitze des Fernsehturms im Blick, an einer Baustelle entlangschlich, riss ihn das Telefon aus seinen Hoffnungen.

Berit brachte kein Wort heraus.

»Was?«, schrie er. »Was ist passiert?«

»Es ist wieder eine Postkarte gekommen.«

# 14

*Ein Junge und ein Mädchen, tanzend im Morgengrauen auf dem Hotelrohbau auf der anderen Seite der Bucht. Musik ist nicht zu hören. Das Mädchen: knappe Jeans, Bikini-Oberteil. Der Junge: nackter Oberkörper, hängende Hose. Ihre Bewegungen sind monoton, als hätten sie die Nacht durchgetanzt. Wie alt? Wie viele Sommer Nele voraus? Ich freue mich auf heute. G.*

Er wusste, wann er die Karte geschrieben hatte, in den ersten Tagen ihres Urlaubs, als er gegen sechs aufgewacht war und still das Haus verlassen hatte und im Morgengrauen den Berg hinunter gestapft war, um durch die leere Ortschaft zu streunen. Er war der Erste gewesen, als Leonidas die Tür aufschloss, um die Stühle aufzustellen und die taufeuchten Tische abzuwischen. Windstill, das Wasser im Hafenbecken glatt wie ein Spiegel. Er hatte dort gesessen, staunend über das Schauspiel der Bewegungslosigkeit und dieses tanzende Paar hundert Meter Luftlinie entfernt auf der obersten Betonfläche eines Gebäudes, das niemals fertiggestellt werden würde. Sie stießen die Hände in die Luft, den Kopf in den Nacken gelegt. Ein Stammestanz, schwerfällig, müde, aber unbestreitbar ein Ritus zum Beginn, zur Feier eines neuen Lebens.

Die Karte steckte in einem durchsichtigen Plastiktütchen, um die mit schwarzem Rußpulver sichtbar gemachten Fingerabdrücke nicht zu gefährden. Berit, die Polizistin mit dem Pferdeschwanz, ihr schweigsamer Hintergrundkollege und Gabor, sie alle blickten auf die Karte, während er sie auf den Küchentisch zurücklegte, wo schon die ersten vier Karten eine unumstößliche Indizienkette bildeten. Die Polizistin sprach langsam und laut, als fürchtete sie, sich anders nicht verständlich zu machen.

»Unzählige Abdrücke, wie Sie sehen. Ihre Spuren«, sie sah zu Gabor, »sind auf allen Karten zu finden.« Wie zum Beweis wies sie auf die wellenförmigen Linienmuster, die von seinen Fingern stammen sollten. »Sonst finden sich auf allen Karten nur die hier.« Sie zeigte auf eine Spur am oberen Rand der Karte, die heute gekommen war, auf den Umriss eines Daumens, in dessen Mitte ein schwarzer Fleck prangte. Er wusste, was das bedeutete, bevor sie es sagte. »Dies ist ein Abdruck von jemandem, der die Hautstruktur an seinen Fingern zerstört hat. Seit einigen Jahren verbrennen oder verätzen sich Flüchtlinge die Fingerkuppen, damit die Scanner sie nicht mehr identifizieren können.« Die Polizistin wies auch auf die anderen Karten. Überall gab es dieses dunkle Oval, mal ausschnitthaft, mal war es ganz erhalten.

»Es liegt nahe, dass tatsächlich alle Karten von einer Person abgeschickt wurden, von einer Person, die sich die Fingerkuppen verbrannt hat.«

Die junge Frau holte Luft, ihre Wangen blähten sich, während ihr Kollege abwechselnd zu Berit und zu ihm blickte, als prüfte er ihre Reaktion. »Mit allergrößter Wahrscheinlichkeit ist dies hier Neles Fingerabdruck. Auf der Karte, die heute kam, befindet sich Neles Zeigefingerabdruck.«

Es war die schmalste Spur, und sie verlief senkrecht vom unteren Rand in der Mitte der Karte nach oben. Es war eine auffällige Spur, und man konnte Neles schmalen Zeigefinger bis zum obersten Gelenk klar erkennen. Für einen Moment wurde Gabor schwarz vor Augen.

»Was heißt das?«, fragte er.

Er sah das Gesicht der Polizistin überdeutlich. Er sah die braune Spange, die ihr Haar an der Stirn festklemmte, und die winzigen Fältchen auf der Stirn, die Poren ihrer reinen Haut und den Flaum auf ihren Wangenknochen.

»Das kann auch einfach nur bedeuten, dass Ihre Tochter diese Karte durch Zufall in die Finger bekommen hat. Auf der Insel. Wäre das möglich gewesen?«

Er hatte den Umschlag mit den Karten vor Berit geheim gehalten, aber natürlich war es möglich, dass er ihn oder einzelne Karten irrtümlich offen liegen gelassen hatte. Natürlich war es möglich, dass Nele sie gefunden hatte.

»Sicher«, sagte er.

Die Polizistin schwieg, dann sagte sie:

»Diese Karte wurde gestern eingeworfen, nach dem Verschwinden Ihrer Tochter, und zwar in der Nähe des Nordbahnhofs, nur einen Steinwurf von der Klinik entfernt.« Sie blickte kurz zu ihrem Kollegen, dann wieder zu ihnen. »Hören Sie: Wir ermitteln in alle Richtungen. Wir verfolgen jede Spur. Aber nach dieser Karte besteht der Verdacht, dass Ihre Tochter tatsächlich in der Gewalt dieses Mannes ist, den Sie auf der Fähre gesehen haben. Und es ist möglich, dass er uns genau das mit dieser Karte sagen möchte.«

Sie sprach nur die Vermutung aus, die er selbst in die Welt gesetzt hatte, doch jetzt, wo sein Verdacht der Wirklichkeit entsprechen sollte, wehrte sich jede Faser seines Körpers gegen diesen Schluss. »Das ist absurd«, sagte Gabor. »Auf dieser Karte ist nichts zu sehen. Sie kam genau so, wie ich sie geschrieben habe. Ohne Ihr Zauberpulver wäre von den Abdrücken nichts zu sehen. Was ist das für eine Nachricht, wenn man sie fast übersieht?«

»Der Mann ist nicht dumm. Er weiß, dass Sie zur Polizei gehen und dass wir die Karte untersuchen werden.« Sie holte wieder Luft. »Aber wie gesagt: Der Abdruck kann auch Wochen alt sein und nichts mit Neles Verschwinden zu tun haben – obwohl er dann wahrscheinlich nicht so unversehrt wäre.«

Gabor starrte auf den Fingerabdruck seiner Tochter. Er war länger als alle anderen Spuren.Mit seiner klaren Kontur sah er sogar fast so aus wie die Fingerabdrücke, die sie für die Ermittlungen hatten abgeben müssen, wie die, die jeder Verdächtige oder aufgegriffene Flüchtling in die Karten der Polizei stempelt. Falls der Mann Nele tatsächlich entführt hatte, würde er, das kündigte die Karte auf perfide Weise an, Nele für das leiden lassen, was ihm widerfahren war. Gabor kämpfte gegen plötzlich einsetzenden Brechreiz an.

Die Polizisten waren zurückgetreten, als wollten sie ihn mit seinen Gedanken allein lassen. Sie standen im matt spiegelnden Schein ihrer Küchenschränke mit Blick auf ihren Bonsaigarten, auf die in allen Rotschattierungen leuchtende Hecke. Nur Berit saß mit gesenktem Kopf am Tisch, Unterarme auf der Platte, Hände gefaltet wie eine Bäuerin am Ende eines langen Tages.

»Was will er? Was sollen wir tun?«, fragte Gabor.

»Bisher will er gar nichts.«

»Er will also, dass wir verrückt werden vor Angst.«

Die Polizistin antwortete nicht. Er hatte geglaubt, sie sei eine Anfängerin und werde bei ihrem ersten oder zweiten Fall von ihrem Kaugummi kauenden Kollegen überwacht, aber sie hatte offenbar tatsächlich das Sagen.

»Wie viele Karten haben Sie geschrieben? Wie viele hat er noch?«

»Eine.«

Die Nachricht gefiel ihr nicht.

»Wir observieren das Gebiet rund um das Postamt. Wir machen weiter wie bisher. Zwei Kollegen werden vor dem Haus aufpassen.«

»Und wir? Was können wir tun?«

»Halten Sie Ihre Telefone eingeschaltet.«

Als sie gegangen waren, lag eine gespenstische Stille im Haus. Er machte das Licht im Flur aus. Berit saß noch immer regungslos am Küchentisch. Er trat ans Wohnzimmerfenster und sah hinaus auf das schmale Stück Vorgarten und den Fußweg und den Passat, der hinter seinem Wagen in einer Parkbucht stand. Durch die bläulich spiegelnde Scheibe sah er zwei junge Männer, die ihn beobachteten. Sie schienen zu sprechen. Als er die Hand hob, hob auch der auf der Fahrerseite die Hand. Die Luft schien zu einem Pulver zu zerfallen, das sich mit jedem Atemzug dichter auf seine Lunge legte. Jede Bewegung verursachte ein trockenes Rascheln in seinen Ohren. Er hob ein zweites Mal die Hand, und wieder hob der Polizist hinter der Windschutzscheibe ebenfalls die Hand. Ihr Leben hatte sich in einen Albtraum verwandelt, dessen Schrecken darin bestand, dass die Zeit nicht verging.

Wie einfach, die Bilder, die Geschichten aufzurufen, die zur eigenen Panik passten, seine Fantasie in Flammen setzten und mit immer neuen furchtbaren Details fütterten. Sekunden nachdem er die Suchbegriffe eingegeben hatte, wusste er, dass sich Hautprofile mit Säure oder dem Auftragen einer aggressiven Enthaarungscreme und dem anschließenden Verbrennen der angegriffenen Haut auf einer heißen Herdplatte zerstören ließen. Ein weiterer Tastendruck, und ihm standen Dutzende Fallbeschreibungen und Fluchtgeschichten zur Auswahl, eine lange Liste der Qualen. Er las von Polizisten, die sie mit nassen Handtüchern schlugen, sie aus Blechnäpfen fressen ließen oder Löcher in den Boden überfüllter Boote hackten und die mit Wasser volllaufende Nussschale wieder aufs nächtliche Meer hinaustrieben. Er versuchte, es sich vorzustellen: den Moment, als der Riegel zurückgeschoben und die Tür aufgestemmt wurde, Taschenlampen das Innere des Laderaums ausleuchteten, doch es war ihm nicht möglich, sich hineinzudenken, Versionen und Erklärungen zerstoben wie Sterne vor seinen Augen, während die Angst sich jeder Zelle seines Körpers bemächtigte. Ein Kribbeln im Nacken, das sich über Rücken und Brust ausbreitete und in dünnen, kalten Strömen seine Waden hinunterlief, bis er glaubte, den Verstand zu verlieren. Der Passat mit ihren Bewachern stand dort wie eben. Serviettenfetzen flatterten in den Sträuchern am Rand ihres Vorgartens.

Sie hatten: Nichts. Eine Postkarte mit seltsamen Fingerabdrücken und der Spur von Neles Zeigefinger. Er musste die Teile des Puzzles Stück für Stück auseinandernehmen, um beim erneuten Zusammenlegen den Fehler zu entdecken. Es musste einen Fehler geben. Glaubte er tatsächlich, dass Nele entführt worden war, oder schloss seine Angst davor nur alle anderen Möglichkeiten aus? Nele könnte weggelaufen sein, gekränkt oder verwirrt, schwanger oder aus einem anderen Grund verzweifelt. Sie könnte zu diesem unbekannten Jungen geflüchtet sein, nach Frankreich, Amerika, England oder woher auch immer er kam. Er hatte Nele nie mit jemandem gesehen, aber jetzt fiel ihm ein, dass sie mal zu viert in der Eisdiele gesessen hatten und Nele immer wieder zu einer Gruppe junger Schweden am Nachbartisch gesehen hatte. Er klopfte nach hohlen Stellen, lauschte auf die Reaktion, die seine Fragen in ihm auslösten.

Er listete Orte und Personen und Motive auf: Blinder Passagier. Ich. Nele. Unbekannter Sommerfreund. Mitschüler. Insel. Patras. Fähre. Berlin. Er schrieb: Nele verliebt sich im Sommer. Er hielt inne, die Spitze des Kugelschreibers hing zitternd über dem karierten Papier. Er dachte an den Abend, damals auf der Insel, als Nele das erste Mal nach dem Essen noch hatte ins Dorf gehen wollen. Der rötliche Schein der Lampions erhellte den Steintisch und die Teller und Schüsseln und reichte bis zum niedrigen Feldsteinmäuerchen, auf dem Handtücher zum Trocknen lagen. Dahinter schimmerten die trockenen Sträucher auf ihrem abfallenden Grundstück im Mondlicht wie bläuliche Schneehügel. Nele aufrecht im hölzernen Gartenstuhl, Hände auf den Lehnen.

»Und wann willst du wieder hier sein?«

»Um zwölf.« Teilnahmsloser Blick, trotzdem wurde sie rot.

Er konnte sich erinnern: an die klare Luft, in der man die entfernten Stimmen von Timothy und Maureen hören konnte, an die gebogene Lichterkette der Hafenpromenade unterhalb des Hügels, der wie die Schnauze eines trinkenden Drachen ins Wasser tauchte. Neles gespielte Ruhe.

»Um elf bist du spätestens zu Hause«, hatte er gesagt, und Nele war aufgesprungen und hatte sich ihre Stofftasche gegriffen und eine der Taschenlampen vom Fensterbrett, ohne deren Licht man, falls sich eine Wolke vor den Mond schob, auf dem steinigen Pfad leicht stolperte. Und dann war sie weg gewesen, und Berit und er hatten weiter geschwiegen.

»Jemand von der Eisdiele?«

»Keine Ahnung.«

Sie kam um den schweren Holztisch herum zu ihm, er hörte das Geräusch ihrer Fußsohlen auf den Steinen, das zarte Rascheln, als berührten sie den Boden kaum. Ihre Fingerspitzen stießen leicht gegen seine Hand, bevor sie ins Haus ging. Er blieb noch einen Moment, das Licht des Mondes lag als heller Kegel auf dem Meer, eine breite Wasserstraße, die von der unsichtbaren, aber nahen türkischen Küste auf ihre Insel zulief. Die angenehme Kühle, als er ihr ins Innere folgte, zwischen den dicken Wänden wie unverändert seit hundertfünfzig Jahren, der Geruch der Steine, Berits Räuspern, während er zu ihr gegangen war.

Ein Geräusch ließ ihn den Kopf wenden. Berit stand in der Tür, als bräche sie jeden Moment zusammen. Die schief hängende Schulter, die vor Schwäche gebeugten Knie, ihr vorgestreckter Kopf.

»Ich kann nicht mehr«, sagte sie.

Erst jetzt stand er vom Schreibtisch auf. Sie kippte einfach gegen ihn. Sie weinte nicht, sie stand nur da, und er umarmte sie vorsichtig, als hätte sie einen Sonnenbrand auf den Schultern.

»Wir müssen Malte holen. Ich möchte, dass Malte hier ist. Hier bei uns.«

Malte fragte nicht nach seiner Schwester, als spürte er die Angst seiner Eltern vor der Lüge, mit der sie ihm antworten müssten. Er preschte ins Haus und alles gehörte ihm. Sein Sofa, auf das er sprang, seine Mutter, der er erzählte, was er in den letzten Tagen bei seinem Freund Lukas erlebt hatte, sein Teppich im Wohnzimmer, auf dem er eine neue Form des Halbkopfstands vorführte. Er sprach ohne Unterlass und lachte zwischendurch, die Augen fest zusammengepresst, als kitzelte ihn jemand. Gabor konnte nicht zuhören. Er sah Malte sprechen, aber er verstand den Sinn seiner Worte nicht. Er zählte im Stillen, starrte auf Maltes sich bewegenden Mund, bis er begriff, dass Malte von Kartoffeln sprach.

»Ich habe sie selbst geschnitzt. Sie sahen aus wie Autos. Mit Rädern.«

Gabors Aufmerksamkeit trieb fort, absorbiert von vagen Bildern: Er sah Nele als Baby den Oberkörper in die Höhe stemmen, Nele, in roten Gummistiefeln durch die Wohnung marschierend oder hopsend im schaukelnden Sitz, der an Gummibändern im Türrahmen zur Küche befestigt war. Vorbeihuschende Schatten, die einen kalten Schmerz hinterließen, auf eine bestimmte Weise angenehm, wenn er flach atmete und sich kaum bewegte.

Er spielte, wurde ihm bewusst, seit geraumer Zeit mit seinem Sohn das Gänsespiel. Die Hand am Stein, sah Malte ihn gebannt, vorsichtig von der Seite an, als fürchtete er das Erwachen eines schlafenden Riesen.

Sie warteten. Sie hatten einen schnurlosen Apparat, den sie im Haus herumtragen konnten, aber sie ließen das Telefon in der Ladestation im Wohnzimmer und bewegten sich in einem engen Radius darum herum. Berit lag auf dem Sofa, er lief umher oder stand am Fenster. Es beruhigte ihn, die Männer im Passat zu beobachten. Solange er sie sah, fühlte er sich involviert, an der Fahndung beteiligt. Zwei durchtrainierte Männer um die dreißig, beide mit militärisch kurzem Haarschnitt. Der eine im blauen Parka, der andere in schwarzer Lederjacke und seit Stunden mit nichts anderem beschäftigt, als auf ihr Haus zu starren. Zweimal hatte jeder von ihnen geklingelt und gefragt, ob er die Toilette benutzen könne.

»Wollen Sie etwas essen?«

»Nein.«

»Gibt es etwas Neues?«

»Das wissen wir nicht.«

Keine Informationen, keine falschen Versprechungen. Sie waren auf die Gästetoilette gehuscht und zwei oder drei Minuten später saßen sie schon wieder im Auto und rieben ihre Handflächen aneinander, als herrschte sibirische Kälte.

»Wieso reden die nicht mit uns? Ist dir was aufgefallen?«, sagte er. »Ein Beamter hat die Sache im Revier aufgenommen. Dann mussten wir alles *noch einmal* erzählen. Und jetzt die da draußen. Woher wissen wir eigentlich, dass die Polizei wirklich nach Nele sucht? Woher wissen wir das?«

Berits Gesichtsausdruck war gequält, als hätte er das Gleiche vor fünf Minuten schon gefragt. Er ging in sein Arbeitszimmer, damit Berit ihn nicht hören konnte, wenn er telefonierte. Nach dem dritten Klingeln sagte die Einsatzleiterin lachend ihren Namen, als steckte sie mitten in einer lustigen Unterhaltung. Im Hintergrund hörte er Stimmengewirr.

»Lorenz«, sagte er. Sie schwieg verdutzt. Die Stimmen im Hintergrund wurden lauter, skandierten rhythmisch einen Namen, Markus oder Mario. Wo war sie? In einer Karaokebar?

»Herr Lorenz«, sagte sie endlich. »Warten Sie. Entschuldigung.« Rascheln und Rauschen, als hätte sie ihre Hand über das Mikrofon gebreitet, und als sie sich wieder meldete, war es still. Mit ernster, aber nicht zu besorgter Stimme fragte sie, ob es etwas Neues gäbe. Er kannte das abrupte Umschalten von der Ausgelassenheit zum Ernst der Lage, in all den Jahren als Arzt war ihm dieser Sprung zur zweiten Natur geworden, er wusste, wie leicht er ihr fiel, wie bedeutungslos ihre plötzliche Zugewandtheit war, und das machte ihn für einem Moment sprachlos.

»Was es Neues gibt? Das fragen Sie mich? Warum werden wir nicht auf dem Laufenden gehalten?«

Sie holte Luft.

»Bisher hat sich leider nichts ergeben, aber –«

Er unterbrach sie: »Es gibt immer eine zweite oder dritte Möglichkeit, man wählt immer aus, was man verschweigt oder sich für später aufspart.«

»Ich verstehe, wie schwer es für Sie sein muss.«

»Glauben Sie, dass dieser Mann Nele entführt hat, oder glauben Sie es nicht?«

»Wir recherchieren in alle Richtungen, aber nach dem, was unsere Spurensicherung auf der Karte gefunden hat, ist es durchaus möglich, dass Ihre Tochter in der Gewalt dieses Mannes ist.«

»Hat der Pförtner den Mann, den er in der Klinik mit Nele gesehen hat, auf dem Phantombild eigentlich wiedererkannt?«

»Nein. Das konnte er auch nicht, weil er zu weit weg saß.« Sie schwieg einen Moment. »Unsere Anfragen an die Polizei in Ancona hat ergeben, dass kein aufgegriffener Flüchtling, kein blinder Passagier der Polizei gemeldet und übergeben worden ist.«

»Was wollen Sie damit andeuten? Dass ich mich geirrt, dass ich mir den Mann eingebildet habe?«

»Im Gegenteil. Es hat nichts zu bedeuten, dass die Polizei nichts weiß. Einige Reedereien melden die Flüchtlinge nicht, um keine Scherereien mit den Behörden zu bekommen. Sie nehmen ihnen Geld ab und lassen sie dann gehen oder ein paar Tage für sie arbeiten und setzen sie aus, wenn sie das nächste Mal nach Italien kommen. Ich will damit sagen, dass es durchaus möglich ist, dass der Mann inzwischen in Deutschland ist, obwohl er auf der Fähre aufgegriffen wurde.«

Wenn er sie richtig verstand, gab sie ihm zu verstehen, dass sie an eine Entführung glaubte. Für einen schmerzhaften Moment stand ihm das lädierte Gesicht klar vor Augen: das Hämatom, die geschwollene Lippe. Gabor trat ans Fenster, als könnte der Mann dort unten neben dem Müllhäuschen der Hauensteins stehen, aber da waren nur die Zivilbeamten in ihrem Passat. Der Fahnder hinterm Steuer hatte seine Arme fest um den Oberkörper geschlungen und die Rückenlehne seines Sitzes so weit heruntergedreht, dass er liegen und gleichzeitig das Haus beobachten konnte, zumindest das Fenster im ersten Stock, hinter dem Gabor gerade stand.

»Was machen die Witzbolde eigentlich? Beschützen oder bewachen die uns?«

Berit schlief, so wie er in der Nacht zuvor, im Wohnzimmer auf dem Sofa, ein Nagetier, das sich in seinem Bau versteckt, nur ihr Gesicht sah aus der Decke hervor, doch der Ausdruck auf ihren Zügen war friedvoll und entspannt. Er wollte sie berühren, er wollte sie küssen und sich zu ihr legen, doch er sah sie nur an, bis sie die Augen öffnete, als hätte er sie gerufen. Augenblicklich war sie wach, doch als er leicht den Kopf schüttelte, verschwand die Hoffnung aus ihrem Blick. Sie sahen sich an.

»Ich wünschte, du hättest diese Karten nie geschrieben.«

Berit klang ruhig, als hätte sie Stunden über diesen Satz nachgedacht. Er erwiderte nichts, und sie schloss die Augen, und als er sich noch immer nicht regte, hob sie die Hände vors Gesicht.

Am vierten Tag – Donnerstag – kamen die Einsatzleiterin und ihr schweigsamer Kollege etwas früher als sonst, um dabei zu sein, falls der Postbote womöglich die nächste Karte durch den Briefschlitz fallen ließ. Sie saßen zu viert im Wohnzimmer, sprachen gedämpft wie nach einer Beerdigung. Berit fragte, ob sie Kinder hätten und in welchen Bezirken sie wohnten, und erzählte dann scheinbar unzusammenhängende Episoden aus Neles Kindheit: dass sie sich immer als Ritter verkleiden wollte und schon mit sieben den Malwettbewerb einer Zeitung gewonnen hatte. Schließlich hörten sie die schnellen Schritte auf den Stufen vor dem Haus, dann den dumpfen Schlag, mit dem die Post auf den Boden im Windfang fiel, das Scheppern der Klappe. Berit und die beiden Polizisten sahen ihn an. Gabor stand auf, ging in den Flur und nahm die Post vom Boden. Eine Karte war nicht dabei. Die Polizistin versuchte sich nichts anmerken zu lassen, aber die Art, in der sie einen Moment die Augen zusammenkniff und auf ihrer Unterlippe kaute, war deutlich genug. Offenbar gab es einen Fahrplan, einen aus Hunderten Fällen abgeleiteten durchschnittlichen Entführungsablauf. Nach X Stunden war der Großteil der Entführten wieder frei oder tot. Y Prozent derjenigen, die nach dem Tag Z noch immer vermisst wurden, blieben für immer verschollen. Offenbar markierte das Ausbleiben der Karte den Übergang von einem Entführungsmuster zum anderen, den Übergang von einer Version mit glimpflichem Ausgang zu einem Ablauf mit schrecklichem Ende.

»Wollen Sie, dass wir uns an die Presse wenden?«

»Nein«, riefen Berit und er wie aus einem Mund, als würde solch ein Schritt nur den schlimmsten aller möglichen Fälle heraufbeschwören und das Eingeständnis ihres Scheiterns dokumentieren. Danach hörte er nicht mehr zu, erinnerte sich später nur an ihren Rat, sich Freunde, »sich Beistand ins Haus zu holen, der Ihnen auch zur Hand gehen kann«.

Am Nachmittag kam dieser Beistand in Gestalt von Rita, Lukas' Mutter, dem Jungen, mit dem Malte zusammen in die Kita ging. Während die beiden Kinder nichtsahnend durchs Haus tollten, saßen die beiden Frauen in der Küche, Hände um bauchige

Teebecher, und sprachen, solange Gabor in der Nähe herumschlich, mit gesenkter Stimme.

Mit jedem Tag verringerte sich die Hoffnung. Sie sickerte aus ihm wie eine Flüssigkeit, entwich wie das heimliche Fluidum seines Lebens. Reines Warten, das nackte Verstreichen der Zeit. Er kratzte sich wieder, wie als Student vor den Prüfungen, bis die Kopfhaut blutete. Die Einsatzleiterin sagte: »Geduld. Wir brauchen Geduld.« Aber er wusste, was das bedeutete. Dass Nele, falls sie entführt worden war, nicht mehr lebte, dass sie mit verdrehten Gliedern tot in irgendeinem Keller lag oder notdürftig verscharrt im Wald. Doch es gab auch Phasen, in denen seine Gedanken aussetzten und er begriff, dass sie einfach weg war, grundlos, verschwunden wie ein Geist. Sie stritten nicht, sie schlichen wie feindliche Tiere umeinander, getrennt und überwacht von Rita, die für sie kochte und sich in Berits Nähe aufhielt, als müsste sie vor ihm geschützt werden.

Der Anruf kam am Morgen, als Gabor gerade das Haus verlassen wollte, um zum ersten Mal wieder in die Klinik zu fahren. Gestern Abend habe sich ein Mädchen aus Neles Volleyballmannschaft gemeldet, sagte die Einsatzleiterin. Das Mädchen war auf Klassenfahrt und hatte erst nach ihrer Rückkehr von Neles Verschwinden erfahren. Ihr war eingefallen, dass Nele mal von einem griechischen Jungen gesprochen hatte, von einem Jungen auf einer Insel. Wahrscheinlich würde sie bald nicht mehr zum Training kommen, habe Nele noch gesagt. »Wir haben alle Passagierlisten kontrolliert, außerdem würde keine Fluggesellschaft ein minderjähriges Mädchen befördern. Aber sie könnte natürlich mit dem Zug nach Griechenland gefahren sein oder sich sonst durchgeschlagen haben.«

Den Hörer noch in der Hand, stand Gabor bewegungslos neben dem Sideboard. Er hörte Berit und Rita, die mit den beiden Jungen in der Küche frühstückten. Die Insel. Warum war er nicht selbst darauf gekommen? Weil alle Hausschlüssel noch in der Schublade lagen und er aus irgendeinem Grund davon ausgegangen war, dass dieser Junge ein Tourist, ein Sommergast und wie sie längst wieder zuhause war.

Mit zittrigen Fingern blätterte Gabor durch sein Adressbuch.

»Ich bin's«, sagte er, als Timothy sich meldete. Er räusperte sich. »Gabor. Aus Berlin.«

»Ahh«, rief Timothy erfreut. »Ihr seid also doch da. Ich habe Nele im Dorf gesehen, aber weil euer Haus am Abend dunkel blieb, dachte ich, ich hätte mich geirrt. Kommt ihr am Abend? Ich schmeiße ein paar Lammkoteletts aufs Feuer.«

Gabor konnte nicht antworten. Seine Knie gaben nach. Er sah die Kinder die Treppe hochjagen.

»Drei Minuten«, rief Rita. »Und ausspucken. Nicht runterschlucken.«

# 15

Die Maschine war halb leer. Eine Basketballmannschaft okkupierte die Reihen vor ihm, Aufmerksamkeit erregende Männer, die sich über die Sitze hinweg unterhielten oder im Gang aufbauten und lachten. Nach einer Stunde wurde es still. Kopfhörer auf den Ohren, dösten die Riesen mit eingeklappten Extremitäten vor sich hin, während Gabor mit einem schmerzhaften Dröhnen in den Ohren und einem metallischen Geschmack im Mund auf die schneebedeckten Gipfel der Alpen starrte.

»Die Insel. Natürlich! Sie ist auf der Insel«, hatte Berit gerufen und mit ihrem erleichterten Schluchzen Malte so erschreckt, dass er anfing zu weinen.

»Ich flieg hin«, hatte Gabor gesagt.

»Ja«, hatte sie geantwortet und war nach oben gegangen, um seine Tasche zu packen, als könnte sie es nicht erwarten, dass er das Haus verließ.

In Athen schlurften die Basketballspieler durch den Transitbereich zur Abfertigung nach Thessaloniki, während er mit einer Handvoll Passagiere in der verglasten Halle auf das Flugzeug nach Samos wartete, eine Propellermaschine, die nach einem ohrenbetäubenden Steigflug fast geräuschlos über das Meer und die versprengten Inseln schwebte und dabei hin und her schaukelte, als hinge sie an einem Faden. Während der Landung waren die Häuser, die Straßen, die Küstenlinien der türkischen Seite klarer zu sehen als die im Nebel liegenden Berge der Touristeninsel. Er hasste Samos. Die Hotelkomplexe, die Abfütterungsrestaurants, die aufgereihten Korbsessel auf den Terrassen der Cafés und die Horden britischer Touristen, die sich den Tag über betranken, um am späten Nachmittag ihre Schlachtgesänge anzustimmen. Kos, Rhodos, Samos. In der Nachsaison begann das, was alle nur die »Schweinewochen« nannten. Um den Betrieb bis Weihnachten am Laufen zu halten, verscherbelten die großen Hotels ihr Zimmerkontingent an Gemeinden aus England, die dieses dann Arbeitslosen und Jugendlichen ohne Ausbildung zur Verfügung stellten. Eine Woche Strand, Sonne und lauwarme Keftedes, finanziert vom Sozialamt, das damit die anstrengendsten Kunden kurzzeitig aus den Wartesälen räumte und seinen überforderten Mitarbeitern ein paar ruhige Tage erkaufte. Er nahm ein Taxi zum Hafen, schloss die Augen, als sie an der vom Gebrüll heiserer Stimmen erfüllten Uferpromade im Schritttempo entlangrollten.

Eine Stunde später lehnte er an der Reling einer Highspeed-Fähre. Es war kühler als erwartet, das Meer unruhig. Die Fähre lief einige kleinere Inseln an, und als sie nach Westen abdrehte, wurden die Wellen höher. Er blieb draußen, auf einer Bank, im Wind, in der salzigen Luft, weil ihm drinnen vom Geschaukel übel wurde.

Es war bereits dunkel, als er den Boden ihrer Insel betrat. Der Hafenort hatte jetzt, Anfang Oktober, nichts mit dem überfüllten Küstenörtchen gemein, das sie vor sieben Wochen verlassen hatten. Keine Menschenmenge auf der Promenade, keine ankernden Jachten. Die meisten Restaurants waren verbarrikadiert, vor den anderen hielten herabgelassene Plastikwände den Wind ab. Timothy wartete bei den Frauen mit den Zimmer-zu-vermieten-Schildern hinter der Absperrung und machte ein ernstes Gesicht.

»Lass das«, sagte Gabor, als er ihm wie einem Versehrten die Tasche abnehmen wollte.

Sie fuhren im Range Rover die enge Gasse parallel zur Promenade entlang – die Schaufenster der geschlossenen Souvenirläden waren mit Zeitungspapier verklebt – bis zu dem Platz mit dem Denkmal von Kapodistrias, das von zwei Kanonen gerahmt wurde, die angeblich noch aus den Unabhängigkeitskriegen stammten. Timothy rumpelte auf den Bürgersteig und hielt vor einer Bank. In dem klassischen Bau vom Ende des 19. Jahrhunderts, in dem früher eine Seefahrerfamilie ihren aus aller Welt zusammengetragenen Schatz präsentierte, waren jetzt das winzige Inselmuseum, eine Bibliothek und das Postamt untergebracht. Niemand war zu sehen. Timothy, der noch kein Wort gesagt hatte, blickte zu dem gepflasterten Weg, der hinter dem Denkmal in das Gassengewirr des Dorfes führte. Er war noch hagerer geworden, hatte wahrscheinlich nach Abklingen der Hitze sein Laufpensum noch einmal erhöht.

»Da?«, fragte Gabor.

Timothy nickte.

»Wann?«

»Vorgestern. Sie war allein und schlenderte Richtung Fischmarkt.«

Gabor öffnete die Tür und stieg aus. Der Wind raschelte in den Blättern der Palmen. Der Wind, der Wind – er würde nicht mehr aufhören die nächsten Wochen und Monate, ein unberechenbares Rauschen und Pfeifen, das zum Flüstern werden konnte, bevor es scheinbar ganz aussetzte, um im nächsten Moment wieder aufzufauchen und an Kleidern, Wipfeln und Wänden zu zerren, eine Atem nehmende Kraft, die Häuser, Menschen und Autos von ihren Plätzen reißen und zurück in den Fels pressen wollte und jedes Mal umso wütender zurückzukommen schien, je weniger es ihr gelang.

Gabor wusste Timothys Blick im Rücken, während er über den Platz ging. Der steinerne Kapodistrias wirkte in den Lichtspots, die ihn vom Marmorboden beleuchteten, mit den Schatten im schmalen Gesicht und der Haarwelle wie ein Wittelsbacher, der zur Geisterstunde aus dem Schrank steigt. Am Ende der Gasse sah er das beleuchtete Fenster der Taverne, in der die Fischer nachmittags nach dem Markt einkehrten. Er stand dort, wo Timothy Nele gesehen hatte, und der Gedanke beruhigte ihn. Auf der Insel war alles anders. Die Mischung aus verdichtetem Leben und Weltvergessenheit machte ihn zuversichtlich. Die Regeln, die Art, in der das eine ins andere griff, Zufälle, Koinzidenzen, wahrscheinlich müsste er sich nur auf einer der Bänke niederlassen und ausharren, stunden-, tagelang, und Nele würde irgendwann vorbeischlendern, angezogen, angelockt von seiner Geduld. Er fragte sich, ob er zum Marktplatz gehen sollte, dorthin, von wo leise Musik herüberklang, für einen Moment war er unschlüssig, ob er mit der Suche nicht gleich beginnen sollte, und sein Herz begann schneller zu schlagen, aber dann wandte er sich um. Auf dem Weg zum Auto blieb er abrupt stehen, als er das Plakat an einem hölzernen Strommast entdeckte. Ein DIN-

A4-Blatt mit dem Foto von Nele, über dem in roten Lettern das Wort »Missed« stand. Das Lächeln, der Blick zur Seite, ihr Haar, viel dunkler als in Wirklichkeit. Reglos stand er da.

Das Meer unter ihnen war schwarz und aufgewühlt. Die Stürme der letzten Tage hatten Äste und Unrat an Land gespült und eine zweite geschwungene Küstenlinie aus Tang auf dem hellen Sand hinterlassen. In den Kurven den Berg hinauf drehten die Räder durch. Timothy zog die Handbremse, Stille drang durch die offenen Fenster und nach einer Schrecksekunde setzte das scharfe Sägen der Zikaden wieder ein. Schotter flog durch die Luft, Steine knallten gegen Blech, dann hatten sie es geschafft und rollten unter dem wolkenverhangenen Himmel in sanften Serpentinen die Anhöhe zu Timothys Grundstück, zu ihrem Anwesen hinauf.

»Du solltest nicht zu sicher sein. Ich kann mich auch geirrt haben«, sagte Timothy.

»Seit wann hängen die Anschläge?«

»Seit heute.«

Gabor sah das Haus, niedrig und lang, ein dunkler, aus dem Berg geschobener Riegel, mit kleinen erleuchteten Vierecken. In einem der Fenster entdeckte er Maureen. Sie musste das Motorengeräusch gehört haben, denn kurz darauf stand sie in der Tür und hob zur Begrüßung die Arme, obwohl sie nichts anderes sehen konnte als ein Scheinwerferpaar, das zitternde Achten ins Dunkel zeichnete, während es langsam näher kam.

Sie taten ihm den Gefallen und redeten während des Essens nicht über Nele. Das Kaminfeuer brannte. Die Sofas mit den weichen

Kissen, die Vasen und Schüsseln, das Licht der Schirmlampen, die rustikale Behaglichkeit umschloss ihn wie eine Decke. Sie sahen gut aus, wie immer. Er sehnig, durchtrainiert, sie rotwangig und durchpulst. Sie warteten, aufmerksam und diskret, sie stellten keine Fragen. Sie schenkten ihm die Freiheit, zu sagen, was er wollte. Der Wein machte ihn müde, sein Kopf sank ins Polster.

Als er wieder erwachte, lief auf dem Plasmabildschirm über dem Kamin eine Dokumentation auf BBC.

»Wir haben dir das Gästezimmer hergerichtet«, sagte Timothy. Aus der Küche hörte er die leise Stimme der telefonierenden Maureen.

»Danke, aber ich schlafe lieber bei uns«, sagte er nach langer Pause und versuchte durch die großen Fenster den Hang zu erkennen, aber es war zu dunkel. Achtzig, hundert Meter weiter den Berg hinauf stand ihr Haus, zur Hälfte von Sträuchern und einem Baum verdeckt, viel kleiner als das, in dem er gerade saß, und, seit sie es vor elf Jahren gekauft hatten, noch immer das letzte des Dorfes am Ende des Feldwegs. Dahinter nichts als Steine und Gestrüpp und der Trampelpfad durch die Macchia hinunter zur nächsten Bucht.

»Wirklich, du kannst gern bei uns bleiben.«

Maureen brachte ein Tablett mit einer Kanne dampfendem Tee.

»Das war Berit«, sagte sie lapidar. »Es ist alles in Ordnung. Malte spielt mit seinem Freund.«

»Wollte sie mich nicht sprechen?«, fragte Gabor überrascht. Er hatte es nicht vorgehabt, aber seine Selbstkontrolle schien außer Funktion. Das Gefühl des Traums war noch präsent, eine unkonkrete und vertraute Beklommenheit, an deren Auslöser er sich nicht erinnern konnte.

Maureen antwortete nicht gleich. Sie goss Tee ein, ließ sich umständlich nieder, hob ihre Tasse zum Mund, blies auf die dampfende Flüssigkeit, sagte verlegen, während sie mit zusammengekniffenen Augen zum Fernseher blickte: »Nein. Wollte sie nicht. Tut mir leid.«

Als Gabor aufstand, um zu gehen, erhob sich auch Timothy, aber Gabor protestierte. Er nahm seine Tasche, er schwankte auf dem Weg zur Tür, obwohl er nur zwei Gläser getrunken hatte. Mondlicht. Macchia, die beim Gehen knisternd über die Hosenbeine strich. Der Wind war stärker geworden, ein Widerstand, in dem er sich wiegte, der sich kühl auf sein Gesicht legte. Er ging, aber das Haus kam nicht näher. Die weite Fläche des Wassers in der Tiefe, von Wellenlinien gezeichnet wie ein Zen-Garten. Er hörte das Glöckchen einer Ziege, konnte das Tier aber nirgends entdecken.

Das Haus roch modrig, nach feuchten Matratzen. Er stieg über die Mausefallen im Flur und erschrak, als er im Wohnbereich die Laken über den Möbeln sah. Milchiges Nachtlicht fiel in Streifen durch die Lamellen der Fensterläden auf die gespenstischen Gebilde. Er schaltete das Licht nicht an, zu müde für die Erinnerungsblitze, die der Anblick des Raumes auslösen würde, legte sich auf die nachgebende Stoffbahn, unter der sich das Sofa befand, und schlief auf der Stelle ein.

Am nächsten Morgen, er stand schon in der Tür, klingelte das Telefon.

»Hallo«, sagte Berit kühl.

»Alles in Ordnung?«, fragte er atemlos und presste den Hörer ans Ohr.

»Es ist keine Karte gekommen, wenn es das ist, was du wissen willst.«

Etwas Feindliches wartete in ihrem Schweigen, lauerte nur darauf, hervorzubrechen.

»Ich bin auf dem Weg runter ins Dorf«, sagte er.

»Warum willst du nicht, dass Timothy dir bei der Suche hilft?«

»Wie geht es Malte?«, fragte er.

»Gabor. Warum soll Timothy dir nicht helfen?«

»Ist Rita noch bei euch?«

»Hör auf«, rief sie. »Du denkst noch immer an diesen Flüchtling. Du bist auf der Insel und denkst trotzdem immer an diesen Mann!«

»Ich denke nicht an den Flüchtling«, sagte er. Ihr Groll schien unerschöpflich. Sie befand sich entweder im Schlafzimmer oder in ihrem Zimmer unterm Dach, während er durch die kleine Fensteröffnung auf den Hang und die Hügelkette und den kargen Kegel des Profitis Ilias sah, der sich dahinter majestätisch erhob. Er sah die schroffe Landschaft im hungrigen Morgenlicht so vertraut, als hätte er Berlin nicht gestern, sondern vor Tagen verlassen.

»Ich werde verrückt. Sag es mir, sonst werde ich verrückt. Warum bist du auf dieses Lastwagendeck gegangen? Warum hast du diesen Mann gesucht?«

Gabor konnte nicht antworten, obwohl er die Frage lange gefürchtet hatte. Er dachte an die kleinen Blechplättchen, die Gläubige an die Ikonen in den griechischen Kirchen hängen, wenn sie um Hilfe bitten. Ein Tama. Eine Geste, eine helfende Berührung, etwas Kleines, das dabei hilft, seine Wünsche in Erfüllung gehen zu lassen. Er dachte an den Zirkusbesuch mit seinen Eltern, als er zehn oder elf gewesen war. Während der Vorstellung war er plötzlich aufgestanden und hatte sich unter den Sitzreihen zwischen den Stangen hindurch bis zu dem Bereich hinter der Manege geschlichen, dorthin, wo die Clowns und die Artisten auf ihren Auftritt warteten und ein Mann aufgeregt Anweisungen gab. Niemand achtete auf ihn und er sah sie herumalbern, ihre Anspannung und Nervosität, er hörte sie reden in Sprachen, die er nicht verstand, und als er wieder auf seinem Platz saß, verstärkte sein Wissen den Zauber ihrer Darbietungen noch. Es war, als träten sie ausschließlich für ihn auf, obwohl er sie durchschaut, obwohl er ihr Geheimnis mitgenommen hatte.

»Ich wollte sein Gesicht sehen«, sagte er.

»Du wolltest ihn sehen?«

»Am Hafen ging alles so schnell, dass ich es kaum glauben konnte. Ich wollte ihn sehen.«

»Und? Hast du gefunden, was du gesucht hast? Was hast du da unten gesehen?«

Er schwieg.

»Du bist nie wieder zu uns hochgekommen, weißt du das? Du bist dort unten geblieben und nie wieder zu uns hochgekommen.« Fast flehend sagte sie: »Nele ist dort, ich weiß es. Aber du darfst nicht mehr an diesen Mann denken, wenn du sie finden willst, verstehst du? Du musst ihn vergessen. Bitte«, sagte sie schnell, als hätte er sie unterbrechen wollen. »Ruf nicht mehr an. Erst, wenn du Nele gefunden hast. Ruf an, wenn du sie gefunden hast.«

Er sah die Mäuseköttel auf den Fliesen der Küche, die von irgendeinem unsichtbaren Loch in der Wand neben der Tür bis zur Nische unter der Spüle führten. »Ich bin zu schwach«, sagte sie.

Die meisten der Karten an Berit hatte Gabor hier geschrieben, hier bei Prekas, während Leonidas, den alle nur »Prekas' Sohn« oder einfach »Sohn« nannten, die Stühle umgedreht oder die Terrasse gefegt hatte. Auch jetzt war er der einzige Gast. Das Wasser stand hoch, ein paar Fischerboote und das Kaiki, das in der Hochsaison die Strände der Umgebung anlief, tanzten auf den Wellen. Wortlos brachte Leonidas einen Cappuccino und legte die Hand auf Gabors Schulter, als wäre er nie weg gewesen.

»Auch nicht wärmer hier, was?«

»Nicht zu vergleichen«, sagte Gabor. Leonidas trug trotz der empfindlichen Temperaturen zur Jeans nur ein T-Shirt, aus dessen Ärmeln seine sehnigen Oberarme ragten. Er stand in der Tür der ehemaligen Reedereivilla und blickte auf das bräunliche Wasser.

»Was machen die Verrückten in Berlin?«

»Werden immer mehr«, antwortete Gabor.

Wie viele Einheimische mochte es Leonidas, schlecht über Griechenland zu reden, aber noch mehr gefiel ihm, wenn andere über ihre Länder klagten und seines auf diese Weise doch nicht so schlecht abschnitt. »Wie geht's deinem Vater?«, fragte Gabor.

Der alte Prekas war inzwischen über achtzig, schritt aber noch jeden Vormittag, eine Baskenmütze auf dem Kopf und die Hände hinter dem Rücken verschränkt, die Promenade ab, um den Laden würdevoll wie ein Bibliothekar zu betreten, sich in einen hölzernen Verschlag zu zwängen und, falls es jemand wünschte, mit seinen inzwischen zittrigen Fingern Fährtickets auf den abgegriffenen Holztresen zu legen. Aber Fahrkarten kauften bei Prekas die wenigsten. Morgens gab es hier den ersten Kaffee und am Nachmittag kamen die Einheimischen, um Tavli zu spielen oder später auf dem Bildschirm unter der Markise Fußballspiele zu verfolgen, und die Touristen und Ferienhausbesitzer aus Deutschland und Frankreich, um sich bei Ouzo und Mezedes wie Insulaner zu fühlen. In den letzten Jahren mischten sich sogar einige der schwerreichen Jachtbesitzer für einen Aperitif unters Volk, bevor sie weiter schlenderten, zu den teuren Restaurants ans Ende der Hafenbucht. Als Berit und er zum ersten Mal auf die Insel kamen und nach ihren spätsommerlichen Wanderungen bei Prekas einkehrten, bediente der Alte noch selbst, spöttisch, mit freundlichem Hochmut. Das gleichmäßige Klackern der Steine, das Murmeln der Spieler, die Handvoll alter Holztische auf den paar Quadratmetern vor einer verwitterten Fassade: Prekas kam dem Ideal einer Inselouzerie so nah, dass sie ohne diese glücklich beschickerten Stunden bis nach Sonnenuntergang nie den Mut aufgebracht hätten, nach den Sternen zu greifen, nie hätten sie ohne Prekas gewagt, ihr Haus zu kaufen.

»Stur wie immer.«

»Und sonst?«

Leonidas machte eine wegwerfende Handbewegung.

»Erst die Leiche, dann der Oktoberregen Mitte September. Und jetzt die Invasion. Bleibst du lange?«

Statt zu antworten, zog Gabor das Telefon mit Neles Foto aus der Tasche.

»Meine Tochter ist weg.«

Verwundert betrachtete Leonidas das Bild.

»Das verschwundene Mädchen ist deine Tochter?«

»Sie hat sich im Sommer verliebt, in einen Jungen von der Insel, und deshalb hoffe ich, dass sie hier ist.«

»Wie heißt er?«

»Das wissen wir nicht.«

Leonidas betrachtete Nele mit einem seltsam gequälten Ausdruck, dann reichte er ihm das Telefon zurück.

»Ist kaum noch jemand hier. Zumindest kaum jemand von uns. Vielleicht geht dieser Junge zur Schule. Das Gymnasium. Oben in der Chora.«

Vom ewigen frühen Aufstehen war sein Gesicht grau wie das eines Bäckers. Tiefe Falten unterteilten seine Stirn, liefen von den Augenwinkeln in die Wangen hinein, obwohl er jünger sein musste als Gabor. Er hatte die Insel nur zum Studium verlassen, war nach einigen Jahren wieder aus Thessaloniki zurückgekehrt. Ihn umgab eine müde Ruhe, eine fatalistische Klugheit, die aus der Erfahrung rührte, an einem der schönsten Orte der Welt seine Träume nicht verwirklicht zu haben.

»Was steht da? Drüben auf der Bauruine? Im Sommer stand da noch nichts.« Sie blickten zum Betongerippe auf der anderen Seite, auf dem er eines Morgens das tanzende Paar beobachtet hatte, das Paar von der Karte. »*ΟΧΙ*«, »NEIN« und »*ΕΞΩ*«, »RAUS« war auf die oberste Geschossdecke geschmiert. Und ein drittes Wort, das er nicht lesen konnte. »Was bedeutet dieses Wort?«, fragte Gabor.

Leonidas kniff die Augen zusammen, als hätte er Schwierigkeiten, es auf die Entfernung zu entziffern. Aus dem Inneren des

Ladens drang der gleiche Radiojingle wie im Sommer. »Βρωμιά. Dreck. Müll. Abfall«, sagte er.

Am Markt priesen die Händler lautstark ihre Waren an, aber es waren nur ein paar Hausfrauen unterwegs. Ein Pick-up mit Wassermelonen versperrte die Uferstraße, die Frau im Kiosk starrte auf einen winzigen Bildschirm. Über allem das Sausen des Windes, das Schlagen der Fallen an den Masten der Segelboote. Er lieh sich bei der letzten geöffneten Autovermietung einen Jeep und nahm die Serpentinenstraße hoch zur Chora. Das Olivenfeld, der Hügelkamm mit den Windmühlen, die ersten Häuser des Dorfes, das sich wie das Basiscamp eines Bergsteigerteams am Fuße des steil aufragenden Profitis in eine Mulde drückte – er sah die vertraute Landschaft mit einem Mal voller Groll, wie hintergangen von ihrem abweisenden Reiz.

Er ließ das Auto am Platz, an dem die Busse wendeten. Er wusste, wo die Schule lag, neben dem Friedhof am Ende des Dorfs, verirrte sich aber auch dieses Mal in den Gassen. Jedes fünfte Haus entpuppte sich als Kapelle, und die meisten Läden der tief in den Hauswänden sitzenden Fenster waren geschlossen, aber das musste nichts heißen. Selbst wenn jemand da war, drangen meist weder Licht noch Laute nach draußen, als gälte es noch immer, sich vor Piraten zu verstecken. Gabor legte die Hand an eine gekalkte Außenwand. Wolken, zum Greifen nah, trieben wie im Zeitraffer über die Häuser hinweg.

Es war Pause. In kleinen Grüppchen standen die Schüler auf dem Hof. Die Jüngeren spielten Fußball, die Ältesten rauchten jenseits einer niedrigen Mauer. Einige von ihnen musste er in den Restaurants oder Cafés ihrer Eltern in den Orten an der Küste gesehen haben, aber er erkannte nur ein groß gewachsenes Mädchen, die Tochter einer Deutschen und eines Einheimischen. Als Gabor durch das niedrige Eisentor trat, veränderte sich etwas, obwohl niemand ihn direkt ansah, aber die Bewegungen bekamen etwas Verzögertes, Abwartendes und das Geschrei wurde leiser. Eine Lehrerin, rauchend in einer windstillen Ecke, hob den Kopf, musterte ihn unschlüssig, wandte sich wieder den Tasten ihres Mobiltelefons zu.

»Sind Sie nicht der Vater von Nele?«, fragte das Mädchen auf Deutsch.

Er war überrascht, dass sie ihn kannte. Sofort bildete sich eine Traube Neugieriger um sie.

»Nele. Kennst du sie?«

»Wie geht's?«, sagte einer. »Guten Tag.«

»Hast du sie hier gesehen?«

»Nein. Im Sommer, aber jetzt nicht.«

»Weißt du, mit wem sie im Sommer zusammen war?«

»Was?«

»Mit welchem Jungen sie zusammen war?«

»Nein. Was ist mit ihr? Ich habe die Suchmeldungen gesehen.«

»Sie ist weggelaufen. Sie muss hier auf der Insel sein.«

Er drängte ihr sein Telefon auf, als könnte ihr mehr einfallen, wenn sie Nele noch einmal betrachtete, aber sie gab es ihm gleich wieder zurück.

Er musterte die Jungen, nicht die Kinder, die bei ihm standen und ihn ungläubig angafften, sondern die Raucher auf der anderen Seite, siebzehn, achtzehn Jahre alt, mit hängenden Hosen und Kapuzenpullis. Sie traten mit ihren Turnschuhen gegen die Mauer und schauten kaum hin, als er zu ihnen ging und ihnen das Foto zeigte, schüttelten gleichgültig den Kopf.

»Kann ich Ihnen helfen?«, fragte die Lehrerin. Ihre Unfreundlichkeit, ihr Widerwille, ihre schlechte Laune darüber, dass er sie gezwungen hatte, die windgeschützte Nische zu verlassen, machten ihn stumm vor Wut.

Am Platz, wo sein Auto stand, sah er die Suchmeldung von Nele auf der Anschlagtafel neben dem Busfahrplan und den verblichenen Vermisstenanzeigen mit Fotos in Athen verschollener Kinder, die vor einem, zwei oder fünf Jahren zum letzten Mal gesehen worden waren. Er ertrug es nicht, das Lächeln seiner Tochter neben Bildern dieser wahrscheinlich Toten zu sehen, dem Wind ausgesetzt und den Blicken der zahnlosen Alten, die im Laufe des Tages über den Platz geschlurft kamen, um sich in der Apotheke mit Medikamenten einzudecken. Was sollte der Anschlag anderes bringen als einen Vorwand zum Austausch der ewig gleichen Erinnerungen an Menschen, die früher verschwunden waren, während des Krieges, der Junta, zum ewig gleichen Seufzen über den Zustand der Welt. Er löste die Reißzwecken aus dem Holz und ließ das Papier in seiner Tasche verschwinden, doch während er zum Jeep ging, blieb er noch einmal stehen. Der Laden mit den Batikkleidern war verbarrikadiert, auch das Café, in dem die Wanderer auf den Bus zum Hafen warteten, hatte dichtgemacht. Nur in der Apotheke brannte Licht.

Kartons stapelten sich hinter der Tür und am Tresen sah er eine telefonierende ältere Dame mit einer Lesebrille um den Hals. Hoch über dem Dorf klammerte sich eine winzige Kapelle in den Fels, weiß gestrichen, mit aufgestellter griechischer Flagge, deren scharfes Schlagen bis zum Platz zu hören war. Der Wind, behaupteten die von der Küste, mache die Leute hier oben dumm. Argwöhnisch und dumm.

Er fuhr auf der neu geteerten Straße die karge Bergflanke entlang, die den Süden mit dem Norden der Insel verband. Kalkfelsen, an denen sich mit aufschießender Gischt die Wellen brachen, senkrecht abfallende Steilküsten, in denen die Schieferschichten wie die Ebenen eines Baumkuchens hervortraten. Auf einer betonierten Seitenwand entdeckte er den Schriftzug ein zweites Mal: Nein! Raus! Und das Wort für Abfall. Kurz bevor er die begrünten Schlauchbuchten erreichte, kamen ihm zwei junge Männer auf der Straße entgegen, die aussahen, als wären sie fremd hier. Der eine schaute stur vor sich hin, aber der andere machte mit der Hand eine Bewegung in Höhe des Magens, als hätte er Hunger, und schaute Gabor in die Augen, als er an ihm vorbeifuhr.

Die Perlendörfer. Damals, als sie ihre Insel entdeckten, waren diese Weiler über der Ostküste seit dem Erdbeben so gut wie unbewohnt, obwohl die Ebenen oberhalb der abgebrochenen Kante und die versteckten Senken dahinter fruchtbar waren wie wenige Gebiete sonst. Ein paar Alte zogen Gemüse, hielten Ziegen und Hühner in Verschlägen, während die Häuser um sie herum weiter verfielen, bis ein Londoner Architekt ein ganzes Ensemble kaufte und das Dutzend Ruinen innerhalb eines Jahres in ein verstecktes Luxusresort verwandelte. Vom Meer, von anderen Orten, selbst von der Schotterpiste, die zu ihr führte, war die Anlage im Dickicht der Zedern, im silbrigen Flimmern der Oliven nicht zu sehen. Die Häuser aus Naturstein verschwammen mit der Erde, wirkten wie organische Auswüchse, Teile des Felsens. Auch die Pools blieben unsichtbar, verdeckt von Mauern und dicht stehenden Oleanderhecken, von Federgras, Feigen- und Orangenbäumen, versteckt wie der Hubschrauberlandeplatz hinter einer Kuppe oberhalb des Areals. Vor wenigen Wochen drängten sich auf dem Parkplatz an der Straße noch Dutzende Geländewagen und teure Limousinen, doch jetzt stand da nur der verlorene Kleinlaster einer Gärtnerei. Gabor ließ die Einfahrt hinter sich und lenkte den Wagen auf den staubigen Standstreifen in der Kurve, von der man die berühmteste Bucht der Insel einsehen konnte, den weißen Sandstrand und die Schatten spendenden Tamarisken, die auch auf einer der Karten an Berit abgebildet waren. Das Wasser leuchtete türkis wie immer, aber der Strand hatte sich in ein Lager verwandelt. Ein halbes Dutzend kleiner Zelte, ausgebreitete Decken, Kleider, die zum Trocknen in den Zweigen hingen. Acht oder zehn Männer saßen oder lagen um ein kleines Feuer herum.

Gabor folgte den Windungen der Straße Bucht für Bucht und mit jeder neu ins Land einschneidenden Rippe wurde die Vegetation wieder trockener, die Sträucher schrumpften und bald glänzten die Hügel wieder wie die glatten Flanken von Stieren, als hätte er im Zeitraffer eine ganze Klimazone durchquert. Sobald sich ein Durchblick auf die versteckten Strände bot, stieg er aus. Er zählte drei dieser Lager. Zelte oder notdürftige Unterstände aus Ästen und Planen. In der Nähe der Bäume oder Felsen kleine Feuer. Vier, sechs, nie mehr als zehn Personen.

Plakes thronte auf einer Terrasse hundert Meter über dem Meer. Engländer und Russen hatten sich die Häuser mit Blick übers Wasser und die zerklüftete Küste hergerichtet, aber viele der Bauten dahinter waren noch immer unbewohnt. Er hielt an dem Platz, von dem ein Trampelpfad durchs Dorf führte und dann weiter den Hügel hinauf zu den versprengten Kapellen, die sich wie Perlen auf einer verschlungenen Schnur den Berg hinaufzogen. Auch hier war niemand zu sehen, aber als er die Tür des Jeeps schloss und für einen Moment unschlüssig im Wind stand, wurde er das Gefühl nicht los, dass der Platz bis eben belebt gewesen war und sich mit dem näher kommenden Motorengeräusch geleert hatte. Er ging eine Gasse entlang, hohe Mauern sicherten die Grundstücke zu den Felsen hin, die Häuser auf der anderen Seite wirkten verlassen oder waren verfallen. In einer mit Gestrüpp zugewachsenen Baulücke hingen Jeans an einer Wäscheleine und aus einem billigen Radiogerät, das neben einem Campingstuhl stand, kam leise Musik, aber er konnte niemanden entdecken. Als Gabor zum Platz zurückkam, sah er einen Mann den Treppensteig zum Wasser hinuntereilen.

Ilias' Laden hatte geöffnet, aber es brannte kein Licht in den Fenstern und durch die angelehnte Tür drangen auch keine Stimmen. Nach ihrer Wanderung war er mit Nele hier eingekehrt. Sie mochte die Spelunke, eine Mischung aus Museum, Bücherei und Galerie, in der es gutes Eis gab und Limonade in altertümlichen Glasflaschen. Als er näher kam, sah er, dass niemand hinterm Tresen stand. Er klopfte und schob die Tür auf. Die beiden Schaufensterpuppen in griechischen Trachten bewachten wie eh und je den Durchgang zur Küche. Der Ventilator an der Decke stand still, er sah die Fotos an den Wänden, die Regale mit Büchern, Spielen und Plunder.

»Ilias?«

Er hörte ein Räuspern, dann eine Stimme aus der Ecke hinter der Tür.

»He is not here. But he will come.«

Gabor machte einen Schritt und blieb erschrocken stehen. Vor ihm saß der Mann von der Fähre: die Locken, die dichten gebogenen Augenbrauen und die eingefallenen Wangen mit dem Schatten eines Bartes, der stechende und gleichzeitig gleichmütige Blick. »He ist not here«, wiederholte der Mann, doch als er nach einem Teeglas griff und dabei den Kopf drehte, war Gabor sich nicht mehr sicher. Die Haut war dunkler, sein Gesicht schmaler als das des anderen. Gabor sank in einen Stuhl und starrte den Mann an, bis er den Blick von ihm losriss und sich wieder beruhigte.

Die Fotos zeigten Soldaten, die vor kargen Inselbergen posierten, Fischer mit gefangenen Babyhaien und Männer, die auf einem Abhang lagen, betrunken eingeschlafen nach dem Osterfest, zu dem sie Töpfe mit Essen, Weinkanister, Geschirr und Klappstühle bis zur letzten Kapelle geschleppt hatten. Vor nicht einmal zwei Monaten hatte er mit Nele hier gesessen und sie hatte die Schlangenhäute unter der Glasplatte eines Tisches bestaunt, während Ilias hinterm Tresen Gläser polierte.

Er sah den Mann an, wollte etwas sagen, brachte aber kein Wort über die Lippen. Er dachte an die Schmierereien und an die Lager am Strand und daran, was Leonidas am Morgen gesagt hatte. *Ist kaum noch jemand hier, zumindest kaum jemand von uns.* Er sah die gusseisernen Töpfe und Pfannen, die in der Küche an Schlachterhaken über dem Herd hingen. Die Schaufensterpuppen trugen Röcke über Strumpfhosen und spitze Schuhe mit Bommeln, die Tracht der Soldaten vom Syntagma-Platz in Athen, die alle halbe Stunde unter dem Schnappen Dutzender Kameras aufeinander zuschreiten. Der Bolzen des Türschlosses, bemerkte er, ragte aus dem Blatt der Eingangstür hervor, als wäre sie aufgebrochen worden. Er blickte dem Mann direkt in die Augen, aber er reagierte nicht, ließ den Blick einfach durch sich hindurchgehen.

»Wann kommt Ilias?«

»I don't know.«

Zurück im Hafenort, sah er sie überall. Auf Bänken an der Promenade oder im Schneidersitz auf dem verdorrten Gras der Grünanlagen in der Nähe des Fußballplatzes. Sie besetzten die Schaukeln der Spielplätze oder schlenderten durch die Gassen, meist zu zweit, Männer zwischen zwanzig und dreißig, die auf etwas zu warten schienen und von den Einheimischen nicht beachtet wurden. Die Frauen auf dem Markt, die Alten vor der Konditorei und dem Wettbüro, alle taten so, als sähen sie sie nicht, als wären die Männer nicht da.

Die beiden saßen schon am Fenster, eine Karaffe mit Wein und Vorspeisen vor sich. Maureens Haut war rosig, als hätte sie den

Vormittag auf ihrer Yogamatte verbracht, doch Timothy wirkte bedrückt.

»Nichts«, sagte Gabor als Erstes und fragte, um das mitfühlende Schweigen zu beenden: »Was ist mit der Insel passiert?«

»Ich weiß nicht, was du meinst«, sagte Timothy.

»Sind dir unsere Gäste aus dem Osten auch schon aufgefallen?«, sagte Maureen, nachdem sie ihr winziges Glas geleert hatte.

»Hör auf«, sagte Timothy.

»Er will über die armen Kerle nicht reden.« Sie rollte andeutungsweise mit den Augen.

»Ich will nicht, dass man die Sache größer macht, als sie ist.«

»Er glaubt, wenn man sie verschweigt, spricht sie sich nicht herum. Zumindest nicht bis nach Amerika. Wir haben nämlich einen Kaufinteressenten aus Washington, der sich im Sommer in unsere Insel verliebt hat und den Preis, den wir verlangen, tatsächlich zahlen will. Hat keine Ahnung, was sich hier abspielt.«

»Ihr wollt wirklich verkaufen?«, fragte Gabor verdutzt. Maureen hob zum Zeichen, dass sie nicht reden durfte, die Hände.

»Erinnerst du dich an die Leiche«, sagte Timothy, »die Leiche am Strand? Das war nur der Anfang. Unsere Insel liegt auf einer Route. Im Moment zumindest«, sagte er beschwichtigend. Maureen wollte widersprechen, schenkte sich stattdessen nach und trank das kleine Gals gleich aus. »In ein paar Wochen ist der Spuk wieder vorbei. Wenn die richtigen Winterstürme beginnen, wird die Überfahrt zu gefährlich«, sagte Timothy. »Zu weit von der türkischen Küste entfernt.«

Maureen konnte nicht mehr an sich halten.

»Er redet wie die Griechen. Solange nichts passiert, malen sie den Teufel an die Wand, aber sobald etwas passiert, stecken sie den Kopf in den Sand und meinen, das Problem löse sich von allein.«

»Wir können nichts tun. Das ist das Problem! Sie kommen hier an und wollen weiter«, rief Timothy verärgert.

»Ihr wollt also wirklich verkaufen?«, wiederholte Gabor. Er hatte alles gesehen, die Zelte, die Männer im Ort, konnte die Konsequenz ihrer Anwesenheit aber nicht glauben. Er blickte aus dem Fenster, zu den Ständen der Fischer am Markt, weiter hinten leuchtete zwischen Häusern das blaue Meer. Alles schien wie immer.

»Ich habe eine Anzeige geschaltet, nur um die Lage zu sondieren.« Timothy senkte die Stimme. »Maureen hat recht. Auch wenn die Situation sich entspannt, spätestens nächsten Mai wird es sein wie jetzt, wahrscheinlich noch schlimmer. Eine Insel nach der anderen richtet ein Aufnahmelager ein, also weichen sie auf die kleineren Inseln aus, von denen sie schneller nach Athen kommen. Entweder bekommen wir auch ein Lager oder wir haben bald mehr Flüchtlinge als Einwohner. Egal, was passiert: Die Preise rauschen in den Keller.« Er hob entschuldigend die Hände. »Wir haben nichts als unser Haus. Wenn dieser Amerikaner sein Angebot ernst meint …«

»Was heißt das: Die Insel liegt auf einer Route?«

Maureen lachte. Sie wollte ihr Glas schon wieder füllen, aber Timothy legte seine Hand auf ihren Arm.

»Setz dich um sieben zu Prekas«, sagte er, »dann verstehst du, was ich meine.«

Die Plastikplane hielt zwar den Wind, aber nicht die Gischt ab, die mit jeder gegen die Mauer stoßenden Welle bis zu ihnen sprühte. Rentner in gesteppten Jacken saßen in der Nähe der Tür, albanische Handwerker ließen die Holzkugeln ihrer Kombolois langsam durch die Finger gleiten, alle anderen Stühle waren von den Männern besetzt, die er tagsüber im Ort gesehen hatte. Sie hatten weder Getränke noch Teller vor sich, sie saßen nur da, Taschen oder Rucksäcke zwischen ihren Füßen, und blickten auf den Boden. Niemand sagte etwas. Durch die Fenster sah Gabor im Inneren des Ladens Landkarten griechischer Inseln an den Wänden, die Mütze des Alten, die sich hinter dem Verkaufstisch bewegte. Leonidas winkte ihm zu, machte aber keine Anstalten, nach draußen zu kommen. Minuten, in denen nichts zu hören war als das Pfeifen des Windes, das Aufspritzen des Wassers und das Klackern der Holzkugeln. Der Mann neben ihm war vielleicht fünfundzwanzig, hockte auf der Vorderkante des Stuhls, die Kapuze seines Anoraks über dem Kopf. Gabor suchte nach etwas in seinem Gesicht, nach einer Spur von Angst oder Hoffnung, aber es war ohne Ausdruck. Er empfand Neles Nähe plötzlich so stark, als wäre sie hier bei ihm, unter ihnen, und der Schmerz über die Heftigkeit dieser Illusion nahm ihm fast den Atem. Als die Männer unruhig wurden, schaute Gabor auf und sah den Bug einer Fähre zwischen den Kontrolllichtern, deren unerwartete Größe das Hafenbecken winzig erscheinen ließ. Wortlos standen sie auf, nahmen ihre Taschen, näherten sich der Anlegestelle. Die knisternde Mikrofonstimme des manövrierenden Offiziers klang fetzenweise herüber, während das Schiff schwerfällig wendete. Wenige Minuten später war alles vorbei.

Einige Laster waren an Land gerollt, gefolgt von drei oder vier Limousinen. Nachdem auch die Fußgänger das Schiff verlassen hatten und die wenigen Rucksackreisenden von den Frauen mit den Ferienzimmern in Empfang genommen worden waren, hatte der Hafenpolizist zuerst die regulären Passagiere an Bord gescheucht, den Pick-up mit den Wassermelonen, einen Transporter, auf dessen Ladefläche sich weiße Plastikstühle türmten, und dann die wartenden Männer. »*Mésa, Mésa, Mésa*« schrie er, trieb sie mit ausgebreiteten Armen wie eine Herde die Rampe hinauf, während die Vertäuung schon gelöst wurde. Das Horn stieß sein markerschütterndes Signal aus, Wasser schäumte auf, das Schiff hatte abgelegt. Gabors Gesicht, seine Hände waren nass von der sprühenden Gischt. Sie hatten keine Fahrkarten, sie waren ohne Kontrolle durchgewunken worden.

Kaum war die Fähre hinter dem Felsen verschwunden, belebte sich die Promenade. Leonidas kam nach draußen, wischte die feuchten Tische und brachte ihm ein Bier. Ein Gehilfe installierte den Fernseher unterhalb des Vordachs, innerhalb kürzester Zeit waren alle Stühle besetzt. Der Wind ließ nach, das Meer begann ölig zu glänzen, und Gabor behielt die Gasse zum Fischmarkt im Blick, in der, wie er glaubte, Nele jeden Moment erscheinen konnte, denn der schmerzhafte Eindruck von ihrer Anwesenheit hatte sich noch verstärkt, doch statt seiner Tochter entdeckte er das Mädchen vom Schulhof in der Chora. Die Hände in den Taschen einer Jeansjacke vergraben, kam sie die Uferstraße entlang.

Er winkte ihr, und als sie ihn entdeckte, überquerte sie die Straße. Schüchtern stand sie vor ihm, setzte sich sogar, nachdem er sie dazu aufgefordert hatte, doch Gabor zögerte, nach Nele zu fragen, weil er plötzlich Angst hatte vor dem, was sie antworten könnte.

»Möchtest du etwas trinken?«

»Nein.«

Der Saum ihrer Jeans und ihre Segelschuhe waren dunkel vor Feuchtigkeit. Sie hatte blondes Haar, und ihm fiel ein, dass sie auf dem Schulhof alle ihre Freundinnen um einen halben Kopf überragt hatte. Sie blickte zum Bildschirm, als bräuchte sie einen Ort zum Hingucken.

»Seit wann geht das eigentlich so?«, fragte er.

»Was?«

»Das mit den Flüchtlingen.«

Sie hob die Schultern.

»Drei Wochen ungefähr.«

Einer der Alten hinter ihnen lachte und spuckte auf den Boden, und sie drehte sich kurz nach ihm um.

»Was sagt er?«

»Man müsse ihnen in der Nacht entgegenfahren, ein Boot kentern und alle ertrinken lassen. Das würde dafür sorgen, dass sie unsere Insel in Zukunft meiden.«

Sie hörten beide eine Weile auf das Gespräch hinter ihnen. Lass gut sein. Zum Teufel. Mehr verstand er nicht. Sie musste älter sein, als er gedacht hatte, sechzehn oder siebzehn, hatte schon den ernsten, gleichgültigen Blick der Inselfrauen. Ihre deutsche Mutter führte einen Friseurladen, fiel ihm wieder ein.

»Haben Sie etwas über Ihre Tochter erfahren?«, fragte sie.

Er schüttelte den Kopf.

»Jemand hat gesagt …« Es schien sie Überwindung zu kosten, denn sie presste ihre Lippen aufeinander. »Jemand hat gesagt, dass er Nele im Sommer öfter mit Georgios gesehen hat. In einem Café dahinten und auch mal am Strand. Sie waren mit dem Boot seines Vaters unterwegs.«

Gabors Kehle verengte sich. *Mensch Papa! Es war das Boot seines Vaters.* Für einen Moment verschwamm sein Blick.

»Und wo finde ich diesen Georgios?«

Sie machte eine Kopfbewegung zur anderen Seite der Bucht.

»Dahinten steht das Haus seiner Familie. Aber er ist nur im Sommer hier. Sie leben in Athen.«

»Das heißt, dieser Georgios ist in Athen?«

Sie schüttelte den Kopf.

»Nein. Er studiert. Er studiert irgendwo in Kanada.«

Er wollte fragen: »Kennst du seinen Nachnamen? Weißt du, wie ich seine Eltern erreichen kann?« Aber stattdessen saß er nur apathisch da, während Fußballspieler auf einem Acker vor den leeren Rängen eines Provinzstadions einem Ball hinterherjagten und die Stimmen um ihn herum lauter und wieder leiser wurden, als befände er sich unter Wasser. Als er sich zu ihr drehte, war sie schon aufgestanden und ging Richtung Hafen, wo vor einer Stunde die Fähre abgelegt hatte und jetzt ein alter Mann eine Angel ins Wasser hielt.

»Beruhige dich!«, sagte Timothy.

»Aber du hast sie doch gesehen!«

»Ich habe sie verwechselt! Ich muss sie verwechselt haben.«

Sie saßen im Wohnzimmer. Er hörte Maureen in der Küche

mit dem Geschirr klappern, laut, als wollte sie ihr Gespräch übertönen.

Gabor begann von vorn: »Hör zu. In dem Augenblick, in dem die Polizei einen Hinweis zur Insel bekommt, glaubst du, sie hier gesehen zu haben.«

»Zufall.«

»Im gleichen Moment!«

»Na und?«

»Und jetzt komme ich her – und überall laufen Flüchtlinge herum.«

»Überall gibt es Flüchtlinge, es war nur eine Frage der Zeit, bis sie –«

Gabor ließ ihn nicht ausreden.

»Aber ich weiß, dass es einen Zusammenhang gibt. Es gibt einen Zusammenhang zwischen Neles Verschwinden und dem Auftauchen der Flüchtlinge, ich weiß es, ich kann ihn nur noch nicht erkennen.«

Timothy schien der Verzweiflung nah. Er stand auf, langsam, als wäre Gabor ein bedrohliches Tier, das er nicht erschrecken wollte, und kam, die Augen fest auf seine geheftet, näher, um ihn zu zwingen, das Unfassbare endlich zu akzeptieren.

»Nele ist nicht hier, Gabor. Ich habe mich geirrt. Sie ist weg. Kein Mensch weiß, wo sie ist.«

Es dämmerte bereits, und draußen sah Gabor den Hang mit den niedrigen Sträuchern und weiter oben den Eukalyptusbaum, der Teile ihres Hauses verdeckte. Er sah die Wand aus Feldsteinen und die dunklen Terrakotta-Schindeln des Daches und dachte an die Kälte und die Feuchtigkeit, die aus jeder Ritze in die

Räume drangen, und an den Dreck auf dem Boden der Küche, den er am Morgen liegen gelassen hatte.

»Vielleicht hast du recht«, sagte er.

Er gab den Widerstand auf. Sobald Timothy den Flaschenhals über seinem Glas neigte, nickte er. Als Maureen, die das Ende ihrer Auseinandersetzung in der Küche abgewartet hatte, mit einer Käseplatte ins Zimmer kam, griff er zu. Er tat, was sie von ihm wünschten: Er ließ sich auf andere Gedanken bringen. Er war präsent, er hörte zu, er lachte sogar, den Arm auf die Rückenlehne des Sofas gelegt, als Maureen vom Ende ihrer Abwassersorgen berichtete. Doch während sie eine neue Flasche Wein aus der Küche holte, fragte er Timothy erneut nach den Flüchtlingen und was das, was er bei Prekas beobachtet hatte, zu bedeuten habe. Timothy musterte ihn argwöhnisch, fand aber offenbar weder Hinterlist noch einen Verdacht wieder aufflammender Paranoia.

»Nichts. Sie bleiben ein paar Tage und fahren dann weiter nach Athen.«

»Ohne Tickets? Die Reedereien haben sich bereit erklärt, sie kostenlos nach Piräus zu befördern?«

Maureen, die schon wieder am Sofa stand, sagte: »Wir. Wir alle bezahlen die Reedereien dafür, dass die armen Schweine unsere Insel so schnell wie möglich wieder verlassen.«

Er lag im Gästezimmer und hörte Maureen und Timothy über sich umhergehen und ihre gedämpften fernen Stimmen. Er hörte Wasser durch Rohre rauschen, eine Tür schnappte und in der Stille danach fiel ihm das Pfeifen des Windes auf, ein an- und abschwellendes Singen, das von so weit oben zu kommen schien, als läge er tief in der Erde.

*Du bist noch immer dort unten. Du bist niemals wieder hochgekommen.*

Gabor sah sich selbst in der künstlichen Beleuchtung eines Fährgangs stehen, nachdem er Nele zur Kabine begleitet hatte. Seine Hand am Knauf, während ein betrunkener Mann in seiner Kabine verschwindet. Sein Zögern, der Schwindel, der ihn ergreift. In seiner Vorstellung zwang er sich, zu widerstehen, dem Drang nicht nachzugeben, als ließe sich auf diese Weise all das rückgängig machen, was danach geschehen war.

Er musste eingeschlafen sein, denn als er aufschreckte, war der Himmel von einem tiefen Blau. Im Stockwerk über ihm war es still. Eine Weile lauschte er dem leisen Wind, dann stand er auf und ging über die kalten Fliesen ans Fenster. Die niedrigen Olivenbäume wirkten im ersten Moment wie aufgespannte Sonnenschirme. Am Ende des Gartens zerteilte eine Schieferstufe den Hang, als wäre der Berg auf dieser Seite vor Ewigkeiten einen Meter nach unten gesackt. Dahinter sah er die Feldsteinmauer, die ihr eigenes Grundstück umlief. Er blickte hinauf zu ihrem dunklen Haus, konnte sogar die Erhebung des Steinkreises ausmachen, in dem vor langer Zeit monoton im Kreis stapfende Esel Getreide zermahlen haben. Der Sohn des verstorbenen Bauern, von dem sie es gekauft hatten, hatte ihnen während der Besichtigung gesagt, dass es Generationen davor der Unterstand eines Hirten gewesen war, und etwas Verstecktes, Unauffälliges hatte es noch immer. Bei brütender Hitze waren sie, die schlafende Nele auf seinem Rücken, zu Fuß aus dem Dorf hochgestiegen, weil jemand behauptet hatte, man sei in wenigen Minuten oben. Der Sohn verbrannte vor dem Haus gerade Unrat, als sie die Anhöhe erreichten. Es lag ein beißender Geruch nach geschmolzenem Plastik in der Luft, im Näherkommen bemerkten sie die scheibenlosen Fenster, den alten Kühlschrank und die Reifen auf dem Grundstück und hätten, geschockt vom verkommenen Zustand, fast wieder kehrtgemacht.

Gabor stand frierend auf den Fliesen, als er auf seinem Grundstück plötzlich Lichtkegel entdeckte, auf und ab tanzend wie von Taschenlampen. Dann sah er auch die Männer. Sie waren zu viert. Sie gingen gebeugt, durchquerten die Macchia und steuerten direkt auf das Haus zu. Sie streiften durch ihr Gemüsebeet, und im nächsten Moment standen sie auf ihrer Terrasse. Gabor sah das Licht der Taschenlampen über die Wände und Fensterläden wischen, dann war es plötzlich dunkel. Angestrengt starrte er in die Nacht, doch als er schon glaubte, sich das Ganze nur eingebildet zu haben, kam das Licht aus dem Inneren des Hauses. Es drang durch die Lamellen der Terrassentür und der Fensterläden des Wohnzimmers. Es fiel durch die Ritzen aus dem Zimmer, in dem ihr großes Bett stand, und aus dem Kinderzimmer. Die Lichter strahlten auf, verloren sich und waren kurze Zeit später an anderen Stellen wieder da, als würden die Männer etwas suchen.

In den Tagen, bevor er Freiburg verlassen würde, um in Köln seine erste Stelle anzutreten, hatte er Angst bekommen. Er wollte nicht weg. Er wollte in Freiburg bleiben, die kurzen Wege, die bekannten Orte, die Nähe der Berge. Er trieb sich auf den Straßen herum, ging in die vertrauten Cafés und Biergärten, stieg auf den Schauinsland oder joggte an der Dreisam entlang, aber die Unruhe, der kalte Druck auf dem Brustbein verstärkte sich statt nachzulassen. Panik stieg immer wieder neu in ihm auf, gerade wenn er glaubte, die Angst hätte von ihm abgelassen. An einem Nachmittag trieb er ohne Ziel im Strom der Passanten durch die Straßen um den Münsterplatz, aufgehoben zwischen den Unbekannten, als er Kyra entdeckte. Sie war allein, kam ihm entgegen, die Tüte eines Schuhladens in der Hand. Er konnte sein Glück kaum fassen. Er ging auf sie zu, erleichtert, mit dem Wissen, dass er genau auf solch eine Begegnung gewartet hatte. Er brauchte nur diesen einen Moment der Nähe, ihre Anmut, einen kurzen Wortwechsel zum Abschied, das Lächeln einer Königin, doch kurz bevor er sie erreichte, begriff er, dass sie ihn nicht erkannte. Sie ging an ihm vorüber, und er blieb stehen, mehr überrascht als gekränkt. Er lief ihr hinterher. Er berührte den Ärmel ihres Mantels. »Hey, Kyra«, sagte er. Sie drehte sich unwirsch um. Ihr Blick wanderte über sein Gesicht, gleichgültig, ohne irgendeine Regung, wie über eine formlose Fläche, einen Gegenstand, mit dem sie nichts anzufangen wusste.

»Was soll das?«, sagte sie verärgert und ging weiter.

Als er die Augen öffnete, saß Maureen auf der Kante des Betts und betupfte seine Stirn mit einem warmen Tuch. Seine Kehle schmerzte, als hätte er lange nichts getrunken oder während des Schlafs geschrien.

»Du hast zwei Tage durchgeschlafen.« Ihre kühle, weiche Hand lag auf seinen Fingern. »Ruh dich aus«, sagte sie.

Das Fieber dauerte drei Tage. Im Dämmerzustand bekam er mit, dass Maureen ihn an der Hand vom Fenster zurück ins Bett führte oder ihn an der Schulter berührte, wenn er einen Albtraum hatte, und dann beruhigte er sich wieder. Sie sagte etwas über Berit und einen Polizisten von der Insel, aber bevor er den Sinn ihrer Worte verstand, war er schon wieder eingeschlafen. Immer wieder sah er Malte auf der Schaukel in ihrem Garten, von unten, als befände er selbst sich hinter einer Glasscheibe unter dem Gerüst. Malte schaukelte hoch, und jedes Mal, wenn das Seil gegen den Ast des Aprikosenbaums stieß, gab es ein hässliches schleifendes Geräusch.

Am vierten Tag ließ die Lichtempfindlichkeit nach, und Gabor zog vom Gästezimmer auf das Sofa im Wohnzimmer und verfolgte über Stunden die Veränderung des Himmels und den Wechsel des Lichts auf den kargen Hügeln auf der anderen Seite der Hafenbucht, während Timothy einige Meter entfernt am Bildschirm saß und hektisch in die Tasten hieb. Am Tag darauf war er so weit bei Kräften, dass er Timothy zum Einkauf in den Ort begleitete. Als sie gerade die Tüten vom Wagen zum Haus trugen, kam Maureen ihnen entgegen und hielt Gabor das Telefon hin.

Berit sagte: »Nele ist wieder da.«

Die Berge vor seinen Augen verschwammen, die Tüte mit den Einkäufen rutschte ihm aus den Fingern. Er sah Timothys fragenden Blick, Maureens fleischigen, auf ihren Mund gepressten Finger mit dem tief einschneidenden Ring. Er drückte den Ballen seiner freien Hand gegen sein Ohr.

»Eben hat eine Frau angerufen. Sie ist nicht entführt worden.

Sie ist in einer Mädchenwohnung irgendwo auf dem Land in Brandenburg.«

»In Brandenburg? Wieso hat die Polizei sie nicht gefunden?«

»Woher soll ich das wissen?«

»Wie geht es ihr? Kann ich sie sprechen?«

»Hörst du nicht zu? Sie ist in dieser Wohnung.« Sie begann zu weinen.

»Was ist?«

»Sie will uns nicht sprechen«, sagte Berit.

# 16

Berit kam nicht zum Flughafen, um ihn abzuholen, und er nahm ein Taxi. Es war ein trüber Tag, Berliner Hochnebel, und die Straßen waren ungewöhnlich leer. Die Herbstferien haben begonnen, dachte er, während sie über die kaum befahrene Stadtautobahn rollten.

Seit Berits erlösendem Anruf hatte er sich den Kopf darüber zerbrochen, was Nele geschehen sein mochte, warum sie nicht mit ihnen sprechen wollte, doch er war nicht weit gekommen, denn jedes Mal hatte die aufschießende Freude, eine aberwitzige Erleichterung darüber, dass Nele lebte und die ganze Zeit in Sicherheit gewesen war, ihn abgelenkt. Doch als das Taxi jetzt in ihre Gasse einbog und er von Weitem die weinrote Fassade und den Kirschbaum der Hauensteins sah, verkrampfte sich sein Magen wieder, als läge die grausame Ungewissheit der letzten Tage nicht längst hinter ihnen.

Die Stimmen aus dem Wohnzimmer verstummten, nachdem er die Tür hinter sich geschlossen hatte. Berit erschien in der Diele, ernst und gefasst.

»Ist sie da?«, fragte er.

Sie schüttelte den Kopf. Einen Moment stand er hilflos vor ihr, er wollte sie umarmen, aber sie wich ihm mit gequältem Lächeln aus und ging vor ihm her ins Wohnzimmer, in dem eine kurzhaarige Frau um die fünfzig saß und sich erhob, um ihn zu begrüßen.

»Guten Tag. Winkler.«

»Lorenz«, sagte er, und dann nahmen sie alle drei Platz. Auf dem Tisch standen Gläser und eine Karaffe mit Wasser. Die Lippenstiftspuren am Glas der Frau hatten den gleichen Farbton wie ihr rubinrotes Haar.

»Frau Winkler ist die Leiterin der Einrichtung, in der Nele jetzt ist.« Berit hatte die Arme vor der Brust verschränkt und blickte nicht zu ihm, sondern zu dieser Frau.

»Ja«, sagte er nur.

Die Frau beugte sich vor und berührte mit einem Fingerknöchel ihre Nase, als dächte sie über die richtigen Worte nach. Auch ihre Fingernägel zierte das gleiche Rot. Er konnte sich nicht beherrschen.

»Warum ist Nele nicht hier?«

»Ihre Tochter ist nicht hier, weil sie nicht will«, sagte die Frau und blickte ihm in einer eigentümlichen Mischung aus Bedauern und Härte in die Augen. »Vor zwölf Tagen stand Nele vor unserer Tür und bat darum, zu bleiben. Wir sind eine Einrichtung, an die sich Mädchen und junge Frauen wenden, wenn sie nicht mehr –« Er ließ sie nicht ausreden.

»Sind Sie eigentlich ganz bei Trost? Wir haben gedacht, Nele wurde entführt. Wir dachten, sie ist tot! Wieso haben Sie nicht auf die Vermissten-Anzeige reagiert?«

Die Frau wartete einen Moment.

»Weil diese Anzeige nicht bei uns angekommen ist, zumindest die erste nicht, und weil Ihre Tochter nicht gesprochen hat. Kein Wort.« Sie holte Luft. »Wir liegen nur wenige Kilometer von der polnischen Grenze entfernt, und es kommt öfter vor, dass

Mädchen, die direkt hinter der Grenze auf den Strich gehen, bei uns auftauchen.«

»Sie haben Nele für eine polnische Prostituierte gehalten?«, rief er.

»Erst als die polnische Polizei uns nicht weiterhelfen konnte, sind wir die Anzeigen aus Berlin und Hamburg durchgegangen, und dabei ist uns ein Fehler unterlaufen. Eine unserer Mitarbeiterinnen hat Ihre Tochter auf dem Foto der Polizei nicht wiedererkannt.«

»Nicht wiedererkannt? Was soll das heißen?«

Sie erzählte, dass ein Mädchen an der Tür ihrer Notwohnung geklingelt und der Mitarbeiterin auf Englisch gesagt habe, dass sie bleiben wolle.

»Sind Sie sicher, dass Sie von unserer Tochter, dass Sie von Nele reden?«, fragte Gabor.

Statt zu antworten, reichte die Frau ihm den Ausdruck eines digitalen Fotos. Das Mädchen auf dem Bild war eindeutig Nele, aber er erschrak so, dass er sie erst auf den zweiten Blick erkannte. Neles Haar war weg, ihr Schädel stattdessen von wasserstoffblonden Stoppeln überzogen, doch was ihn am meisten entsetzte, war ihr Ausdruck. Ihre Proportionen hatten sich verschoben oder verzerrt, etwas, das ihre Züge vorher zusammengehalten und ausgemacht hatte, war nicht mehr da. Das Gesicht schien in die Breite gegangen, ihre Augen waren aufgerissen vor Schreck. Sie machte einen abwesenden, verwirrten Eindruck, als hätte sie monatelang vogelfrei auf der Straße gelebt. Es war Nele, aber sie hatte nichts mit seiner Tochter zu tun.

»Oh Gott«, sagte er und legte das Bild auf den Tisch.

Die Frau hatte sich bis jetzt perfekt unter Kontrolle gehabt, direkter Blickkontakt, keine unnötigen Bewegungen, doch nun änderte sie umständlich die Sitzhaltung: »Ihr muss etwas Schlimmes passiert sein. Ihre Tochter weist Anzeichen auf, die auf einen Missbrauch hindeuten.«

Für einen Moment saß er wie betäubt da, er dachte an den Mann, den der Pförtner mit Nele in der Klinik gesehen hatte, an den Jungen von der Insel und begriff erst mit Verspätung, was die Worte der Frau tatsächlich bedeuteten.

»In solchen Fällen gehen wir als Erstes davon aus, dass der Täter aus dem näheren Umfeld, aus der Familie kommt«, sagte die Frau und sah ihn direkt an. Gabor schaute zu Berit. Sie schwieg. Doch viel mehr als ihr Schweigen entsetzte ihn die Härte in ihrem Blick.

»Was?«, rief er. »Hat sie das gesagt? Hat Nele etwa behauptet, dass …«

»Sie spricht nicht, zumindest nicht über das, was ihr geschehen ist.«

»Das ist doch ein Witz. Ihr glaubt doch nicht …« Er lachte. »Berit, das kann doch nicht wahr sein!«

»Was ist passiert, als ihr bei den Kranichen wart, an dem Wochenende, bevor sie verschwunden ist?«, fragte seine Frau.

»Wie bitte?«

»Malte hat gesagt, dass er in der Nacht aufgewacht ist, weil Nele weinte. Du hast auf dem Bett gelegen und ihr Bein angefasst.«

Er lachte und schüttelte den Kopf.

»Und auf der Fähre? Damals, als du sie ins Bett gebracht hast, bevor du angeblich auf das Autodeck gegangen bist, um diesen Flüchtling zu suchen. Dein Telefon war ausgeschaltet. Du stellst dein Telefon sonst nie aus.«

»Ich bin auf das Autodeck gegangen«, sagte Gabor. »Ich bin aufs Autodeck gegangen«, wiederholte er, aber noch während er sprach, merkte er, dass sein Gestammel die Sache nur verschlimmerte. Ein furchtbares Dunkel tat sich auf, ein schwarzes Loch, das alle Gewissheiten verschlang und den letzten Rest von dem mitriss, was Berit und ihn noch verband.

»Sie können sich also nicht erklären, was Ihrer Tochter widerfahren sein könnte? Warum sie sich weigert, Sie zu sehen?«

»Nein, das kann ich nicht«, rief er aufgebracht.

Die Frau zupfte einen Faden von ihrem Rock.

»Gut. Dann werde ich Sie jetzt über unser weiteres Vorgehen aufklären. Ihre Tochter weiß, dass ich bei Ihnen bin, und ich hoffe, dass mein Besuch sie dazu veranlasst, zu reden. Die Mädchen können bei uns nur drei Wochen bleiben, in dieser Zeit machen wir uns ein Bild von der Situation und entscheiden, was weiter geschieht. Bei Ihrer Tochter hieße das: Wenn sie innerhalb der nächsten Tage nicht sagt, was ihr zugestoßen ist, wird sie entweder hierher zurückgebracht oder wir überweisen sie – wenn wir glauben, diesen Schritt nicht verantworten zu können – in eine Klinik oder in eine Einrichtung des Jugendamtes.«

Gabor starrte sie an. Er wusste, dass alles, was er jetzt sagte oder tat, auf ihn zurückfallen könnte. Ihm fiel ein, dass Berit nie an eine Entführung geglaubt und immer wieder von einer Abtreibung gesprochen hatte, auch dann noch, als selbst die Polizistin die Version für den letzten Erklärungsversuch einer verzweifelten Mutter hielt. Was ging um Himmels willen in ihrem Kopf vor? Als er ihren Blick suchte, schaute sie zu Boden.

»Ich muss Sie bitten, den Wunsch Ihrer Tochter zu akzeptieren«, sagte die Frau. »Bitte versuchen Sie nicht, Kontakt zu ihr aufzunehmen, und kommen Sie auch nicht zu uns. Das wäre alles andere als hilfreich.«

Während Berit die Frau zur Tür brachte, ging Gabor in sein Arbeitszimmer. Noch im Mantel, setzte er sich an den Schreibtisch und schlug die Hände vors Gesicht, doch als er das Geräusch der schließenden Haustür hörte, stand er auf und trat ans Fenster.

Die Frau eilte, ihre Handtasche fest gegen die Seite gedrückt, zu den Parkbuchten und wirkte schmaler und weniger resolut als auf dem Sofa ihres Wohnzimmers. UM für Uckermark stand auf dem Kennzeichen des alten Golfs, in dem sie davonfuhr. Er wandte sich um. Berit stand in der Tür.

»Du kannst aufhören mit dem Theater. Berit, es tut mir leid, dass ich dir Sachen verschwiegen habe. Es ist ...« Er schüttelte den Kopf. »Aber das ist doch absurd, das kann doch nicht ...« Doch ihr Blick ließ ihn verstummen. »Du glaubst das wirklich«, sagte er fassungslos.

»Ich weiß nicht, was ich glaube. Ich weiß nur, dass du Dinge gern vergisst. Du siehst nur das, was du sehen willst. Damals, als dir in Zürich der kleine Unfall mit deiner Kollegin passiert ist, hast du so getan, als wäre die Sache nach deinem Geständnis nicht nur aus der Welt, sondern überhaupt nicht passiert. Vielleicht kannst du dich einfach nicht erinnern? Vielleicht willst du dich nicht erinnern?«

Berit klang bittend, als wollte sie ihm eine hilfreiche Brücke zum Geständnis bauen. In ihm flammte Empörung auf, ein heftiges Brennen, das von der unendlichen Gleichgültigkeit, die plötzlich von ihm Besitz nahm, sogleich erstickt wurde. Er stand einfach da, ohne sich zu rühren. Seine Tasche wartete noch unten im Flur, unausgepackt.

# 17

Das Hotel lag in der Nähe des Krankenhauses, und nachdem er an einem Tisch mit lachsfarbener Decke vergeblich versucht hatte, einen Bissen hinunterzubekommen, ging er in die Klinik, erleichtert, wieder arbeiten zu können, und nervös wie am ersten Arbeitstag. Doch falls sein missglückter Vortrag, falls seine Person von Interesse gewesen oder sich Neles Verschwinden herumgesprochen haben sollte, waren diese Themen längst fortgespült und durch andere ersetzt worden.

Ein Stationsarzt, gerade eingestellt, hatte sich bei der Untersuchung einer Patientin so grob angestellt, dass ihm der alkoholisierte Begleiter der Frau einen Faustschlag verpasst hatte. Eine langjährige Patientin mit Multipler Sklerose hatte sich das Leben genommen, und in der Nacht war eine Technoleiche nach einem epileptischen Anfall eingeliefert worden und musste, um Einnahmen zu generieren, auf Tumore untersucht werden. Alle schienen noch gehetzter als vorher, als hätte sich in seiner Abwesenheit bei gleichem Personalstand die Bettenzahl erhöht. Er wurde begrüßt wie jeder, der sich den Luxus einer Krankschreibung erlaubt, mit lapidarem »Herzlich willkommen«, das den unterschwelligen Vorwurf enthielt, das Team im Stich gelassen zu haben, doch das offensichtliche Desinteresse ließ auch nach der Oberarztvorstellung nicht nach. Es war keine Respektlosigkeit, man behandelte ihn als das, was er war, schenkte ihm aber darüber hinaus keinerlei Beachtung. Als er am Nachmittag Lavinia begegnete, sagte sie freundlich: »Hallo. Auskuriert?«

»Ja.«

Sie ging weiter, wandte sich noch einmal um. Er erwartete, dass sie nach Nele fragen würde, aber sie sagte nur: »Bei unserer nächsten Teamsitzung würde ich gern von Sieverths Trainingserfolgen berichten. Haben Sie etwas dagegen?«

»Er macht Fortschritte? Schön zu hören.«

Erst jetzt begriff er, was das Verhalten aller zu bedeuten hatte. Ich habe die Stelle nicht bekommen, dachte er, fast erleichtert. Er war niemand mehr, von dem man sich etwas erhoffen durfte.

Als er nach Feierabend durch die menschenleeren Straßen zum Hotel trottete, legte sich die Trostlosigkeit wie ein Schatten über ihn. Der Gedanke an das, was Nele geschehen sein musste, marterte ihn, und die Furcht, die Einsatzleiterin könnte im Hotel auf ihn warten, um ihn zu verhören, ließ ihn auf den wenigen hundert Metern mehrmals verharren.

Es wartete niemand. Und es gab auch keine Nachricht von Berit, worauf er insgeheim gehofft und was ihn, wie er jetzt erst merkte, auf den Beinen gehalten hatte. In der Lobby fiel er in einen Sessel und starrte auf das glänzende Messing des Zeitschriftenständers und die befahrene Stichstraße, während der Drang, in dieses brandenburgische Kaff zu fahren, um Nele zu sehen und mit ihr zu sprechen, bedrohlich in ihm anstieg. Er trank Wodka Tonic, bis er zu betrunken war, um sich noch hinters Steuer zu klemmen.

In der Nacht weckte ihn die Empörung über Berits Unterstellung, und er lag, die zu Fäusten geballten Hände zwischen den

Oberschenkeln, im blauen Neonlicht des Schriftzugs einer Versicherung, das von der verglasten Fassade gegenüber ins schmale Zimmer fiel. Wie ergeben er sich gefügt, wie wenig er sich zur Wehr gesetzt hatte, als hätte er dem Urteil insgeheim zugestimmt. Selbst wenn er sich, wie Berit behauptete, Dinge zurechtlegte oder nur das sah, was er sehen wollte. Wie konnte Berit ihm so etwas zutrauen? *Vielleicht willst du dich nicht erinnern?* Den Kiefer vor Ärger verkrampft, starrte er stundenlang auf den gezackten Rand eines Weinflecks im Teppichboden, denn jedes Mal, wenn er die Augen schloss, erschien ihm der geschorene Kopf, das vor Entsetzen entstellte und in die Breite getriebene Gesicht seiner Tochter.

Der Obdachlose im Wärmestrahl vor dem Supermarkt roch ihre Verwandtschaft und wünschte schon am zweiten Tag einen guten Abend, während Gabor auf den Theatervorplatz zustrebte, um in einem Kellerrestaurant inmitten von Touristen oder Pharmalobbyisten in grauen Anzügen etwas in sich hineinzuschlingen. Er hatte gehofft, dass sein Auszug Berit die Absurdität ihres Vorwurfs deutlich machen und sie ihn irgendwann kleinlaut bitten würde, zurückzukommen, aber stattdessen meldete sie sich nicht und ging auch nicht an den Apparat, wenn er sie anrief. Sobald der Alkoholgehalt in seinem Blut seine Hemmschwellen niedergerissen hatte, sprach er ihr auf die Mailbox, in einer menschenleeren Gasse zwischen dunklen Bürogebäuden stehend, appellierte an ihre Vernunft, nuschelte wie im Selbstgespräch vor sich hin und überzog sie schließlich mit Beschimpfungen.

Die Einsatzleiterin meldete sich nicht. Weder erschien sie unangekündigt in der Klinik, was er am meisten fürchtete, noch wartete sie im Hotel, wenn er von der Arbeit kam. Waren die Ermittlungen für sie abgeschlossen? Erst war er erleichtert, dann brachte es ihn fast um den Verstand, dass er von allem abgeschnitten war, allein mit seiner Wut und der Ohnmacht und den quälenden Erinnerungen an seine nächtlichen Ausfälle. Schließlich hielt er es nicht mehr aus und fuhr von der Klinik nach Hause, doch statt auszusteigen, blieb er im Auto sitzen, mit einem Mal besänftigt von dem brennenden Licht in Maltes Zimmer. Er sah die bunten Vögel auf der Scheibe, die Vorhänge mit den goldenen Sternen. Er ließ den Motor ausgehen und öffnete das Fenster. Die Luft war kalt, und er hörte das leise Rascheln der Blätter an den Ästen der Kirsche. Für ewige Minuten kamen weder Fußgänger noch ein anderes Auto vorbei. Endlich trat Berit an Maltes Fenster, öffnete es, und lange, nachdem sie wieder verschwunden war, sah er noch ihr Lachen, ihren sich bewegenden Mund. Seine Vorstellung war so klar, als säße er bei ihnen: Berit, auf Maltes Bettkante, ein Buch auf dem Schoß, und Malte, der seine Wange an den Arm seiner Mutter drückt. Um fünf nach acht erschien Berit wieder, schloss den Fensterflügel, und während sie den Griff drehte, bemerkte sie sein Auto und hielt inne. Sie sahen einander an. Ihr Ausdruck war unbeschreiblich, schmerzhaft und abwesend. Kurz darauf war das Kinderzimmer dunkel.

Zum ersten Mal seit Langem konnte er wieder schlafen.

Am nächsten Mittag, Gabor saß zwischen Röntgenbesprechung und Oberarztvorstellung untätig in seinem Zimmer, stand Yann plötzlich in der Tür. Gabor hatte ihn seit der Anhörung nicht mehr gesehen und rief: »Oh. Dich hätte ich jetzt nicht erwartet.«

Yann trug wie immer seine Löwenmähne im Nacken zusammengebunden und sah genauso jugendlich aus wie immer, nur dass sein Blick ungewohnt düster war. Er kam näher und wartete, bis Gabor endlich die Beine vom Tisch nahm.

»Ich glaube es nicht«, sagte er.

»Aha.«

»Ich glaube nicht, dass du zu so etwas imstande wärst, und das habe ich Berit auch gesagt.«

Der Jonglierball, den Gabor bis eben von einer in die andere Hand geworfen hatte, verharrte in seiner rechten Faust. Sekunden vergingen, in denen Gabor alle möglichen Antworten durchspielte und verwarf, entschied, nichts zu erwidern, und es dann doch tat.

»Wie kannst du dir so sicher sein?«

»Ich bin mir nicht sicher. Ich glaube es nur nicht.« Gabor schwieg, und Yann schwieg auch. Der Ernst passte nicht zu ihm, ließ seine Frisur aussehen wie eine gepuderte Perücke aus dem 18. Jahrhundert. »Berit macht sich Sorgen um dich.«

Gabor lachte und warf den Ball im hohen Bogen durch den Raum einen halben Meter neben den Papierkorb. »So nennt sie das also.«

»Sie ist verwirrt, sie will keine Fehler machen.«

»Sie will keine Fehler machen«, wiederholte er. »Und was hat sie dir noch anvertraut?«

Yann wartete, bevor er weitersprach, als wollte er ihm die Möglichkeit geben, seine Ironie abzulegen.

»Sie sagt, sie hatte immer das Gefühl, dass du etwas vor ihr versteckst. Sie hatte immer die Befürchtung, dass du sie nicht ihretwegen gewählt hast, sondern weil sie so gut in das Bild passte, das du dir von deinem Leben gemacht hast. Aber jetzt –«

»Lass mich raten: Aber jetzt merkt sie, dass sie mich überhaupt nicht kennt. Dass sie keine Ahnung hat, mit wem sie all die Jahre Bett und Tisch geteilt hat.«

Gabor blickte Yann belustigt an, gespannt auf das, worauf dieser Auftritt hinauslaufen würde. Er dachte an Overkamps Besuch vor über einem Monat: In seinen knarzenden handgenähten Budapestern war er auf und ab geschlendert, hatte mal aus dem Fenster gesehen oder gelangweilt ins Regal gegriffen und sich mit genüsslicher Langsamkeit Gabors Schreibtisch und dem genähert, was er hatte sagen wollen. Im Gegensatz dazu war Yann schnurstracks auf ihn zugeeilt wie ein Bote, der seine Mitteilung loswerden will, sah jetzt aber aus, als hätte Gabors Unterbrechung ihn aus dem Konzept gebracht. Gabor wies auf den Stuhl, aber Yann rührte sich nicht.

»Gabor. Das bringt doch nichts. Hör auf, nachts anzurufen. Hör auf, ihr zu drohen. Das macht alles nur noch schlimmer.«

Weil kein Ball mehr da war, den er kneten konnte, griff Gabor nach einem Stift und ließ ihn zwischen Daumen und Mittelfinger hin und her zittern. Erst jetzt schien die Spannung aus Yann zu weichen. Er verlagerte das Gewicht, machte noch immer keine Anstalten, sich zu setzen, stützte sich aber wenigstens auf die Rückenlehne. Er blickte kurz zu Boden, und als er wieder aufschaute, sagte er:

»Ich weiß, wie du dich fühlen musst.«

»Ach«, sagte Gabor. »Dann erklär's mir, denn ich weiß selbst nicht genau, wie ich mich fühle.«

»Du fragst dich, ob alle es wissen. Du fragst dich, was in den Köpfen der anderen vorgeht, wenn sie mit dir sprechen. Und natürlich, ob ich jemandem von Berits Verdacht erzählt habe.«

»Hast du nicht?«

»Warum sollte ich? Mir ging es damals in Freiburg ja genauso«, sagte er. »Als die Sache mit Kyra rauskam und mich die Kollegen behandelt haben wie einen Aussätzigen.«

»Kyra?« Gabors Herz begann zu pochen.

»Meine Freundin in Freiburg. Kyra. Kannst du dich erinnern?«

»Vage«, sagte Gabor, während er fürchtete, das Geräusch seines pumpenden Herzens reichte bis über den Schreibtisch.

»Jemand hatte Ritter erzählt, dass sie erst fünfzehn war. Die Kündigung, die Anzeige von Kyras Vater, das war alles nicht so schlimm wie mein eigenes Misstrauen. Ich habe überall Gespenster gesehen, konnte jahrelang niemandem trauen.«

Die Erinnerung kam nicht plötzlich, sie stieg langsam in ihm auf wie die großen bläulichen, schlingernden Luftblasen der Straßengaukler, wie etwas, über dessen permanente Veränderung man staunt, bevor man in der Lage ist, seine ganze Gestalt zu fassen. Der Tag, nachdem er Kyra in der Fußgängerzone begegnet war und sie ihn nicht erkannt, ihn angestarrt hatte wie eine Wand. Kommilitonen in einem rauchverhangenen Weinkeller. Lautes Lachen, aufgekratzte Stimmung, und irgendjemand brachte die Rede auf Yann, der für seine Weiterentwicklung der Spiegeltherapie einen Forschungspreis bekommen sollte, wovon Gabor noch nichts gehört hatte. Am nächsten Tag hatte Gabor zufällig Ritter auf dem Campus getroffen, der ihn freundlich grüßte und wissen wollte, ob er schon eine Stelle gefunden habe. Sie hatten sich über Köln und den Niederrhein unterhalten, bis die Rede wieder auf Yann kam. Die Entdeckung von Herrn Rosefeldt sei eine kleine Sensation, weil sie die Symptome in einem Bruchteil der bisherigen Trainingszeit zum Abklingen bringe, hatte Ritter gesagt. Gabor erinnerte sich: an seine Ohnmacht und die Wut, die sich in ihm zu einer Nadel verdichtete. Er konnte Yanns Namen nicht mehr hören. Er wollte das stolze Lächeln in Ritters Professorengesicht nicht mehr sehen. »Kennen Sie eigentlich seine Freundin?«, hatte Gabor gefragt. »Nein«, hatte Ritter neugierig geantwortet. »Er versteckt sie auch. Sie geht noch zur Schule. Ist fünfzehn, glaube ich.« – »So«, hatte Ritter nur leichthin gesagt und einfach weitergelächelt, aber etwas in seinem Ausdruck hatte sich verändert, sein Blick war für einen Moment starr in die Ferne gerichtet, und dann hatte er sich verabschiedet, als sei ihm Gabors Nähe plötzlich unangenehm.

»Du hast den Job verloren?«, fragte er. »Kyras Vater hat dich angezeigt?«

»Gerichtsverhandlung. Ritter, der mir nahegelegt hat, selbst zu kündigen, und als ich nicht wollte, ungemütlich wurde. Sag mal, weißt du das nicht?«

»Nein.«

Es war die Wahrheit. Gabor hatte nichts davon mitbekommen. Er war nach Köln gezogen und hatte seine erste Stelle angetreten. Er hatte Berit kennengelernt. Er war jahrelang nicht nach Freiburg zurückgekehrt, und als er irgendwo einen Kommilitonen traf, der ihm erzählte, dass Yann inzwischen auf Lanzarote oder Fuerteventura weile, hatte er das Gespräch mit Ritter und das, was er ihm gesagt hatte, längst vergessen.

»Und wer? Und wer hat Ritter die Sache gesagt?«

Sie sahen sich in die Augen, aber Yanns Blick verriet nichts.

»Ich weiß nicht«, sagte er schließlich. »Wahrscheinlich jemand aus meiner Forschungsgruppe.«

»Das tut mir leid«, sagte Gabor.

»Ewig her und die Forschung ist, wie du weißt, sowieso nicht meine Sache.« Yann lächelte sogar, bevor er, plötzlich wieder ernst, sagte:

»Mir tut leid, was Nele passiert ist, und ich hoffe, es geht ihr bald besser.«

Augenblicklich füllten sich Gabors Augen mit Tränen.

»Ja.«

Nach einer Weile sagte Yann: »Also. Heute ist mein letzter Tag.«

»Du hörst heute schon auf?« Ein Stich des Bedauerns fuhr durch Gabors Brust, kurz, aber scharf wie eine Klinge. »Wo gehst du hin?«

»Nach Armenien.« Armenien. Das lag nicht am Meer. Entweder hatte Yann ein neues abenteuerliches Hobby entdeckt oder er wollte tatsächlich nur helfen. »Glückwunsch übrigens«, sagte Yann. »Sogar einstimmig, wie es heißt.«

Erst als Yann schon auf dem Weg zur Tür war, rief Gabor: »Danke.« Er wühlte zwischen den Prospekten nach der Post der letzten Tage, die er aus Desinteresse nicht angesehen hatte, bis ihm ein Umschlag vom Senat für Wissenschaft, Forschung und Kultur in die Hände fiel. Er riss ihn auf. »Hiermit berufe ich Sie …« Er las nicht weiter.

Overkamp ging nach dem zweiten Klingeln an den Apparat, als hätte er auf Gabors Anruf schon gewartet.

»Na, was ist das für eine Nachricht? Die Gutachten kamen wahnsinnig schnell.« Bevor Gabor etwas erwidern konnte, posaunte er: »Aber es war ein hartes Stück Arbeit. Eine Dame aus Venezuela thronte eigentlich auf Platz eins. Parkinson und Erfahrung in MS. Dagegen können Sie die Orchideenblätter Ihrer rührenden Prosopagnosie natürlich in der Pfeife rauchen. Wissen Sie, was letztlich den Ausschlag gegeben hat? Uns ist zu Ohren gekommen, dass eine Ihrer Mitarbeiterinnen die Zusage unserer Lieblingszeitschrift hat, den Aufsatz über Ihre Trainingsmethoden zu veröffentlichen. Im richtigen Moment die richtigen Informationen gestreut und mit E-Mails unterfüttert. Ich muss Ihnen nicht sagen, was der Imagegewinn bedeutet. Seidler oder Schleicher, ungewöhnlicher Vorname.«

Gabor legte auf.

# 18

Warum geschahen die entscheidenden Dinge geräuschlos, in einer unheimlichen Stille, in der man ihrem Lauf wie ein entfernter Beobachter scheinbar tatenlos ausgeliefert war?

Als Berit ihn anrief, erkannte er schon an der Weise, in der sie »Ich bin's« sagte, kühl wie an dem Nachmittag, an dem er das Haus verlassen hatte, aber auch mit einer Spur Vertraulichkeit in der Stimme, dass sie ihn nicht mehr verdächtigte.

»Ich muss mich bei dir entschuldigen.« Er antwortete nicht. Nach einer Pause flüsterte sie: »Es tut mir leid.«

Er hatte sich diesen Moment Dutzende Male vorgestellt, jetzt interessierte ihn nur Nele.

»Wo ist Nele?«

»Ich habe mit ihr gesprochen. Es geht ihr besser. Sie ist noch in dieser Wohnung, aber sie wird morgen zu uns gebracht.« Berit atmete aus. »Morgen kommt Nele nach Hause.«

Tausend Dinge gingen ihm durch den Kopf, Bilder, Gedanken rauschten vorüber, an die er sich im nächsten Moment schon nicht mehr erinnern konnte.

Er stand in einem Flur und sah einen Pfleger einen Wäschewagen zu den Fahrstühlen schieben. Der Patient, dessen Blutgerinsel er vor Tagen aufgelöst hatte, studierte an der verglasten Koje im Pyjama den Essensplan.

»Können wir uns treffen?«, fragte Berit.

Sie wartete schon in der Lobby des Hotels, kam auf ihn zu und umarmte ihn, und er ließ es geschehen. Sie setzten sich in eine Ecke.

»Was ist passiert?«, fragte er, als Berit keinen Anfang fand.

»Auf der Insel, an unserem letzten Urlaubstag, sind Nele und dieser Junge am späten Abend mit dem Boot seines Vaters zu einer der abgelegenen Buchten gefahren.«

»Georgios«, sagte Gabor.

»Ja. Georgios. Sie hatten wohl Decken, CD-Spieler und Fackeln dabei und haben sich ein Lager am Strand eingerichtet.«

Berit schwieg.

»Dieser Junge?«

Sie schüttelte den Kopf.

»Sie haben wohl miteinander geschlafen, doch der Junge hat ihr nichts getan. Aber Nele hat irgendwann bemerkt, dass sie nicht alleine waren. Erst hat sie die Erhebung in der Nähe für einen Fels oder einen Hügel aus Tang gehalten, aber plötzlich ist ihr klar geworden, dass da jemand lag. Georgios hat gesagt, da sei niemand, aber Nele glaubte, ein Stöhnen gehört zu haben. Georgios war betrunken, er hat dem Liegenden irgendwas zugerufen und dann hat er kleine Steinchen nach ihm geworfen. Nele wollte, dass er aufhörte, aber er hat nur gelacht, und da ist sie aufgestanden und hat eine der Fackeln genommen und ist rübergegangen. Es war ein Mann. Er lag im Sand und hatte ein Knie angezogen, als würde er schlafen. Er hat sich nicht bewegt. Sie hat sich hinuntergebeugt, und als sie im Schein der Fackel sein starres Gesicht mit den aufgerissenen Augen und den blauen Lippen gesehen hat, ist sie schreiend weggerannt.« Berit saß im Sessel, die

Hände auf den Lehnen, ein Bein übers andere geschlagen, als spräche sie von etwas Harmlosem. »Sie hat gesagt, sie hätte das Gesicht erst nur gesehen, wenn sie an Georgios gedacht hat. Und dann immer, sobald sie die Augen schloss. Die wächserne Haut und die leblosen Augen. ›Immer, ich konnte an nichts anderes mehr denken‹, hat sie gesagt.«

Leise drang das Flüstern der beiden Frauen von der Rezeption an Gabors Ohr. Er hätte erleichtert sein müssen. Nele hatte einen Toten gesehen. Nele hatte mit einem Jungen geschlafen, während ein toter Flüchtling neben ihr im Sand lag. Das hatte nichts mit dem zu tun, was sie befürchtet, was ihre Fantasie sich in den schrecklichsten Farben ausgemalt hatte. Doch er war nicht erleichtert. Er dachte an ihr Gespräch auf der Fähre: Nele hatte immer wieder die Lider zusammengepresst, als wollte sie ein Bild verscheuchen. Oder die Autofahrt zu den Kranichen, als Nele ihm von dem Gesicht erzählt hatte, das sie nicht vergessen könne. Selbst seine Angst, der Mann von der Fähre hätte sie entführt, und die fixe Idee, Neles Verschwinden habe etwas mit den Flüchtlingen auf der Insel zu tun – alles zeigte sich jetzt in einem verständlichen, bitteren Licht.

»Warum hat sie uns nichts erzählt?«

»Weil sie sich schuldig gefühlt hat. Weil sie geglaubt hat, er habe noch gelebt, als sie ankamen, und sei gestorben, während sie dort im Sand lagen. Weil sie geglaubt hat, sie hätte ihn retten können.«

Gabor musste an Neles Frage denken: ob er schon einmal den Tod eines Patienten verschuldet habe und wie er damit umgegangen sei.

»Sie wollte es mir sagen«, sagte er.

Berit schwieg eine Weile.

»Sie hat sogar gedacht, du wüsstest es schon.«

»Was?«

»Sie hat auf deinem Computer im Internet nach einer Meldung von einem Toten auf der Insel gesucht und nichts gefunden. Stattdessen hat sie gesehen, dass du Dutzende Seiten aufgerufen hast, in denen es um das Schicksal von Flüchtlingen ging. Sie hat gedacht, du wüsstest etwas.«

Je klarer die Zusammenhänge hervortraten, desto unheilvoller erschienen sie ihm.

»Ich habe ihr den Rat gegeben, zu schweigen«, sagte er. »Ich habe ihr gesagt, dass bestimmte Dinge schneller vorbeigehen, wenn man nicht über sie spricht.«

Berit schien auch das schon zu wissen, aber ihr Blick war ohne Vorwurf. Er sah die scharfe Linie, die von ihrer Stirn über ihr Jochbein bis zum Kinn lief, wie immer, wenn sie angespannt war. Gabor dachte an ihre Furcht, von der Yann gesprochen hatte, an ihre Angst, er habe sie nur geheiratet, weil sie in das Bild passte, das er sich von seiner Zukunft gemacht hatte.

»Nele kommt morgen Nachmittag«, sagte Berit jetzt und wartete, als läge alles Weitere in seiner Hand.

Bis eben hatte sie die Sorge um ihre Tochter verbunden, doch mit der Stille trat wieder eine beängstigende Fremdheit zwischen sie.

Die Kollegin von der kognitiven Psychologie, die Assistentin von der Neurologie im Wedding, die fleißige, aber weniger begabte

Studentin, die immer im Schatten von Lavinia geblieben war. Und Lavinia Seidler selbst an der Stirnseite der Tafel. Frisch geschnittener Pagenkopf, schwarz umrandete Brille, die akkurat an ihren Pony anschloss. Die Vorstellung hatte noch nicht begonnen, aber über die Projektionsfläche an der Wand lief schon die erste Testreihe in Endlosschleife: Dutzende Gesichter, unauffällige Männer mittleren Alters. In Paaren oder Viererkombinationen blieben sie für Sekunden sichtbar, verschwanden ganz oder tauchten drei oder vier Reihen später in anderer Konstellation wieder auf. Als Karsten Sieverth ihn entdeckte, streckte er sofort den Arm aus und rief: »Da ist er ja!« Alle lachten, einige applaudierten sogar, während Gabor in der Tür stand wie ein unbeteiligter Passant, der aus Neugier kurz stehen geblieben war und jetzt, nach einem freundlichen Nicken, den Gang weiter entlangging.

Gabor stand vor dem Krankenhaus und blickte sich um. Am medizinischen Buchladen blätterte eine Frau eine Kiste mit Büchern durch. Hinter dem Tresen der Bäckerei unterhielten sich zwei Verkäuferinnen. Der Ruhe nach zu urteilen, mit der ein Sanitäter die Hecktüren des Rettungswagens öffnete, handelte es sich nicht um einen Notfall. Weiter südlich, auf Höhe der Botschaft, war die Straße wegen des Besuchs eines Staatspräsidenten gesperrt, und als der Fahrer eines Geländewagens merkte, dass er nicht weiterkam, wendete er mit quietschenden Reifen und raste gen Norden davon. Eine übergewichtige Frau im Bademantel schleppte sich über den Zebrastreifen, ein Mobiltelefon am Ohr. Am Eingang des Supermarktes hatte der Obdachlose sein Lager noch nicht aufgeschlagen.

Gabor Lorenz ging in die Klinik zurück. Im Fahrstuhl war er allein. Die Kabine hielt auf der Etage mit den Labors und auf der Inneren, aber niemand stieg zu. Auf dem Gang grüßte ihn ein Patient mit rasierter Schädelhälfte. Als er sein Zimmer betrat, sah er die Regale mit den medizinischen Nachschlagewerken, die Stahlrohrstühle, die er vor Jahren auf einem Flohmarkt in Charlottenburg gekauft hatte, und die Topfpflanze auf dem Druckertisch. Er räumte die herumliegenden Stifte in die Schale, warf Altpapier und Werbebroschüren in den Papierkorb und stellte die leeren Wasserflaschen daneben. Als seine Arbeitsfläche aufgeräumt und leer war, setzte er sich an seinen Schreibtisch. Er nahm noch einmal die Postkarte zur Hand. Eine junge Frau, die auf der Dachterrasse eines schneeweißen Inselhauses bei starkem Wind Wäsche aufhängt. Die Karte hatte weder Briefmarke noch Stempel. Er hatte sie vorhin in seinem Postfach gefunden. Er betrachtete die angestoßenen Ecken, an denen das Papier schon aufquoll, die Ränder, stellte sich die unsichtbaren Fingerabdrücke auf der grauen, abgegriffenen Pappe vor. Er legte die Karte wieder auf den Tisch. Der Himmel war ohne Wolken, farblos.

*Liste lieber Inselorte:*
*Ilias' Rumpelcafé im letzten Perlendorf (vielleicht eher Neles)*
*Blick von der Kurve auf das türkise Wasser der*
*Angeberbucht (während der Wind Staub über die Piste treibt)*
*Prekas (ohne Russen, ohne zweite griechische Liga)*
*Unser Zimmer im Morgengrauen, bevor Du aufwachst*
G.

# Dank

Ich danke Dr. Andreas Lüschow, der mir bereitwillig Auskunft zum Thema Gesichtsblindheit und Gesichtserkennung gab. Informationen dazu verdanke ich auch der Onlineausgabe der Dissertation *Phänomenologie und Diagnostik der kongenitalen Prosopagnosie* von Anne Lotta Elisabeth Klippel. Außerdem danke ich Markus Bahnemann, Peter Goetz, Kostas Kosmas, Andree Solvik, Charlotte Streck und Clemens Tissi.

Besonders danke ich Mirella Weingarten, für ihre Unterstützung und ihren erhellenden Blick.